KB079076

파리덫

# 파리덫

프레데리크 셰베리

신견식 옮김

열화당

# 한국의 독자를 위한 서문

한국이라는 나라는 내가 아는 바가 많지 않다. 솔직히 말하자면 대부분이 상상인데, 개중에 어떤 것은 내가 어렸을 적인 1960년대부터 지금까지도 나와 함께한다. 당시에 나는 자주 지도책을 펴고 앉아 세계에서 무인도가 많은 곳을 여기저기 찾아다녔다. 한국은 남해의 섬들만이라도 언젠가 여행을 가고 싶은 나라였다. 어쩌면 이제 때가 됐을지도 모르겠다.

2004년에 스웨덴어로 출간된 『파리덫(Flugfällan)』은 몇 해가 지나자 작은 배로 바뀌었고 나는 이제 작가일 뿐만 아니라 승객이기도 하다. 이 책과 나는 꾸준히 함께 여정에 올랐고 드물지 않게 이역만리의 희한한 곳들도 갔는데, 어떤 이들은 알 수 없는 이유로 나의 말들을 번역하려고 마음먹었다. 무척이나 즐겁고도 마음 사로잡는 일이다.

책을 어떻게 분류해야 할지가 여전히 끝나지 않는 숙제다. 이곳 스웨덴에서 『파리덫』은 에세이로 간주된다. 다른 나라들에서는 소설, 전기, 여행기, 대중 교양서, 자서전 등으로 여겨지기도 한다. 따로 지정할 필요가 전혀 없이 나에게는 그냥 책일 뿐이지만 한국에서는 어떤 서가에 꽂힐지 마음이 설렌다.

책에서 다루는 내용이 무엇인지 콕 집어 말하기는 쉽지 않다. 애초에는 스스로 한계를 정하는 법을 쓸까 생각했다. 나는 수년째 스톡홀름 군도의 섬에서 살고 있는데, 주로 기분 전환 삼아 꽃등에 채집을 시작했다. 그 얘기는 다시 쓸 작정이다.

그런데 책을 쓰다 보니 이야기가 옆길로 샜다. 모험심 넘치는 과학자가 나타나는 바람에 나는 캄차카에도 갔다가 나중에는 버마에도 갔다. 그때도 나는 상상 속의 길동무처럼 따라다녔을 따름이다. 출간 후 몇 년 동안은 이 책이 허영과 야망을 다루는 책이라고 말하고 다녔다. 지금은 딱 부러지게 말하지 못한다. 아마도 따지고 보면 자서전일지도 모르겠다. 거짓말은 없다. 적어도 확인되는 것은 다 참말이다.

2019년 3월 룬마뢰에서

프레드리크 셰베리

## Förord för koreanska läsare

Mina kunskaper om Korea är inte stora. Ärligt talat är det mest fråga om fantasier, varav några har följt mig ända sedan jag var barn på 1960-talet. På den tiden blev jag ofta sittande med kartboken, på jakt efter områden här i världen där det finns många obebodda öar. Korea var ett av de länder jag ville resa till, om inte annat så för att besöka öarna i söder. Kanske är det dags nu.

*Flugfällan*, som utkom på svenska 2004, förvandlades efter några år till en farkost, och jag var inte längre bara författare, utan också passagerare. Ständigt ger vi oss ut på resor tillsammans, boken och jag, inte sällan till konstiga platser långt borta, där man av outgrundliga anledningar har bestämt sig för att översätta mina ord. En mycket behaglig sysselsättning, och spännande.

Till det senare hör den eviga frågan om hur boken ska artbestämmas. Här i Sverige anses *Flugfällan* vara en essä. I andra länder har den bedömts vara en roman, en biografi, en reseskildring, en populärvetenskaplig uppsats, en självbiografi och så vidare. Allt utom barnbok faktiskt. För mig är det bara en bok, helt utan beteckning, men det ska ändå bli spännande att se var den landar i Korea.

Vad boken handlar om är inte lätt att säga. Från början tänkte jag mig att skriva något om konsten att begränsa sig. Om öar, till exempel. Jag bor själv sedan många år på en ö i Stockholms skärgård, och det var också här jag en gång började samla blomflugor, mest som ett sätt att koppla av. Det skulle jag skriva om.

Men berättelsen drog iväg; en äventyrlig vetenskapsman dök upp och snart befann jag mig på Kamtjatka, senare i Burma. Redan då följde jag bara med, som reskamrat i fantasin. De första åren efter utgivningen brukade jag säga att boken handlar om fåfänga och ärelystnad. Nu är jag mera osäker. Kanske är det en självbiografi ändå. Allt är ju sant, åtminstone allt som går att kontrollera.

Runmarö i mars 2019

Fredrik Sjöberg

# 차례

세 가지 주제가 있다. 바로 사랑, 죽음, 파리. 인류가 세상에 나온 뒤로 이 감정, 이 두려움, 이 존재가 늘 따라다녔다. 남들은 앞의 두 가지 현상을 다루면 된다. 나는 파리를 맡겠다. 파리가 여자들보다 낫진 않지만 남자들보다는 나으니까.

— 아우구스토 몬테로소

# 1

# 굶주리는 계층의 저주

저녁이면 새끼 양을 품에 안고 뉘브로플란 주변 동네를 돌아다니곤 하던 때였다. 기억이 아주 또렷하다. 초봄이었다. 공기는 메마르고 먼지도 날렸다. 저녁은 서늘했지만 햇볕에 달궈진 따스한 낮의 흙내와 지난해의 잎사귀 냄새가 풍겼다. 내가 시벨레가탄을 건너면 새끼 양이 처량하게 매매 울어댔다.

이 동물은 낮에는 스톡홀름 중심부 스트란드베겐 거리 근처 왕실 마구간에서 극진하게 보살핌을 받는 말들과 함께 지냈는데, 우리가 생각하기에도 녀석은 거기에서뿐만 아니라 저녁때 극장에서도 제집처럼 느끼지 못했을 것이다. 나는 양이 뭔지도 잘 몰랐지만 어쨌든 아마도 태어난 지 몇 주밖에 안 됐을 어린 녀석이었다. 살아 있는 은유를 무대에서 연기하는 것은 시련이었을 텐데, 더군다나 미국 극작가 샘 셰퍼드

(Sam Shepard)의 「굶주리는 계층의 저주(Curse of the Starving Class)」는 다 자란 인간에게조차 작품 이곳저곳이 폭력적이고 소란스러울 뿐 아니라 소화하기가 어려운 연극이었기 때문이다. 우리는 이 불쌍한 동물이 마음을 추스르고 딴생각을 하기만 바랄 뿐이었다. 아무튼 어느 누구의 예상보다도 빠르게 녀석은 자랐다.

문제는 이제 나에게만 있었다. 야망이 우연의 일치와 두루뭉술하게 뒤섞이면서 왕립극장에 일자리를 얻게 되었는데, 지난 몇 년 동안 소품 담당자로 근무하다 보니 이따금씩은 여러 가지 무대장치로 쓰이는 아주 괴상한 소품을 챙기기도 했고 매번 공연을 하기 전에 그 불운한 동물을 왕실 마구간에서 데려오는 일도 내 차지였다. 나는 그놈을 품에 안고 다녔다. 함께 있던 우리 모습은 봄 저녁에 무척이나 귀엽게 보였을 것도 같다. 그리고 커튼이 올라가면 새끼 양은 (나중에 다 컸을 때도) 무대에 올랐다가 다시 나가기를 반복하면서도 되도록 가만히 있으며 세트를 더럽히지 않았는데, 이 모든 걸 무대배경이 어떻게 바뀌든 빈틈없이 정확하게 해냈다. 칠흑 같은 어둠 속에서도.

우리는 초연 전인 아직 리허설을 하던 때 속에는 솜털을 채워 넣고 겉에는 털이 수북한 동물처럼 생긴 기계를 만들어 보면 어떨까 싶었다. 대가리가 움직이고 무대 감독이 버튼을 한

번 누르기만 하면 귀여운 '매매' 울음소리를 내는 스피커를 집어넣은 새끼 양 모형의 기계장치였다. 그런데 총감독이 마침내 우리가 만든 비싼 로봇을 보고는 4초쯤 생각해 보는가 싶더니 쓸데없는 시도라면서 깔아뭉개 버렸다. 그렇게 끝나고 말았다. 연출 지침에 살아 있는 새끼 양을 쓰라고 되어 있으면 장난감이 아니라 진짜 양을 쓰라는 것이었다. 거기에다 토를 달아 봤자 소용없었다. 새끼 양은 내 책임이 되었다. 그러다가 봄이 되자 내가 도대체 거기서 뭘 하고 있는지 왜 그러고 있는지 스스로 의문이 들기 시작했다.

이제 젊은 곤충학자가 당최 극장에서 무슨 볼일이 있었을지 궁금해질 사람이 생길 것 같다. 실은 대답하기가 곤란한 문제라서 그렇게 깊이 파고들지 않는 편이 나을 법도 하다. 게다가 오래전에 지나간 일이다. 일단은 여자애들한테 특별한 점수를 따고 싶었다고 치자. 곤충학자라고만 하면 거저 생기는 게 많지는 않다. 아니면 차라리 이렇게 말해 본다면 또 어떨까? 우리는 모두 이따금씩은 세상이 기대하는 복제품이 되지 않으려고, 그리고 어쩌면 어린 시절 한밤중에 벌떡 일어나 두근거리는 가슴으로 비밀스러운 일생의 다짐을 적게 했던, 대담하고 원대한 착상들을 과감하게 떠올리려고 무작정 도망갈 필요도 있다고.

어쨌든 극장 일은 흥미진진했다. 딴 동네에서 지내다 온 사람에게는 재미가 있고 매력이 넘쳤다. 낯선 도시의 커다란 극장을 마주하니 두려움 따위는 송두리째 날아가 버렸다. 거기 둘러싸인 벽들 안에 자리한 온갖 꿈에 흠뻑 빠져 취하지 않을 도리가 없었다. 물론 극작가의 솜씨가 어떤지 혹은 원고에는 안 드러난 숨은 의미가 무엇인지 따진다면 내가 결코 이해하지 못하는 것도 많았다. 작품의 뉘앙스라든가 작은 글씨로 써 놓은 각주도 마찬가지였다. 그렇지만 나한테는 그다지 문젯거리가 되지 않았다. 아무튼 처음에는 그랬다.

베리만(I. Bergman)이 뮌헨에서 돌아왔을 때는 온통 축제 분위기였다. 엄청나게 떠들썩한 가운데 셰익스피어가 큰 무대에 올랐는데, 무대장치의 좁은 통로를 따라 세트 측벽 뒤에서 살금살금 걸어가던 우리는, 그저 힐끗 본 것만 가지고도 거장이 괴팍한 성격이라며 또 전설적인 마법을 부린다며 별의별 일화를 만들어냈다. 시내의 술집에서 떠들다 보면 사소하고 평범한 얘기들이 윤색되고 살이 붙으면서 이야기꾼은 어느새 부러움을 사고 관심을 한 몸에 받았다. 고골은 장갑 순양함처럼 밀려들었으며, 노렌은 고집불통 관객의 숱한 저항도 무너뜨렸다. 스트린드베리, 몰리에르, 체호프. 어쩌면 이런 모든 것과 나의 관계는 극장에서 북적이는 다른 젊은 무대담당자, 소품담당자, 의상담당자, 엑스트라, 적당히 아무 일이든 하는 보조 요원보다는 느슨했을 것이다. 유명한 배우가 되어 스포트라이트를 받고 싶어 하는 이들 대부분은 스스로의 열망 속에서 남들의 성공을 목도하고 연극학교 오디션의 변덕스러운 통제를 받으며 무진장 시달렸을 테니까.

일이 부담스러웠던 적은 드물었다. 처음 리허설을 하고 연극이 막을 내릴 때까지 연출을 따르면 됐다. 처음에는 감독 그리고 누구보다도 무대장치가가 하는 말을 잘 알아듣는 게 관건이었는데, 무대장치는 그 자체가 예술이다. 그다음에는 무대가 바뀔 때마다 단원들과 연습을 하고 창고나 작업실에서 소품을 가져오자마자 점검했다. 초연을 할 쯤엔 모조리 외울 지경이 되었다.

그렇지만 이 연극만은 남달랐다. 새끼 양을 점점 더 다루기 힘들어져서 계속 신경이 쓰였기 때문만이 아니었다. 음식도 연극이었다. 이게 무슨 말이냐 하면 무대 위에다가 음식을 차리기도 해야 하는데, 물론 이런저런 간단한 요령도 있기는 하지만 꼭 일을 어렵게 만들려는 총감독이나 무대감독도 이따금씩 나타나기 때문이다. 그러니까 극 중에서 요리를 해야 되면 음식이 나와야 된다. 딴것을 갖다 놓으면 안 된다. 코냑이라든가 필스너 맥주라면 으레 사과 주스로 때울 수도 있지만 음식은 진짜가 아니면 안 된다. 이 경우에는 콩팥을 굽기로 되어 있었다. 구운 콩팥 냄새가 금세 말 그대로 온 극장을 가득 채워 어떤 진정성을 더하는 것 같았다.

장면이 바뀌는 동안 불이 꺼지자 우리 소품담당자들은 좀벌레처럼 휙휙 화장실 복도를 지나가서 가구를 다시 배치하고, 탁자를 치우고 정돈하고, 여러 가지 잡동사니를 나르고 들였는데, 이 경우는 손수레 하나와 부서진 문짝 하나 말고도 이해하기 어려울 만큼 무수히 많은 아티초크도 있었다. 그래서 이렇게 암전됐다가 무대가 바뀌는 동안에 한 번은 오로지 무대 바닥에 붙여 놓은 아주 작은 형광테이프와 기억력에만 의존하여 1950년대 미국 시골 부엌에 있었을 법한 오븐 위에다가 프라이팬을 올려놓고 날것의 콩팥을 넣었다. 이 일을 하는 데 허용된 시간은 찰나에 가까울 정도였는데 딱 그만큼만 여유가 있어서 언제나 제대로 끝내기 아슬아슬했다. 그리고 아무래도 넉넉하지 못해서 그런지는 몰라도 「굶주리는 계층의 저주」에는 이상한 특징이 또 하나 있었다. 우리는 기술적인 문제 때문이라고 말하지만, 내 짐작으로는 스웨덴 연극 역사에서 독특한 자리를 차지하게 된 것이었다.

가족 중 아들인 웨슬리를 페테르 스토르마레(Peter Stormare)가 연기했는데 자기 여동생이 스카우트 야영 대회에서 만든 포스터들을 보곤 김빠지는 삶이라며 경멸한답시고 그 위에다가 오줌을 갈기는 장면으로, 특히 기억에 남을 만했다.

그래서 소품제작실에서는 이런 행위를 흉내낼 수 있는 장치를 만들게 되었고 초연 직전에 호스와 고무주머니가 하나씩 달린 단순하면서도 기발한 장치가 나왔다. 문제는 총감독이 이 미묘한 장면전환 시점에 페테르 스토르마레를 무대 가장 앞쪽에다가 세워 놓아 관객과 마주 보게 했다는 점인데, 그러다 보니 사실성에 꽤 큰 오류가 생길 수밖에 없었다. 게다가 이내 장치가 마구 새기 시작하는 게 눈에 띄었고 웨슬리는 마치 요실금이 있는 것처럼 보였다. 내가 진작부터 걱정하던 일이 벌어지고 말았다. 스토르마레가 입을 열었다.

"이런 젠장. 오줌이 나오는데." 그때 그렇게 됐다.

나의 예술관은 아직 온전히 무르익지 않았지만 그럼에도 일 년 열두 달 밤이면 밤마다 극작가의 의도뿐만 아니라 맨 첫줄에 앉은, 교양 높은 숙녀들의 코앞 몇 미터 떨어지지 않은 곳에서, 거리낌 없이 오줌을 갈기도록 만드는 싸구려 효과로 관심을 끌려는 감독의 성향까지도 딱딱 맞추고야 마는 보기 드문 재능에, 난 깊은 인상을 받았다. 대단한 장인 정신이다! 당연하게도 그 사람이 할리우드에서 자리를 잡는 것은 시간문제였다.

나 스스로가 결국 다다를 곳이 어디일지는 여전히 불확실했다. 어둠 속에서 무릎을 꿇고 걸레질을 하면서 이 위대한 연기 예술의 흔적을 재빠르게 닦아내는 임무를 맡은 이는 다른 누구도 아닌 나였기 때문에, 내가 있을 곳이 여기가 아닐 수도 있다는 것만은 시간이 흐를수록 더더욱 분명해졌다.

내가 당시에 일어난 일을 다 부풀리고, 나의 갈망과 두려움을 낭만적으로 얘기하고, 몇몇 단편적인 대사들만 골라서 기억하는지도 모르겠다. 혹시 그럴 수도 있겠지만, 정말로 봄이었고 나는 혼란스러운 동시에 사랑에 빠졌었다. 더욱이 어떤 대사들은 태어날 때 생긴 모반(母斑)처럼 콱 박혔다. 그게 엄청나게 의미가 있다기보다 내 안의 뭔가와 그저 색깔이 맞았을지도 모르겠다.

웨슬리가 앞무대에 서서 낯부끄러운 짓을 저지르자 어머니 엘라는 가뜩이나 불쌍한 누이동생한테 볼꼴 못 볼꼴 다 보이고 뭐 하는 거냐며 한숨지었다. 그러자 아들이 말했다. “나는 그러는 게 아닌데요. 애한테 새로운 기회를 보여 주려는 것뿐이라니까요. 애는 뭔가 좀 다른 것을 해야 된다고요. 그래야 삶도 방향이 바뀔 수 있어요. 오라비가 포스터에다가 오줌을 갈겼던 날이 머릿속에 떠오르면 그때를 인생의 전환점으로 여기게 될걸요.”

이것은 제1막에 나오는 장면이었다. 제3막은 오빠의 예언이 맞아떨어지는 셈이 되는데 여동생이 드디어 떠나며 버럭 소리친다. “나는 이제 떠날래요. 가 버릴 거라고! 다시는 돌아오지 않을 거야.”

나는 시골에서 데려온 털북숭이 친구를 밤늦게 다시 마구

간에 데려다줄 때마다, 그 대사를 무대에서와 똑같이 격정적인 억양으로 혼자 나직이 되뇌곤 했다. 그해 늦봄, 집값 비싼 외스테르말름 구역을 지날 때에도 더는 새끼 양을 들고 다닐 수가 없어서 사람들이 잘 모르는 품종의 개라도 되듯이 끈에 묶어 데리고 다녔다. 노파들이 우리를 한참 쳐다보기도 했지만 우리는 개의치 않았다.

그 뒤로 딱 일 년쯤 지나고 보니 나는 이 섬에 살게 되었다. 혼자는 아니고, 어느 날 저녁 관객으로 앉아 있었으며, 나중에 말하길 연극이 재미도 있고 감동도 있었을 뿐만 아니라 양털, 오줌, 구운 콩팥이 한데 어우러진 너무나도 독특한 냄새에 휩싸였다는 여자와 함께. 그때가 1985년이었다. 나는 스물여섯 살이었다. 파리와 함께하는 이 모든 일은 당연하게도 시간문제일 뿐이었다.

# 2

# 파리협회 입성

연극은 곤충학에서 달아나려는 나의 두번째 도피처였다. 첫번째는 무계획적인 여행이었다. 달아나는 관점에서 접근을 한다면, 화두가 무엇이 됐든 얼마나 애처롭게 보일 수 있는지 뼈저리게 깨달았다. 그렇지만 그래야만 했다. 다른 탈출구가 안 보였다.

분별있는 사람이라면 파리에 관심이 없으며 최소한 그런 여자는 없다. 아직까지는 그런데, 아무튼 결국은 아무도 신경을 쓰지 않으니 그럭저럭 마음이 놓인다고 생각할 때가 많다. 경쟁은 혹독하기만 한 것이 아니다. 이것저것 다 따져 보자면 내가 하고 싶었던 것은 관객들 앞에서 오줌을 갈기는 일이 아니었는데, 그러기에는 내 비위가 너무 약했으며, 정말 무엇이든 전혀 다른 일이었지만 마침내 내 재주는 파리들이 날아가는 방향에 있다는 사실이 분명해졌다.

그것은 웬만하면 어느 정도는 받아들여야 할 운명이었다.

이러니저러니 해도 꽃등에는 소품일 뿐이다. 아니, 그냥 소품은 아니지만 다소 그런 편이다. 이야기는 부분적으로 보자면 조금 달라진다. 정확히 무엇인지는 나도 잘 모른다. 어떤 날은 한계점을 써먹는 기술을 얘기하는 것이 내가 할 일이라고 스스로 생각을 고취시키기도 하고, 어쩔 때는 그런 한계 덕에 혹시라도 생길지 모를 행운을 얘기하기도 한다. 그리고 풍경을 어떻게 읽을 수 있는지도 이야기한다. 다른 날은 좀 더 음울하다. 여기저기 거울이 있다. 고백문학의 지적인 나체주의자 캠핑장 밖에서 내가 비를 맞으며 줄 서 있는 것도 같다. 추워서 입술이 파래진다.

그런데 내가 섬에서 살고 다른 무엇보다도 꽃등에 전문가이므로 일단은 여기서부터 시작하는 편이 낫겠다. 혹시라도 마음이 맞거나 인정이 넘치는 사람이라면, 스웨덴에서는 거의 알려지지 않은 장르이지만 케네스 스미스(Kenneth Smith)와 베라 스미스(Vera Smith) 부부가 엮은 멋진 책 『영국 연안 작은 섬들의 곤충학 관련 서지(A Bibliography of the Entomology of the Smaller British Offshore Islands)』에서 사랑 넘치게 다루는 내용을 한번 공들여서 들여다봐도 좋겠다. 안타깝게도 그게 쉬운 일은 아니겠지만 그런 생각만이라도 한다는 게 어디냐 싶다.

러시아 군대가 에워싸도 끄떡없이 버텨낼 만큼 커다란 내 서재에서 그 책은 남다른 자리를 차지한다. 100페이지 남짓으로 꽤나 얇으며 표지가 하늘색인데 영국인들이 미치광이라는 사실 말고는 딱히 가르쳐 주는 게 없을지도 모르지만, 그걸 보면 언제나 들떠서 내가 존재할 근거라도 되는 양 손에 들고는 표지를 읽는다. 뒤표지에는 어떻게 지은이 두 사람이 1954년 킬대학교에서 만나 사랑에 빠졌고 나중에 함께 파리들을 연구하기 시작해서 작은 섬들에 사는 곤충에 관한 문헌을 모았는지 씌어져 있다. 커플의 모습은 따로따로 찍은 사진에서도 나오는데, 장담하건대 둘 다 외모가 무척 출중하다. 머리카락이 가느다란 케네스는 정장 차림에 조끼도 입고 넥타이도 맸는데, 잘 다듬어 놓은 수염 사이에 빈정거리는 듯한 미소를 감추고 있으며, 베라는 방금 일어난 것 같은 부스스한 모습에 뺨이 발그레하다. 딴 데 정신이 팔린 것처럼 보인다. 누가 봐도 남자가 여자를 사랑한다는 것을 짐작할 수 있으리라고 생각된다.

책에는 다른 내용은 없고 긴 목록만 쭉 나온다. 남쪽 저지섬에서부터 북쪽 셰틀랜드 제도까지 영국 연안을 따라 자리하는 여러 섬에 사는 곤충들의 생태계를 다루는 책과 논문 가운데 알려진 것은 몽땅 모아 놓은 목록이다. 표제는 천 개가 넘는다.

이 사람들이 잡으려던 것은 무엇일까? 그냥 곤충만은 아닐 것이다.

*

요컨대 나의 예술관은 비교적 무르익지 않은 채로 머물러 있었고 내 과거는 항상 그러하듯 내 발목을 잡았다. 그래서 혹시라도 누가 물어보면, 꽃등에는 얌전한 동물이고 수집하기 쉬우며 여러 가지 위장술을 선보인다고 그냥 아주 짧게 대답한다. 이따금씩은 파리와 전혀 닮은 구석이 없는 것처럼 보이기도 한다. 생김새로 보자면 어떤 녀석들은 말벌 같기도 하고, 다른 녀석들은 꿀벌, 기생 말벌, 쇠파리 같기도 하며 아니면 실오라기처럼 가느다래서 똑 부러질 다리 달린 모기를 닮아서, 도대체 있는지 없는지 모를 만큼 작다 보니 어지간한 사람들은 눈치조차 챌 수 없다. 몇몇 종은 크게 자라 털이 많은 뒤영벌이 연상되는데, 거죽에 꽃가루를 잔뜩 묻히고는 윙윙대면서 날아다닌다. 오로지 전문가만이 속아 넘어가지 않는다. 우리는 많지 않고 다들 점점 늙어 가고 있다.

어느 것이든 이해하기 어렵지 않다.

그럼에도 차이가 큰데 실제로는 유사성보다 더 크다. 그러니까, 예를 들어 말벌과 뒤영벌은 다른 모든 벌목 곤충처럼 날개가 네 개 달린 반면 파리는 두 개밖에 없다. 이는 기초적인 사항이다. 그렇지만 사람들 눈에는 거의 보이지 않는데 무엇보다 파리가 별다른 어려움 없이 1초에 수백 번이나 날갯짓을 할 수 있기 때문이다.

섬의 집을 가득 채우기 시작한 곤충학 문헌 가운데, 바로 곤충의 날갯짓 빈도 조사까지도 관심을 뻗쳤던 핀란드 과학자 올라비 소타발타(Olavi Sotavalta) 이야기를 해 보겠다. 그가 특히 집중했던 등에모기라는, 다소 거슬리는 작은 곤충은 초당 1,046회 빈도로 입이 떡 벌어질 만큼 빠르게 날갯짓을 할 수도 있다는 점을 확인했다. 실험실에 갖춰 놓은 정교한 기구 덕분에 모든 것을 정확하고 명료하게 측정하게 되었지만, 소타발타의 과학적 연구에서 놀라운 음악성뿐만 아니라 절대적인 청력 또한 빼먹으면 안 되겠다. 윙윙거리는 소리를 듣기만 해도 날갯짓 횟수가 얼마나 되는지 알아낼 수 있었는데, 명성의 근거가 만들어진 계기는 널리 회자되는 어떤 실험에서 으레 가능할 것 같은 한계를 뛰어넘으려고 각다귀의 날개를 다듬어 속도를 높였을 때였다. 각다귀의 아주 작은 몸통을 정상 체온보다 몇 도 더 높아지도록 데우고 공기 저항을 최소화하고자 메스로 날개를 살짝 잘라내자 그 작은 생명체는 초당 2,218회 날갯짓을 달성했다. 전쟁 통에 이루어낸 일이었다.

나의 머릿속에는 올라비 소타발타가 환한 여름밤 핀란드 최북단 어딘가에서, 어쩌면 이나리 호수 언저리에서 국방색 침낭 안에 누워 속으로 빙그레 웃음 짓는 모습이 떠오른다. 운모(雲母) 조각처럼 가느다란 것들이 주위를 가득 채우는 수십 억 가지 소리를 들으면서.

하지만 내가 이야기하려는 것은 위장술인데 뒤영벌을 흉내내는 기술이다. 왜 그러는지는 다들 알아챌 것이다. 그게 남는 장사니까. 새들은 파리들은 즐겨 먹지만 독침을 쏠 수도 있는 벌목 곤충들은 웬만하면 멀리한다. 그래서 수많은 온순한 파리가 자연 속에서 벌어지는 끝없는 군비 경쟁으로 인해, 가능한 한 고약한 실물과 꼭 닮도록 번식하게 되었다. 어째서 바로 꽃등에가 그렇게 탁월한 사기꾼이 되었는지 나도 잘 모르겠지만, 어쨌든 간에 내가 파리전문가로서 사회생활을 시작하던 바로 그날 꽃이 활짝 핀 미나리 덤불을 세심히 살펴보고 있었을 때 청명하고 푸르른 여름 하늘에서 햇빛이 번쩍이던 것만큼 확실했다. 도처에 곤충이 널렸다. 표범나비, 꽃무지, 하늘소, 뒤영벌, 파리, 온갖 벌레. 그리고 나로 말할 것 같으면 반바지 차림에다가 햇볕 가리개 모자를 쓰고, 즐거운 사냥꾼의 흥겨운 무모함과 손잡이가 접히는 체코산 명주 망사 잠자리채로 무장했다.

그러다가 느닷없이 시커먼 미사일이 오른쪽 2미터 높이의 쐐기풀 위에서 날아왔다. 붉은꼬리땅벌을 떠올릴 틈은 있었는데, 찰나도 안 되는 그사이에 내가 느꼈던 것은 신기할 정도로 나풀나풀 움직이는 모습이었다. 매우 미묘하고 거의 눈치채지 못할 만큼 움직였지만 조금이라도 기미가 보이자 잠자리채 잡은 손목을 반사적으로 휙 뒤로 꺾었다.

그것을 잡음으로써 나는 꽃등에협회 입장권을 얻었다.

그렇지만 우선 좀 더 상세하게 장면을 설명하겠다. 처음하는 것부터 들어가 보자. 사냥을 어떻게 하는지 말하는 것보다 어디서부터 시작하는지 따져 보는 쪽이 낫다. 우리가 흔히 머릿속에 떠올리는 이미지로, 일반적인 곤충학자는 마구잡이로 뛰어다니느라 숨을 헐떡이면서 들판과 풀밭을 가로질러 바삐 도망가는 나비들을 쫓아다닌다. 실제 모습과 거리가 멀 뿐만 아니라, 단언컨대 꽃등에를 채집하는 사람만 따지자면 실상과 맞는 구석이 단 하나도 없다. 우리는 조용하고 태도가 관조적인 사람들이며 현장에 나가면 몸가짐을 비교적 품위 있게 한다. 뛰어다닌다고 해서 반드시 우리 품격이 떨어지는 건 아니지만 어차피 파리가 너무나도 잽싸기 때문에 부질없는 짓일 뿐이다. 그래서 우리는 딴 데가 아니라 웬만하면 햇볕이 쨍쨍 내리쬐고 바람 한 점도 없는 곳에서 꽃향기를 맡으며 망을 보듯이 가만있는다. 따라서 혹시라도, 지나가는 행인에게 그런 모습의 파리 채집가가 눈에 띈다면 어쩌다 보니 명상 같은 것을 하면서 요양 중인 사람이라는 인상을 쉽게 받을지도 모르겠다. 가만 보면 닮은 측면도 있으니 그렇게 보인다고 해서 꼭 잘못된 것은 아니다.

장비라고 해 봐야 딱히 특이할 게 없다. 한 손에는 잠자리채, 다른 한 손에는 채집병을 들고 다닌다. 후자는 흡입 장치인데 생김새는 짧고 투명한 유리섬유 원통에 양쪽 끄트머리에는 코르크 마개가 있다. 한쪽 코르크 마개에는 플라스틱 튜브가 지나가고 다른 한쪽은 팔만큼 기다란 호스가 지나간다. 튜브로 앉아 있는 파리를 조심스럽게 겨냥하고 호스는 사람이 입으로 문다. 파리를 놀라게 하지 않으면서 마침내 충분히 가까이 다가가 숨을 한 번 훅 들이마시기만 해도 파리가 유리섬유 실린더 안에 안착한다. 뒤쪽 코르크에 달린 그물은 그물코가 촘촘하기 때문에 벌레가 목구멍 안으로 넘어오지 않게 막는다. 그런데 이 기구의 사용자한테는 정말로 제정신이냐고 묻는 어쭙잖은 질문들이 언제나 튀어나오니 어쩔 수 없이 대답을 해 줘야 한다. 내 말을 믿어도 좋은데, 머리에 떠오를 만한 빈정거림이나 우스갯소리라면 들어 보지 않은 게 없을 지경이다. 그래서 멍하니 서서 히죽히죽 이죽거리는 이들의 정신이 번쩍 들게 하려면 내가 경험으로 터득한 딱 한 가지 방법을 써먹는데, 장비의 세번째 요소를 보여 주면 된다. 그건 바로 독이 든 유리병이다.

세상 물정에 빠삭한 사람처럼 천연덕스럽게 주머니에서 병을 꺼내서는, 내 손에 들고 있는 시안화칼륨(청산가리—옮긴이)이라면 섬사람을 깡그리 영영 잠재우기에 모자람이 없다고 매우 솔직 담백하게 말한다. 그러면 얄팍한 눈웃음이 전부 다 어느새 존경심 가득한 질문으로 바뀌면서 도대체 어떻게 그런 걸 손에 넣었느냐고 물어보지만 내가 대답해 준 적은 없다. 초산에틸을 사용하는 전문가도 많고 누구는 클로로포름을 쓰는데 나는 시안화물을 선호한다. 그게 더욱 효과가 있다.

섬에는 얼추 삼백 명이 산다.

*

커다란 검정 파리가 파드닥거리며 오더니 유독 가스를 맡고는 곧장 죽었는데, 파리 채집에 나선 첫번째 여름에 일어난 일이었기 때문에(그 당시는 우리가 섬에 산 지 십 년째였다) 내가 무슨 종을 잡았는지 전혀 몰랐다. 며칠 만에 배울 수 있는 꽃등에라는 것이 눈에 들어왔지만, 꽃등엣과(Syrphidae) 중에서 보기 드문 종인 크리오리나 라눈쿨리(Criorhina ranunculi)라는 것을 그날 늦게 『영국 꽃등에(British Hoverflies)』『덴마크 꽃등에(Danmarks svirrefluer)』『독일 꽃등에의 생물학(Biologie der Schwebfliegen Deutschlands)』 등을 비롯한, 흔들흔들하는 책 더미를 뒤지고 현미경으로 관찰한 다음에야 깨달았다.

바로 이튿날 아침, 이 나라에서 현재 활동하는 꽃등엣과 전문가 가운데 누구보다 으뜸가는 사람이 처음으로 섬에 찾아왔다. 내 전리품이 쉽사리 믿기지 않는 듯 꼼꼼히 살펴보더니 금세 얼굴이 밝아지면서 어디서 발견했는지 캐묻고는 축하의 말을 건넨 다음에 커피를 마시면서 다음 이야기를 들려주었다.

스웨덴에서 서식하는 모든 종류의 꽃등에 가운데 크리오리나 라눈쿨리는 가장 크고 아름다울 뿐만 아니라 너무 희귀해서 1990년대 초에는 스웨덴에서 멸종한 동물이라고 등록하기로 결정이 내려진 바 있다. 그때까지만 해도 십육 년 동안 모습을 드러내지 않았다. 온 나라를 통틀어 발견된 횟수는 도합 세 번이었는데, 두 번은 외스테르예틀란드, 한 번은 스몰란드에서였다.

새로 사귄 내 친구는 짐짓 뜸을 들이는 척하더니 우유 한 방울을 커피 잔에 떨어뜨렸다. 칼새들이 울어 댔고 검은목아비가 선창 앞에서 물고기를 잡고 있었는데 섬과 뭍을 가르는 해협을 지나가는 수상보트 소리가 저 멀리서 들렸다. 후끈한 유월 어느 날이었다.

그 종은 1874년 외스테르예틀란드 주 구숨에서 맨 처음으로 발견됐다. 잠자리채 손잡이를 들고 있던 남자는 다름 아닌 페테르 발베리(Peter F. Wahlberg)로, 이런저런 사건이 많았던 1848년 베르셀리우스(J. J. Berzelius)를 뒤이어 왕립스웨덴과학한림원 종신원장을 맡았다. 식물학자이자 카롤린스카 연구소 의학과 교수로서 평생 동안 연구에 몸담은 뒤에 이제 파리까지 손을 뻗치게 됐다. 이런 귀결이 내가 볼 때는 나름대로 합당하면서도 논리적인데, 나중에는 해체된 단체이지만 이미 1833년에 실용지식보급협회의 창립자 가운데 한 사람이었기 때문이다. 추측컨대 유쾌한 사람이었을 것 같다. 백과사전에 나오는 초상화를 보면 그런 느낌이 든다. 남동생 요한 발베리(Johan A. Wahlberg)는 그와 달리 주로 화가 난 것처럼 보여서, 마치 치통을 앓거나 살림살이에 쪼들리기라도 했던 듯싶다. 아우는 좀 더 모험가적 기질이 있었으며 아프리카 탐험가, 대형 야생동물 사냥꾼, 열광적인 박물표본 수집가로 훗날 알려졌고 코끼리와 싸움을 벌이다가 마흔여섯이라는 다소 이른 나이에 죽었다.

그다음에 크리오리나 라눈쿨리가 나타난 곳은 스몰란드 고원의 코르스베리아였다. 그때는 1928년이었고 채집한 사람은 다니엘 가우니츠(Daniel Gaunitz)였으며, 사 년 뒤에 보렌스베리에서 또 다른 표본을 잡은 동생 스벤은 나중에 「마리프레드의 집 뚫는 벌레」와 「오트비다베리의 분변 섭취 생물」 등 교육적인 논문을 쓰기도 했다. 형제 가운데 셋째는 이름이 칼 베르틸이었다. 삼형제는 소르셀레 출신이었으며 모두 책도 썼는데 주로 곤충에 관한 내용이었다.

말하자면 테라스 탁자를 사이에 두고 내 맞은편에 앉아 있는 남자가 스톡홀름 서부 변두리에서 가까스로 몇 마리를 마주치기 전까지, 그러니까 보렌스베리 이후에 크리오리나 라눈쿨리는 한 세대 동안 사라진 셈이었다. 아무튼 나의 파리는 여태껏 스웨덴에서 다섯번째로 발견된 것이었으며, 내가 생전 처음으로 거둔 대성공이었다. 그다음부터는 나든 남들이든 누구 할 것 없이 그 종을 여러 차례 만났는데, 더 흔해져서 그럴지도 모르겠지만 아무래도 그게 어떤 꽃을 찾아가는지, 애벌레가 어디서 언제 살아남지 못하는지, 썩는 넓은잎나무들 가운데 어떤 게 없으면 살아남을 수 없는지 우리가 더 많이 배웠기 때문이다. 그리고 붉은꼬리땅벌과 구별하는 법도 알게 되었다.

알고 보면 이런 행복을 문외한이 알아듣도록 얘기하기란 정말로 어렵다.

로렌스(D. H. Lawrence)는 단편소설 『섬을 사랑한 남자(The Man Who Loved Islands)』에서 이렇게 말한다.

세월은 은은한 안개 속으로 섞여 들어갔고 거기서는 아무것도 튀어나오지 않았다. 봄이 왔다. 섬에는 앵초 하나 없었지만 남자는 노랑너도바람꽃 한 떨기와 마주쳤다. 작은 산사나무 덤불이 두어 군데에 퍼져 있었고 바람꽃들도 조금 보였다. 남자는 자기가 사는 섬에 서식하는 꽃들을 목록으로 만들기 시작하더니 푹 빠져들었다. 까치밥나무 덤불을 기록해 뒀고, 성장을 멈춘 작은 나무에서 딱총나무꽃이 필 때까지 기다린 다음에, 금작화에서 처음으로 노란 속껍질이 보일 때까지 기다렸으며, 들장미가 필 때까지 기다렸다. 끈끈이장구채, 난초, 별꽃, 애기똥풀 등등 대신 섬에 사람들만 있었다면 그렇게 자랑스럽지 않았을 것이다. 축축한 구석탱이에서 눈에도 잘 띄지 않던 괭이눈을 마주쳤을 때 무아지경에 빠져 몸을 웅크린 채로 시간 가는 줄도 모르고 바라보았다. 하지만 불만한 것은 아니었다. 남자가 꽃을 보여 주자 과부의 딸은 그렇게 느꼈다.

# 3

# 양곤의 덫

극장에서 일하고 섬에서 지내기 전인 옛 시절에 거대한 콩고강 상류로 올라가는 여객용 바지선을 잡아탔다. 아, 정말 모험이구먼! 여기서 이야깃거리가 안 나올 수 없지. 자유의 맛이란! 하지만 그렇게 되지는 않았다. 숲이 드넓고 강이 칼마르 해협만큼 넓다는 것 말고는 딱히 별다른 얘기를 하지 못했다. 거기 갔었다는 것도 얘기했지만. 그러니까 뭔가 얘기를 하려고 여행을 떠나면 이렇게 되는데, 제대로 보이는 게 없다. 얼마나 집으로 돌아오고 싶었는지 끊임없이 주절거리기만했다. 그래서 입 닥치고 있었다.

라뎅 개울이라면 얘기가 달라진다. 어느 날 아침 귀룽나무 꽃들 사이에서 나는 그런 생각을 혼잣말로 중얼거렸다. 그러자 뭔가 엄청난 일이 일어났다.

나는 개울가 아래쪽에 흐드러지게 꽃이 핀 갯버들 사이에서 커다란 캘리포니아 파리덫을 챙기는 복잡한 전략적 행동을 하던 중이었는데 생전 본 적 없는 낯선 사람 하나가 어디선가 불쑥 뜬금없이 나타났다. 무성한 유월의 녹음을 헤치고 성큼성큼 걸어 나오더니 정중하게 양해를 구하며 영어로 말을 걸었다. 숲솔새는 안절부절못하는 사시나무의 달달거리는 우듬지 어딘가에서 은빛 노래를 지저귀었고 강꼬치고기 한 마리가 얕은 개울물에서 철퍼덕철퍼덕했다. 모기는 그늘 속에서 끈질기게 왱왱댔다. 남자는 나를 만나러 왔다고 말했다.

"아임 루킹 포 유(I'm looking for you)."

나는 이걸 매우 자연스러운 상황으로 받아들이려고 했다. 언제가 됐든지 내가 어디에 있든지 낯선 사람이 나를 찾아오는 게 능히 예상 가능한 일이라도 되는 것처럼. 그렇지만 전혀 그러지 못했다. 그 대신 아무 말도 못하고 어안이 벙벙해지는 바람에 사초(莎草) 풀숲 한가운데에 바보처럼 멀거니 서 있었다.

이 남자는 실은, 여전히 마찬가지이지만, 내가 라뎅 개천에서 마주친 유일한 사람이었다. 조용한 곳을 찾고 싶을 때는 바로 여기로 오면 된다. 섬사람들은 절대로 그 방향으로 가지 않고 여름철 손님들은 아예 그런 장소가 있는지조차 모른다.

예전에는 이쪽으로 오솔길이 나 있었는데 이제는 사라져 버렸다. 개천의 이름은 지도에도 나오지 않는다. 따지고 보면 개천이나 개울이라기보다는 아무것도 자라지 않고 질척거리면서 때때로 가물기도 하는 도랑에 가까운 셈이다. 건초를 넣어 두던 헛간도 거기 있었다고들 하던데 한참 전에 없어져 버렸으며 물론 꼴밭 자체도 사라졌으니 그리되었다. 느릿느릿하지만 확실하게 전나무, 사시나무, 자작나무와 더불어 오리나무가 그 자리를 차지했다. 아무튼 무척이나 아름다운 곳이고, 동의나물이 꽃을 피우는 봄이 되면 대성당처럼 화려하고 널찍하다. 사슴은 개울가에서 눈에 띄고 이따금씩 순록도 마주치지만 사람은 한 번도 본 적이 없었다. 그날만 빼고는.

중세시대에 라뎅 개천은 배를 타고 들어가는 수로였는데, 땅이 솟아올랐다가 나중에 담수호로 바뀐 협만의 안쪽으로 깊숙이 자리한 마을까지 이어졌다. 마을은 아직도 남아 있다. 우리가 사는 곳이다. 얼마나 오래되었는지는 아무도 모르지만 이미 바이킹시대부터 사람들이 거주했을 것으로 보인다. 부엽토 탓에 이제 갈색빛이 도는 물이 무척이나 깊은, 기다란 협만 안쪽 부분은 정박을 하기에 이상적인 곳이었으리라고 짐작된다. 의욕이 낮은 뱃사람들이 더 이상 항해할 엄두를 내지 못하고 숨어 지내기에 딱 좋은 곳이다. 물 옆에는 깎아지른 벼랑이 있다. 마을은 동쪽 망망대해에서 침입자가 쳐들어와도 거뜬히 방어되었다.

내 창문 너머로는 어떤 배가 닻을 내렸을까? 오늘날에는 강꼬치고기도 겨우겨우 뚫고 나아갈까 말까 하는 개천을 누가 노를 저어 올라갔을까?

"아임 루킹 포 유."

내가 거기 있을 거라고 누가 얘기해 줬을까? 참 기이한 일이다. 어째서 다른 사람들처럼 전화부터 걸든가 아니면 약속을 잡고 싶다는 의사를 최소한 편지나 이메일로 전하지 않았을까? 물론 파리 연구하는 사람이겠지. 우리 업계에서 소문은 전 세계로 금세 퍼진다. 꽃등엣과 가운데 크리오리나 라눈쿨리는 아직 영국에서 관찰되지 않았으며 블레라 팔락스(Blera fallax)는 워낙 진귀해서 수집가들이 밤마다 꿈속에서만 만나는 전설의 동물이다. 여기에서는 드물지 않다. 날 만나러 온 이유야 얼마든지 찾을 수 있다. 아마도 내가 가진 도로스 프로푸게스(Doros profuges) 표본 일곱 마리 때문에 군부대 군수물자 창고처럼 튀지 않는 색깔로 된 우비 차림의 영국 성인 남자가 이제 나와 얼굴을 마주하고 서 있는 게 아닐까 하는 느낌이 들었다. 슬슬 머리가 벗겨지는 중년이었으며 두건이나 모자를 쓰지 않아서 바보스럽게 보이기도 했는데, 철도 신호기처럼 팔을 흔들어댔다.

앞서 말했듯이 모기는 성가셨다.

하지만 그렇다 쳐도 너무 일찍 찾아왔다는 생각이 들 수밖에 없었다. 도로스 파리들은 유월 첫째주 전에는 날아다니지 않는다. 그나마 운이 좋아야 그렇다는 소리다. 어떤 때는 아예 모습을 드러내지도 않는다.

그런데 영국 남자가 대화를 개시하자 나의 의문점들이 하나씩 사그라들었다. 그렇지만 맨 처음에는 모든 것이 가면 갈수록 더더욱 이상해지기만 할 뿐이었다. 나에게 다가오려고 진흙탕을 건넜는데 손에 들고 있는 손때 묻은 책을 보니 1912년에 출간된 식물 종의 목록인 『스톡홀름 지역의 식물(Stockholmstraktens växter)』이었다. 수수께끼 같은 첫마디가 굉장히 자연스럽게 이어지기라도 하는 듯이, 이 섬에서 자라는 주목(朱木) 나무를 보여 주는 페이지를 펼치며 나에게 왔다. 책에는 '섬 여기저기에 많음'이라고 나온다. 그제야 그 사람이 찾아다니던 게 어쨌든 내가 아니라는 사실을 깨달았다. 주제넘게 넘겨짚어서 쑥스러웠는데 주목이 영어로 'yew'이고 맥락 없이 그냥 언뜻 들으면 'you'와 발음이 똑같아서 헷갈릴 수 있다는 게 생각났다.

"아임 루킹 포 유(I'm looking for yew, 주목을 찾으러 왔어요)."

지난 수년 동안 괴상한 식물학자를 여럿 마주쳤지만, 대개는 이곳에서 난초과의 여러해살이풀을 찾아다니던 이들이다. 개불알꽃, 붉은빛 금난초, 늪에 사는 금난초 등등. 그러다가 일이 틀어진다. 특히 찾으려는 난초가 나도씨눈난은 말할 것도 없고 이삭단엽란이라면 그렇게 되는데, 식물학자 스텐 셀란데르(Sten Selander)가 표본 하나를 발견했던 1910년 이래 둘 다 아무도 본 적이 없다. 내가 한두 번 대답해 준 적이 있기는 하지만 다소 빙빙 돌려서 말했다. 그런데 이번에는 새로웠다. 그래서 남자한테 어디서 섬의 주목이 자라는지 설명해 주면서, 어쩌다가 그런 관심이 생겨서 이 화창한 초여름 아침에 뜻밖의 발걸음을 옮기게 되었는지 눈 딱 감고 한번 물어봤다.

"와이 유(Why yew, 왜 주목인가요)?"

"웰, 유 시(Well, you see, 아, 그게 말이죠)." 그러더니 거침없이 이야기를 늘어놓았다. 프랑스 제약회사에서 프리랜서로 일하는데 이번에 맡은 일이 북유럽 현지 여기저기 돌아다니면서, 여러 가지 형태의 암을 치료하는 데 놀라울 만큼 효과적인 약물로 밝혀진 탁솔(taxol)이라는, 주목 속껍질에서 나오는 물질을 추출할 가능성을 타진하는 것이랬다. 번역했던 책 덕분에 나는 탁솔이라면 웬만큼 잘 알고 있어 그 문제를 가지고 꽤 만족스러운 대화를 나누기에 모자라지 않았다. 게다가 이 섬에 사는 주목들을 고려 대상으로 삼기에는 너무나 조금밖에 없을뿐더러 연약하다는 설명까지 상당한 전문

지식을 동원하여 곁들였다. 주목이 넓게 무리 지어 있는 곳을 찾아다닌댔는데 이 섬에는 없다. 어쩌면 발트 삼국으로 가서 찾아보는 편이 낫겠다고 내가 제안했다. 실은 별다른 근거 없이 툭 던진 어림짐작일 뿐이었다. 남자는 팔을 흔들면서 주의를 기울여 들었다. 암튼 내가 제대로 이해했다면 고틀란드섬을 거쳐서 그쪽 방향으로 가던 중이었다. 그러고 나서 우리는 잠시 동안 여객선 운항과 날씨 얘기를 했고 남자는 도와줘서 고맙다고 인사를 하더니, 석회가 튀어나와 석회석 벌판을 닮은 개천 어귀를 향해 동남쪽으로 제 갈 길을 갔다. 무척 특이한 사람이었다. 그리고 마지막으로 던진 말도 첫마디만큼이나 오묘했다.

"바이 더 웨이, 이츠 어 라지 원, 유어 말레스 트랩〔By the way, it's a large one, your Malaise trap, 그런데 큰 거네요, 말레스 덫(날아다니는 곤충을 채집하는 데 쓰는 텐트 모양의 그물 덫—옮긴이)이요〕."

영국인들보고 이렇다 저렇다 얘기할 수야 있겠지만 교양 수준은 높은 편이다. 우리가 짧게 이야기를 주고받는 동안 내가 그때 개천가 덤불숲에서 무슨 볼일을 보고 있었는지는 한마디도 꺼내지 않았다. 곤충 얘기 역시 일언반구도 없었다. 물론 영국 남자는 내 잠자리채를 보기는 했지만 우리 스웨덴 동포들과는 달리 신사가 숲이나 들판으로 나갈 때 으레 챙겨야 하는 것으로 여긴 듯싶었다. 구태여 질문을 던질 필요를 느끼지 못했던 것이다. 참 마음에 들었다. 덫을 보고 얘기를 꺼낸 것은 그냥 그걸 알아보았다는 뜻이다. 그게 무엇인지도, 그게 말레스 덫인지도 물어보지 않았다. 한번 슬쩍 보고는 커다랗다는 것만 짚고 넘어갔다.

그게 마지막으로 던진 말이었다. 위에서 얘기했듯이 나는 사초 풀숲에서 말없이 서 있기만 했다.

*

포인트는 그 사람 말이 맞았다는 것이다. 내 파리덫은 미제라 어울리지 않게 너무 커서 뭍에서 온 친구들은 내가 파티용 텐트라도 사들인 줄로 안다. 모델 이름은 '메가 말레스 트랩'인데 길이가 6미터이고 높이가 3미터이다. 이뿐만 아니라 채집 용기가 이중으로 달려 있다. 정말 괴물 수준이다. 이것보다 더 효과적인 덫은 없다.

한동안은 그걸 인정하려고 들지 않았다. 처음 수년간은 종류를 막론하고 덫이라면 대놓고 꼴도 보기 싫어했다. 뭔가 정정당당하지 못하고 탐욕스러워 보였을 뿐만 아니라 고작 덫을 놓아 잡아 버릇하다 보면 파리 채집에 담긴 좀 더 시적인 차원을 놓쳐 버리는 꼴이라고 생각했다. 기다리고 쉬고 느릿

느릿하고.

“나는 사업을 하려는 게 아니거든요.” 말레스 덫을 장만하지 않을 거냐고 질문을 받을 때면 나한테서 나오는 대답은 이런 식이었다. 물을 담아 놓은 노란빛의 얕은 그릇도 써먹기가 싫었는데, 파리들은 노란 물체만 보면 무조건 꽃인 줄로 착각할 만큼 멍청하기 때문에 그 안에 빠진다는 것이다. 요즘도 덫 중에서 이렇게 매우 단순한 것들은 그다지 마음에 들지 않는다. 딱히 대단한 솜씨가 필요하지도 않을뿐더러, 꿀물을 찾으러 왔다가 실망한 손님들과 파리들이 금세 한데 뭉쳐 만들어 놓은 구역질 나는 잡탕 속에서 그냥 벌, 딱정벌레, 나비, 온갖 벌레 따위를 끈질기게 분류만 하면 되기 때문이다.

그렇지만 어찌 됐든 간에 말레스 덫은 슬슬 나의 상상력을 불러일으켰다. 어디에다가 그것을 설치하든지, 심지어는 스웨덴 북부 지역 노를란드의 끝없는 오지에 자리한 습지의 이탄이끼 위에 놓더라도 꽃등에들이 신기하게도 나타났다. 무엇이 여기에서 나타나게 될까? 섬에 존재할 거라고는 꿈도 못 꾸었던 종들이 이런 식으로 잡혀 주리라는 확신이 들었다. 그리고 새로이 반향을 일으킬 표본을 채집하기가 점점 더 어려워지자 내 거부감도 누그러졌다. 바로 사막처럼 뜨거운 조팝나무 덤불숲 안에서 낯선 꽃등에의 그림자조차 보지 못한 채로 2주 동안 줄곧 석상처럼 우두커니 서 있었다면 온갖 잡념이 안 떠오를래야 안 떠오를 수 없다. 예를 들어 하필이면 그때 거기에 없었거나 혹은 닿을 수 없는 별똥별처럼 날아가 버렸을 파리들을 생각하게 된다. 적어도 말레스 덫이라면 아무튼 흥미로운 실험이 될지도 모른다고 느낄 것이다.

거기까지 생각이 미친다면 패배자나 다름없다. 나는 정원에다가 말레스 덫을 놓는다면 정말로 위대한 나의 영웅들 중 하나에게 좀 늦었을지라도 경의를 표하는 일이 되지 않을까 하고 스스로를 한번 북돋워 보았다.

물론 존경심에서 우러나오는 행동이다! 하기로 했으면 해야지.

레네 말레스(René Malaise)는 1892년에 태어나 1978년까지 살았다. 스웨덴 사람이라는 것을 아는 이는 별로 없다. 전 세계 곤충학자들에게 린네(C. v. Linne)와 마찬가지로 국가나 민족에 속해 한계가 명확한 모든 테두리를 넘어서서 자유롭게 떠다니는 개념과도 같다. 그를 기리고자 무수한 곤충의 종명에 말레세이(malaisei)가 붙었으며 동남아시아 잎벌 분류학을 다룬 학술 단행본은 문외한이 읽을 수 없는 책으로, 아직까지 이를 뛰어넘은 연구는 없다. 그렇지만 운명이란 마음대로 되지 않으니, 세월의 풍파를 꿋꿋이 견뎌낸 명성은 학술 연구와 서적 같은 대단한 탐험 덕분이라기보다는 보태지도 빼지도 않은, 말 그대로 신기원을 이룬 발명 덕분인데 기발한 발명품들의 모양새가 그렇듯이 단순했을 뿐만 아니라 나중에 보니 장점이 한눈에 들어왔다.

이역만리로 나가 넓은 곳을 돌아다니던 와중에 말레스가 알아챈 것이 있었으니, 엄청나게 많은 곤충이 천막 안으로 들어오지만 어쨌든 들어왔던 데로는 다시 나가지 못한다는 점이었다.

그러다가 언젠가 한 번은 텐트 위쪽 귀퉁이에 작은 구멍이 하나 생겼는데 파리 모두 거기를 통해서 아주 편안하게 자유를 되찾았다. 그래서 레네 말레스는 덫을 만들어야겠다는 충동이 일었다. 그는 1937년에 간행된 『곤충학 저널(Entomologisk Tidskrift)』에다가 자기가 겪은 이야기를 영어로 썼는데 고전적인 도입부가 아주 안성맞춤이었다. “린네의 시대 이래로 곤충을 잡는 기술은 그리 많이 개선되지 않아서….” 도를 넘는 겸손함은 내가 알기로 말레스의 두드러지는 특징과 한참이나 거리가 멀었다.

야생생물 서식지에서 떠오른 착상들은 시간이 흐르면서, 그물코가 촘촘하며 그물이 면사포처럼 가느다랗고 양옆이 트인 구식 이인용 텐트와 크게 다르지 않은 장치를 만들겠다는 방안으로 구체화되었다. 텐트의 머리는 조금 기울어졌고 꼭대기 모서리에는 구멍이 하나 있어 기발하면서도 교묘하게 설계된 가스실로 이어진다. 말레스와 두번째(어쩌면 세번째) 아내가 벌과 개미를 채집하려고 미얀마 북부 산악 지대와 골짜기로 출장을 가기 직전에 스톡홀름에서 시제품이 제작되었다. 그때는 1934년이었고 맨 처음으로 놓을 덫 다섯 개는 양곤에 있는 양복점에서 꿰맸는데 발명자가 몸소 감독을 했다. 그러고 나서 두 사람은 북쪽으로 떠났다. 열차의 종점은 미치나(카친 주의 수도—옮긴이)였다. 노새 열여섯 마리를 이끌고 중국 국경으로 길을 나섰다.

과학자들은 오늘날에도 말레스가 채집한 곤충을 웅크리고 앉아 현미경을 보면서 분류한다. 그 덫이 얼마나 효과적이었는지 잘 드러난다. 이 부부는 몇 달에 걸쳐서 표본 10만 마리를 잡았는데 대부분은 전혀 알려지지 않은 종들이었다. 말레스가 몸소 연구했던 입벌아목의 사분의 삼이 새롭게 과학의 세계로 들어왔다.

이 섬에 무슨 새로운 것이 있는지 나는 잘 모르겠고 별로 신경 쓰고 싶지도 않다. 기생말벌이라든가 버섯파리 등등 가운데 여태까지 알려지지 않은 종 수백여 가지가 확실히 있을 테고, 아마도 이미 나의 그물에 잡힌 것도 많겠지만 나한테는 꽃등에 말고 딴것들은 눈에 들어오지도 않는다. 물론 이를테면 왕청벌, 재니등에, 들벌, 동애등에 따위처럼 나중에 써먹으려고 모아 두는 종으로 따지자면 몇 있기는 하지만 모든 것을 다 아울러야 된다면 나는 미쳐 버릴 것이다. 나 같은 사람들에게는 한계를 정해 놓는 것이 인생의 필수 조건이다. 사실은 나도 양곤에서 기차를 한 번 타기는 했으나 이야깃거리는 딱히 없다. 만달레이에서 내려 호텔에서 일주일 동안 묵었다. 카페 한 군데가 기억난다. 그게 다다.

아무튼 일단 내가 유혹에 빠져 버린 다음에는 모든 일이 순식간에 벌어졌다.

이제는 말레스 덫을 만드는 회사가 많으며 그중에는 정말로 간편하게 다룰 만한 것도 있지만, 내가 내린 결정이란 게 경의를 표한다는 핑계로 이루어진 패배였기 때문에 가장 커다란 것으로 주문했다. 그게 바로 미국 업체에서 만든 메가말레스라는 제품이었다. 내가 그러는 걸 누군가가 하늘나라에서 보았다면 빙그레 웃음 지었을 거라고 믿어 의심치 않는다. 세관으로부터 캘리포니아에 있는 요상한 회사에서 내가 구입한 게 무엇인지 궁금하다며 걸려 온 전화를 받기 전까지만 해도 나 역시 흐뭇하고 만족스러웠다. 짐을 풀어서 보더니 다들 생각에 잠겼던 것이다. 이게 대체 어디에 써먹는 물건인고?

“파리덫입니다.” 내가 참 바보같이도 말했다.

처음에는 수화기 너머로 침묵만 흐르더니 곧이어 그게 무슨 용도냐면서 엄청나게 질문이 쏟아졌다.

“개인적으로 파리를 잡는 일을 하거든요.” 나는 기쁜 마음으로 대답을 했지만 요식행위가 주업인 사람한테 이렇게 얘기해 봐야 별 볼 일이 없었다. 과학 연구용 장치 카테고리에 들어간다는 나의 변론이 먹혀들기는커녕 괜한 의심만 살 뿐이었다. 결과적으로 파리덫에는 터무니없이 높은 관세가 붙었다. 차라리 파티용 텐트라고 얘기하는 편이 나았을지도 모르겠다. 그랬다면 물론 거짓말쟁이가 되었겠지만, 부분적으론 그런 셈이다. 바로 첫번째 밤에 벌써 파티 같은 기분이 났는데 그날 채집통을 비우면서 당시 섬에서 처음으로 나타난 꽃등에 종 세 가지를 발견했기 때문이다. 그중에는 여태까지도 유일한 크리소톡숨 파스키아툼(Chrysotoxum fasciatum) 표본도 있다.

파리덫은 집 귀퉁이와 장작 창고 사이에 걸어 놓았는데 쭉 그렇게 있다. 이따금씩은 개천가라든가 섬의 다른 특별한 곳까지 낑낑대며 옮겨 보기도 했지만 이곳 정원 말고 딴 데에다가 내놓은 적은 별로 없다. 저녁마다 나는 클로로포름에 적신 화장지 뭉치를 채집통 안에다가 집어넣는데 남유럽의 열차 강도들이 똑같은 독물을 써서 침대차 객실 손님을 모조리 잠재울 때와 같은 방식이다. 그러고 나서는 노획물을 분류하고 머릿속으로 내 친구 말레스에게 감사와 경탄의 인사를 보낸다.

어떻게 해냈을까?

어떻게 미치지 않고 버텼을까?

가끔 드는 생각인데 그냥 믿음의 문제였을 것 같다. 말레스는 누가 뭐라고 해도 자신의 운명이라는 것을 확실하게 믿고 있었다. 바로 이렇게 굳건히 믿었기 때문에 온 힘을 쏟아부었다. 남겨 놓은 글이 드물어서 거의 잊혔지만 이런 식으로 풀이될 수 있다.

> 어느 날 내가 길가에서 조금 떨어진 곳에 있는 곤충을 지켜보고 있을 때 등짝에 커다란 바구니를 짊어진 남자 세 명이 나타났다. 그중 한 사람이 손에 엽총을 들고 있어서 꽤 낯선 광경이었는데 미얀마 국경 주변에 사는 원주민들은 총기를 소지하는 것이 금지되어 있기 때문이다. 나는 이미 이들이 길모퉁이에서 모습을 드러낼 때부터 지켜봤는데 엽총을 든 남자가 나를 언뜻 보더니 번개처럼 후다닥 총구를 딱 겨누었다. 척 보기만 해도 밀수업자 행색이었다. 내가 덜렁덜렁 아무렇게나 움직였다면 분명히 총알이 날아왔을 테지만 나는 그들도 우리가 곤충 채집을 한다는 것을 알고 있으리라고 믿으면서 등을 돌린 채로 상상 속의 곤충을 잡는 시늉을 하며 그물을 휘휘 내둘렀다. 그 후로 몇 초 동안 팽팽한 긴장이 감돌

았다는 것은 두말하면 잔소리인데 얼마 지나고 뒤를 돌아보니 세 사람 모두 사라지고 없었다.

*

가끔가다가 마음이 당기면 나에게 나그네 노릇이란 무엇인지 밑바닥까지 들여다보았다. 나는 어째서 세상을 두루두루 돌아다니는 게 별로 달갑지가 않았을까? 왜 나는 언제나 고향이 그리웠을까? 그러다가 종국에는 눈에 띄는 이음매도 없고 색깔도 없이 짧게 짧게 거의 점처럼 톡톡거리는 생각들에 푹 빠진 채로 가만히 앉아 있곤 했다. 마치 어떤 전지전능한 존재가 나의 의식 속에 구멍이라도 뚫어 놓은 것처럼.

## 4

# 섬을 사랑한 남자

짧은 생애 막바지에 로렌스는 『섬을 사랑한 남자』라는 단편 소설을 썼다. 나는 이 작품을 읽은 적은 없고 제목만 알았는데 그걸 읽으면 끊임없이 떠오르는 질문에 답을 하는 데 도움이 될지도 모르겠다는 느낌이 강하게 들었다. 어째서 섬일까? 구하기 어려운 그 책을 찾으러 오랫동안 스톡홀름 시내 헌책방을 뒤졌어도 그다지 엄청나게 서두르지는 않았다. 로렌스가 수수께끼를 풀려고 철두철미하게 파고들었음을 아는 것만으로도 내 마음이 누그러졌다. 답은 있었다. 게다가 나만의 이론도 있었다. 피할 수 없는 일이었다.

비록 이 섬이 15제곱킬로미터 넓이의 느긋한 일요일 같은 느낌을 주기는 하더라도 매우 작고 외진 곳이다 보니 마을과 깊은 연고도 없으면서 여기에 정착하기로 마음먹는 사람들은 괴상망측한 종교 집단에 들어가려고 내빼는 것이냐는 질문이라도 반듯이 선택의 근거를 제시해야 될 것만 같다. 언제나 똑같은 질문이다. 왜 이 섬인가? 그리고 늘 그렇듯이 사랑이라고 하면 좋은 대답이 된다. 멀리서 찾아온 여자들이, 평생 바깥세상 일은 모른 채 기름때 묻은 모자를 쓰고 산탄총을 들고 다니던 사내들을 만나 오래전부터 섬에 살던 집안에 시집을 가면 다 알게 된다. 여자들은 이제 섬의 실제적인 사안과 정치적인 문제를 관장한다.

전 세계 어느 바다에 있는 섬이든 마찬가지라고들 한다. 뭍에서는 드물게 보이는 모계사회가 섬에서는 당연하다. 남자들이란, 아이슬란드의 비그디스 핀보가도티르 대통령이 재임 시절 어떤 자리에서 마침 얘기가 나온 김에 말했듯이, 웬만해서는 자신들만의 세계인 바다로 도망치려고 한다. 남자들은 집에 붙어 있지 않을 뿐이다. 그래서 고기잡이와 수로 안내가 예전과 마찬가지로 중요한 곳에서는 예나 지금이나 비슷하게 굴러간다. 그렇다면 여기는? 아니다. 여기는 뭔가 다르게 돌아간다.

항상 뭔가 다른 게 있었다. 어쩌다 보니 그리된 것인데 사실이 그렇고 이것보다 나은 대답도 찾기가 쉽지 않다. 바위섬들이 보여 주는 날것의 아름다움과 망망대해 끝자락에서 수시로 바뀌는 고요함을 향한 그리움도 마찬가지다. 단풍나무가 꽃을 피우고 물가 숲속에서 붉은양진이가 지저귀는 오월이라면 그렇게 말할 수도 있을 텐데, 물어보거나 대답할 필요도 전혀 없기 때문이다. 자연 그대로 얼마든지 아름답고 청청하다. 어째서 여기로 옮겨 오지 않을 수 있을까? 변화는 몇 년이 지나고 나서야 찾아왔다. 그때 나는 뭍에서라면 남들에게 힘을 내세움으로써 찾을 수 있는 식의 통제와 안전이, 여기에는 섬의 자연환경으로 인한 한계에 얽혀 그런 통제와 안전이 필요한 남자들을 특별히 끌어당기는 힘이 있는 것처럼 보였다. 왜냐하면 섬만큼 둘러막혀 있고 구체적인 건 없다. 예전 뱃사람의 시대에는 자연환경이 열려 있었고 어느 방향이든 자유로이 갔다. 이제 자유는 여기로 찾아오는 사람들에게 그때와는 모습이 다르다. 우리에게. 나에게.

어딜 가든 나는 조만간 바다로 나갈 것이다. 대수롭지 않은 관찰이겠지만 내가 볼 때 섬사람들에게는 덫 안에 갇혔다는 느낌보다 더욱 큰 안정감이 있는 것 같다. 어쩌면 문을 닫으면 더 잘 잔다는 것보다 딱히 특이할 것도 없을지 모르겠다. 그런 생각이 스치고 지나간 것은 어느 여름 아침 드디어 오소리를 잡기로 마음먹었을 때였다. 녀석이 집을 뒤엎기 전에.

오소리는 겨울이면 마룻바닥 바로 밑에 살곤 했는데 아이들이 아직 어릴 때는 그렇게 살도록 놔두면 아기자기한 재미를 얻으면서도 친절을 베푸는 셈이라고 우리 모두 생각했다. 공간이 너무 좁아서 오소리가 겨울잠을 자는 동안 몸을 뒤집을 때 등의 센털에 바닥 널빤지가 벅벅 긁히는 소리도 어쩌다가 들을 수 있었다. 우리가 낡은 집을 버리고 호수 옆에다 새 별장을 짓게 되었을 때에야 오소리가 가는 길마다 굴을 파 놓는 바람에 건물 토대가 허약해져서 무너질 지경이었다는 것을 깨달았다. 우리가 베풀었던 호의가 너무 지나쳤었나 보다. 그래서 다음번에 이 뾰족코 짐승이 나타나서 오두막집 밑에 자리를 잡았을 때 우리는 어느 섬에나 다 있는 이상야릇한 사나이들 중 한 명을 물색했다. 전류가 통하는 오소리 덫에 미끼로 쓸, 고린내 나는 브라트부르스트 소시지를 늘 챙겨 다니는 사람이었다. 남자는 오두막 모퉁이에다가 덫을 깔았다. 이튿날 새벽에 일어나 보니까 오소리가 잡혔다. 덫 절반을 차지하고 돌돌 말린 채로 잠들어 있었다.

*

여기서 한번 짚고 넘어가야겠는데 토박이들이라고 해서 특별히 괴상한 사람들은 절대로 아니다. 하긴 여름철 손님들도 마찬가지다. 새로 들어온 귀촌인 또는 열정을 가지고 여기로 이주하거나, 그러려는 이들과 견준다면 조금 다르겠지만 말이다. 여기에 그냥 오는 이가 많은데 항상 보면 바보 같은 계획을 들고 와서는 지원금을 받을 수 있으리라고 생각한다. 섬에 사람들이 띄엄띄엄 살고 있으니 어떤 계획을 내놓든 지원을 받기에 너무 엉터리없는 것은 없으리라고 생각하는 모양이다.

나에게 전화를 걸어서 그런 가능성을 살펴봐 달라는 이들도 가끔씩 있다. 보다시피 나는 생물학자니까. 계획에서는 흔히들 환경문제를 다룬다고 한다. 지원금을 받으려면 어김없이 본능적으로 선택되는 종목인데 그래서 나하고 이야기를 나누면 괜찮을 듯싶은가 보다. 우리가 처음 여기에 왔을 때 나는 당연하게도 글을 쓴다고 말했는데 섬에 사는 모든 여자들이 내 아내를 너무 딱하게 여겨 그다음부터는 생물학자라고 내세우고 다녔다. 그게 그렇게 됐다. 풍요로운 자연환경으로 널리 알려진 섬에 사는 생물학자라면 시시때때로 멍텅구리들에게 걸려 오는 전화를 감수해야 한다. 그네들도 나를 같은 부류로 여기는 것 같다.

어떤 사람한테서 전화가 왔었는데 환경 현황을 제대로 갖추면, 유럽연합 구조(構造) 기금을 꿈꿀 만한 소규모 산업 프로젝트가 있으니 섬 지형을 조사하고 싶다는 얘기였다. 집에서 텔레비전을 보다가 대규모 체육 행사 개회식을 봤다는 얘기를 했다. 확실하게 기억나지는 않지만 아마도 올림픽 같았다. 아무튼 관현악단의 음악 소리가 울리는 거대한 스타디움에서 각국 선수단이 줄지어 지나가고 개식사 뒤에 곡예가 펼쳐졌다. 형형색색의 금박지, 은박지로 된 색종이 조각들이 카메라 플래시를 맞으면서 봄에 내리는 소나기눈처럼 떨어졌고, 바로 그때 방구석에서 과자나 야금야금 먹으며 텔레비전이나 보던 사람이 사업가로 변신했다.

남자의 구상은 무척이나 간단했다. 게다가 스스로 훌륭하다고 생각했다. 멧노랑나비들을 키울 작정이었다. 어마어마하게 큰 온실에서 무진장 많은 멧노랑나비 애벌레를 기른 다음에 냉각장치에서 번데기 변태를 조작해서 동시에 알을 깔 수 있도록 하겠다는 것이었다.

작은멋쟁이나비 세 마리만으로 하기 힘든 일이니까 멧노랑나비 수만 마리를 가지고 하면 색종이업계가 마비될 것이라는 심산이었다. 그게 그 사람이 내놓은 계획이었다. 무슨 행사가 열릴 때면 이따금씩 하얀 비둘기 수백 마리를 풀어놓는데 그런 장면을 텔레비전에서 봤나 보다. 나비가 훨씬 더 예뻐 보이리라는 것이었다. "그럴 것 같군요."

나는 생각대로 그 구상이 어쩌면 좀 낙관적이지 않을까 싶다고도 이야기했지만, 특히 비가 억수같이 쏟아질 때 그렇게 하면 과연 어떤 결과가 나올지 생방송으로 보면 정말 좋겠다고 말했다. 나비 수천 마리가 잔디밭 위에서 어리둥절한 채로 이리저리 허둥대며 숨을 곳을 찾아다닌다면 어떨까. 그런 일이 생긴다면 스포츠 역사에 길이길이 남을 것이라고 나는 말했다. 남자한테서 다시는 연락이 오지 않았다. 내게 전화를 걸어서 섬의 땅 중에서 괜찮은 곳을 혹시 임대해 줄 생각이 있느냐고 물어본 천재한테서도 역시 이후에 아무 소식도 들리지 않았다. 서양고추냉이 유기농 경작을 시작할 작정이었다는데, 마찬가지로 전혀 실행 불가능하다고 소견을 말해 주었다. 그런데 나중에, 가두시위나 폭동을 진압할 때 쓰도록 환경 친화적인 최루 가스를 제조하는 곳에 팔겠다는 것이었다. 이런, 도대체 나한테 무슨 소리를 듣고 싶었을까?

*

섬을 사랑한 남자는 물론 로렌스 자신이고 소설은 여러 문화와 세계관 사이에서 끊임없이 떠돌아다닌 스스로를 알레고리로 나타낸 것이다. 내가 책을 손에 넣었을 때 처음에는 실망스러웠다. 이게 다였어? 염세주의적 성향을 띤 남자가 섬 하나를 사서 자기 뜻대로 꾸며 보려고 하지만 농사를 시어 봤자 벌이는 신통치 않고 하인들한테 배신을 당한다. 그래서 그 섬을 팔아 치우고는 전보다 줄어든 하인들을 데리고 한층 쪼그라든 환상을 품고 더 작은 섬으로 옮겨 간다. 거기에 서서 바람을 맞으며 아무것도 느끼지 못한다. 행복도 없고 갈망도 없지만 집사의 딸이 낳은 아이는 하나 있고, 욕망은 자기 안에서 죽어 가면서 또다시 달아나야 한다는 꼴사나운 결말로 나아간다. 세번째 섬이다. 포효하는 바다에 바위 하나가 덩그러니 놓여 있다. 멍청하게 매매 울어대는 양들 사이에서 정신을 잃어버리고는 조촐한 오두막집 안에서 마침내 얼어 죽는다. 남자가 마지막으로 즐긴 재밋거리 가운데 하나는 고양이가 사라져 다시는 돌아오지 않았다는 것이다.

> 그가 유일하게 만족하는 것은 고독하게 있을 때였다. 절대 고독이다. 텅 빈 공간이 주위를 다 삼켜 아무것도 남아 있지 않은 때다. 잿빛 바다와 바다에 씻겨 닳고 닳은 섬의 모래톱밖에 없다. 사귈 사람도 없다. 두려워하는 꼴을 보여 줄 인간 존재도 없다. 텅 비어 있을 뿐이다. 젖은 채로 희뿌연 어둠 속에서 바닷물에 씻겨 내려간 텅 빈 공간! 이것이 바로 그 남자의 영혼을 살찌우는 빵이다.

답답해져서 나는 책을 책장에 꽂고는 소설이 이야기하는 게 섬도 아니고 사랑도 아니라는 생각을 했다.

몇 년이 지난 뒤에 그걸 다시 읽고 주기적으로 여러 차례 또 읽었는데, 새로 온 사람들에게는 보이지 않는 종류의 비극과 나를 둘러싸는 어둠에 짓눌려 섬에서 살아가기가 빡빡해질 때 특히 그랬다. 내가 텍스트를 처음 읽고 받았던 인상은 더 이상 들어맞지 않았다. 로렌스가 보았던 무엇인가는 내가 언젠가 진실이라고 부르고 싶었던 것이었다. "그야말로 분위기부터가 바위처럼 무거운 적대감으로 꽉 찼다. 섬 자체에 심술보가 덕지덕지 붙어 있는 듯했다. 몇 주 동안 쭉 얄망궂고 못되게 굴 수도 있을 것 같았다. 그러다가 어느 날 아침 온통 꽃이 만발하고 아름다워지면서 느닷없이 천국의 아침처럼 쾌청하고 화사해질지도 모를 일이다. 그래서 모든 사람이 안도의 한숨을 크게 내쉬며 행복을 염원하게 되는 것이지."

소설에 등장하는 부모는 섬에 삶으로써 자식들한테 잘못하고 있다고 말한다. 자식이 없는 이들은 스스로에게 잘못하고 있다고 이야기한다. 그래, 바로 그런 것이었다.

파리들하고는 아무 문제가 없었다. 아무리 하찮거나 무의미하게 보이더라도 무엇인가를 통제하는 데에 자리하는 평온한 희열감을, 비록 하루살이 같고 덧없을지라도, 로렌스가 불러들일 수 있는 것은 바야흐로 다소간 원시적인 식물 채집을 하면서 섬에서 또 다른 자아가 되살아나도록 할 때다. 첫 번째 섬에서는 책이 꽉꽉 들어찬 서재를 안식처로 삼고서 고대 그리스와 로마의 작가들이 이야기했던 꽃을 모조리 다루는 것으로 여겨지는 책 하나에 푹 파묻혀 끊임없이 파고든다. 그다음 좀 더 작은 두번째 섬에서는 감옥에 갇힌 듯이 지내지만 섬에서 자라는 모든 식물을 열거하는 완전무결한 목록을 작성하려고 이따금씩은 열정적인 노력을 엄청나게 쏟아붓는다.

세번째 섬으로 옮기고 나서야 식물학에 가졌던 흥미를 송두리째 잃어버리고 만다. "그는 기뻤다. 나무도 덤불도 바라지 않았다. 그것들은 사람처럼 똑바로 서 있는데 너무나도 도도했다. 푸르스름한 바다 한가운데 헐벗고 야트막한 그 섬 말고는 원하는 게 없었다."

정확하지만 쓸데없이 꼼꼼하고 자세한 지식을 '단추학(Knappologi)'이라고 비꼬아 경멸조로 부르는데, 섬을 사랑했던 남자는 기질적으로 수집가였고 전형적인 단추학자였다. 목록을 작성한다. 생각대로 하겠다면 완전무결해야 된다. 남김없이 다 들어가야 한다. 이 점에서 단추학자는 지도제작자와 구별되는데, 둘은 서로 닮아서 남들이 보면 헷갈리기가 쉽다. 그렇지만 지도를 그리는 사람은 절대로 실제를 모두 그림에 반영할 수가 없으므로 어떤 축적으로 만들든 간에 단순화해야 한다. 둘 다 무엇인가를 포착해서 간직하려고 하지만, 그럼에도 무척이나 다르다.

내가 신경 쓰는 점은, 로렌스의 경우와 같은 단추학자는 처음에는 지도 만드는 사람으로 보이다가 이제 반쯤은 미쳐 가는 중이라는 것이다. 중간에 거쳐 가는 단계일 뿐이다.

남자아이를 작은 섬에다가 풀어놓고 무슨 일이 일어나는지 지켜보라. 자기 동네처럼 주위를 뛰며 돌아다닐 것이다. 그러지 않을 리가 없다. 즐거운 동물처럼 해변 언저리 돌과 돌 사이를 폴짝폴짝 뛰어다닐 텐데, 이건 스웨덴어 'revir(활동 영역, 사냥 구역, 관할 지구)'와 이탈리아어 'riviera(해안, 해변, 연안 지대)'가 언어적으로 뿌리가 같음을 보여 주는 살아 있는 방증이다. 아이는 자기 구역이 얼마나 넓은지 재 보는 것이다. 지도 제작자처럼 온 해안선을 샅샅이 살핀다. 떠내려 온 나뭇조각과 난파선 잔해를 찾아다닌다. 그러고 나서야 단추학자만의 축복받은 터널 시야(tunnel vision)로 섬의 안쪽을 탐험한다.

자주색 털부처꽃이 바닷바람에 하늘하늘한다. 해안가에서 풍겨 오는 짙은 바닷말 냄새. 극제비갈매기들!

*

지구상에는 곤충 종이 수백만 가지나 있다. 이 가운데 수십만이 가지각색의 파리목(Diptera)에 속한다. 집파리, 춤파리,

파리매, 꽃등에, 벌붙이파리, 동애등에, 꼽추등에, 과실파리, 노랑초파리, 쉬파리, 검정파리, 침파리, 벼룩파리, 물가파리, 이파리, 똥파리, 좀파리매 등. 바로 그렇다. 없는 파리를 말하는 편이 쉬울지도 모르겠다. 스웨덴만 해도 최근 수치로 따지면 4,424종의 파리가 나타난다. 새로운 것들도 꾸준히 발견된다.

이렇게 모두가 서로서로 너무나도 다른 파리 군단 가운데서 나는 오로지 꽃등에에만 관심을 쏟는다. 그렇지만 한 사람의 일생 동안으로 따져도 스쳐 지나가는 것 이상의 수준으로 다루기에는 정말로 너무 많다. 뭉뚱그려서 보면 연구자들에게 알려진 것으로는 전 세계에 걸쳐 5,000종 이상의 꽃등에가 있으며, 물론 아직 발견되지 않은 것까지 따지면 수천 종인데, 있기는 하지만 어디에 있는지는 아무도 모르고 이름도 없다. 현재까지 스웨덴에서 발견된 368종의 꽃등에는 당연히 파악이 가능하다. 그렇지만 이 스웨덴이라는 나라는 무척이나 크고 덤불이 무성하며, 하루하루 지내다 보니 언제나 찾아다니는 것들을 시야에서 놓치지 않으려면 스스로에게 한계를 정할 수밖에 없다는 인상을 엄청나게 받을 뿐만 아니라 동기를 유발하는 정보도 터질 만큼 가득하다.

그래서 나는 섬에서만 수집을 한다. 뭍에서는 절대 그러지 않는다.

여태까지 어찌어찌해서 202종을 잡았다. 200하고도 2종이다.

승리한 것이다. 나를 믿으라. 설명하는 어려움만 더 클 뿐이다.

상대적으로 거대한 섬인 욀란드섬이나 고틀란드섬조차, 린네 시대 이후로 곤충학자들이 수 세대에 걸쳐 죽을힘을 다해서 파리들을 수집해 왔지만, 지난 이백오십 년 동안이나 겨우겨우 찾아낸 종류가 내가 지난 칠 년간 여기에서 발견한 만큼과 비슷하다. 수치를 보면 이 섬이 어떤지를, 그리고 아마도 부분적 측면에서는 단추학적으로 저지르기 쉬운 과오가 얼마나 심한지를 알 수 있지만, 무엇보다도 가만히 앉아서 지내는 삶이 어떻게 펼쳐질 수 있을지를 가늠하게 된다. 내가 늙으면 아마도 우리 집 정원에서만 파리 연구를 수행할 텐데, 꼬리조팝나무와 부들레야 꽃 옆에 앉아 햇볕을 쬐면서 파라다이스의 칼리프(caliph) 같은 기분을 내며 마치 아편 파이프에 이어지기라도 한 것처럼 입에 곤충 흡입 장치를 물고 있을 것이다.

이 말이 오해받을까 싶어 덧붙이자면, 우리가 말하는 것은 다름 아닌 즐거움의 추구일 뿐이다. 물론 나는 어째서 파리를 채집'해야' 하는지 그럴싸하고 적당하게 합리적인 이유를 아주 많이 갖다 붙일 수 있을 것이다. 과학적인 이유도 있고 자연보호 정책상의 이유도 있다. 혹시 나중에는 그럴지도 모르지만, 순전히 재미가 있어서 한다는 얘기 말고 딴 데서 시작한다면 가식적일 것이다. 아무튼 나는 선교사가 아니다. 그렇다고 채집가도 아니다. 남들이 납득할 수 있을 만한 동기를 굳이 찾아낸다면 차라리 고독일지도 모르겠다. 우선적으로 동물군 변화 양상을 실측하려고 꽃등에를 채집한다고 얘기해 준다면 누구든 나를 이해할 수 있을 테고 이에 더해 내가 하는 일의 진가도 알아줄 것이다. 하지만 그건 거짓말이다. 즐거움을 찾는다고만 하면 너무 위태롭기 때문이다. 몸소 함정에 빠져 보지 않은 자는 아무것도 알지 못하는데, 이런 면에서 나는 토머스 드 퀸시(Thomas De Quincey)가 『어느 영국인 아편쟁이의 고백(Confessions of an English Opium-Eater)』에서 불안한 영혼에 끼치는 중독의 효과가 어떠한지, 뭔가 좀 안다고 여기는 이들을 모두 싸잡아서 까뭉개는 데 동조한다.

> 여태까지 아편을 이야깃거리로 삼아 왔던 글들을 보면 터키에 여행 다녀온 사람들이 썼든(이들은 거짓말을 할 특권이 태곳적부터 내려온 권리라고 항변할지도 모르겠지만) 아니면 의과대학 교수들이 권위를 가지고 썼든 한마디로 말해 나는 단호하게 비판

할 수밖에 없다. 거짓말! 거짓말! 거짓말이야!

그는 사실 아편 복용으로 스스로를 완전히 망가뜨렸으며, 너무 깊이 빠지는 바람에 특히 결정적인 시기에 넓은 관심사가 국민경제 연구로 단순화되었는데, 이 주제는 그 당시에 '인간 지성의 쓰레기 더미에서 흘러나와 고인 진창물과 거기 있는 찌꺼기'에게나 중요하다고 간주되던 것이었다. 작가 역시 물론 그런 모든 문제의 이면을 설명하는 것에만 국한시켰을 수도 있었을 텐데, 왜냐하면 누구보다도 가장 뛰어난 전문가였기 때문이며, 자연의 황폐화와 환경 파괴가 자그마한 미물들에 미치는 영향이 얼마나 지겹도록 큰지 우리 곤충학자들이 온종일 읊어 댈 수 있는 것과도 아주 똑같다.

그래도 어쨌든 중독의 희열은 언제나 행간에 뚝뚝 배어 나온다.

그런데 이제 이 에피소드는 그만 얘기하고 나의 행복했던 시절로 돌아가 봐야겠다. 내가 이미 말했듯이 행복이란 우리 모두에게 너무나도 중요한 문제이기 때문에 누가 됐든지 자기 경험이나 시도를 이야기해 줄 수 있는 사람에게 귀를 기울이면 좋은데, 비록 어떤 고상한 학문적인 원칙에 바탕을 두고 연구

> 를 수행했다든가 혹은 인간의 고통과 쾌락의 토양만큼이나 척박한 토양에서 딱히 깊게 쟁기질을 했으리라고 여겨질 수도 없이 쟁기질이나 하는 사내아이라고 할지언정 마찬가지이다.

이제 아무리 용을 써 봐도 내가 불행의 토양은커녕 행복의 토양이라고 해서 특별히 깊이 파고들었다고는 내세우지 못하겠으나, 어찌 됐든 레네 말레스만큼은 그랬을 것이라는 모종의 느낌이 슬슬 들기 시작했다.

때가 되면 말레스가 만든 덫으로 수천 마리 곤충을 잡게 될 테니까.

그건 시작일 뿐이었다.

## 5

## 단추학 군도

단추학이라는 표현을 만들어낸 사람은 아우구스트 스트린드베리(August Strindberg)였다. 잔뜩 화가 나서 욕지거리를 퍼붓고 싶었을 때 새말을 지어냈다는데, 원래부터 있던 말이나 표현들은 그다지 쓸모가 없었기 때문이다. 우스꽝스럽게도 「축복받은 자들의 섬(De lycksaliges ö)」이라는 중편소설에서 나왔다. 1884년 스위스에서 쓴 작품으로, 줄곧 그랬듯이 작가가 뜻했던 바는 이런저런 부당한 행태에 그냥 부분적으로 복수하는 것만은 아니었다.

> 그런데 게으름뱅이들은 아무것도 하지 않으려 했지만 힘들어지자 다소 어리석어 보이는 온갖 잔일을 발명했다. 누구는 단추를 모으기 시작했고, 또 다른

> 누군가는 소나무의 솔방울, 전나무와 노간주나무의 송이를 모았으며, 또 다른 아무개는 세계 여행을 떠나려고 지원금을 마련하러 다녔다.

그는 바로 이 섬에서 망망대해를 바라보는 동쪽에 살면서 몇 년 뒤에 자신의 가장 훌륭한 소설 중 하나로 꼽히는 작품을 썼다. 그렇지만 보아하니 그다지 느긋하게 지냈을 것 같지는 않다. 적어도 유럽식의 규모로 외딴섬의 구역을 정복하고 싶은 열망만큼이나 자연스러운 필요성 때문에 뭍에서 편안함을 느끼던 사람이었다. 좁아터진 새장 안에서 평온함을 느끼기는 어려웠기에 공격적으로 바뀌어 걸핏하면 시비를 걸거나 싸움질을 했다. 게다가 또 이곳에서 1891년 한여름 덴마크인 마리 다비드(Marie David, 스트린드베리는 아내 시리 폰 에센의 애인이라고 의심했다—옮긴이)에게 호되게 불벼락을 내뿜다가 나중에 지방법원에서 폭행죄 판결을 받기도 했다. 한여름이면 여전히 휴가철의 절정이다. 라이벌(rival)은 구역(revir)뿐만 아니라 리비에라(riviera) 해안과 모두 같은 뿌리에서 나온 말이기도 하다.

그가 만든 혁신적으로 빈정거리는 표현인 '단추학자'는 「축복받은 자들의 섬」에 나오며 이것이 겨냥한 것은 고고학자 오스카르 몬텔리우스(Oscar Montelius)였는데, 청동기시대 유물의 연대기적 분류에 쓰인 유형론적 방법론을 세운 사람으로 특히 유명했기 때문이지만, 이후부터 특히 곤충학자처럼 체계적인 분류를 해야 되는 딴 직종의 사람들마저도 교양미 없는 익살꾼들에게는 어쩔 수 없이 그렇게 불리게 됐다.

단추를 모은 남자는 엄청난 수집품을 쌓아 놓았다. 어떻게 간수해야 될지를 몰라서 국고를 지원받아 수집품을 수용하는 건물을 세웠다. 앉아서 단추를 정리했는데, 분류하는 방식이 여러 가지였다. 속옷 단추, 바지 단추, 치마 단추 등등으로 나눌 수가 있었지만 우리의 주인공은 좀 더 인위적이고 그렇기 때문에 더더욱 어려운 분류 체계를 고안해냈다. 그렇지만 계획대로 하려면 도움을 받아야만 했다. 먼저 과학적 관점에 따른 단추 연구의 필요성에 관한 논문을 썼다. 그다음에 재무성으로 찾아가서 단추학 교수직 신설 및 이에 따른 조교 두 명의 채용을 요청했다. 신청이 허가는 되었는데, 사안 자체는 아직 아무도 그 값어치를 판단할 수 없었기에 오히려 실업자들에게 허드렛일이라도 마련해 주려는 것이 이유였다.

스트린드베리는 늘 그랬듯이 가면 갈수록 열의에 불타오르고, 백치가 되거나 골통이 비어 버린 이들이 전염병처럼 퍼져 버리는 바람에 제 갈 길을 잃은 사회를 맹렬하게 비난한다. 변덕스러운 작가의 눈으로 볼 때 스웨덴 왕국은 종교계, 예술계, 학계, 정계 엘리트들이 완전무결하게 으리으리한 무지몽매를 무기로 서로 치고받고 싸우는 멍청함의 본거지이다.

> 그런데 솔방울을 모은 사람은 뒤떨어지는 존재로 남기가 싫었기에 거대한 인위적 분류 체계를 세워 세상을 놀라게 만들었는데, 모든 솔방울을 67가지 강(綱), 23가지 과(科), 1,500가지 목(目)으로 나누었다.

그리고 조국이 이제 정신적 파탄의 상태에 놓이고 말았다는 마지막 증거로서 스트린드베리는 권력을 가지고 어리석게 뽐내는 남자들이 "아연 바늘에 수많은 벌레를 꿰어 놓은 신사에게 국민들이 봉급과 교수직을 주지 않는다면 국가가 무너질 것이다"라면서 억압받는 대중들을 구슬리고 말았다는 이야기를 전했다.

*

오랫동안 나는 오스트리아에서 만든 전통적인 곤충바늘을 사용했는데 꽃등에에 관심이 더욱 깊어지면서 체코제 바늘을 쓰기로 마음먹었다. 값이 더 싸다는 것 말고는 큰 차이가 없다. 체코제 곤충바늘은 길이가 40밀리미터이고 검정색 래커가 칠해진 강철로 만들어져 있으며 누리끼리하게 놋쇠 빛깔을 내는 작은 플라스틱 대가리가 달려 있는데 굵기가 일곱 가지로 나온다. 가장 굵은 것은 못처럼 딱딱한 반면에 가장 가느다란 ○○○호는 무척 가벼워서 갈대처럼 잘 휜다. 바늘을 파리의 몸통에 바로 찔러 넣으면 된다. 그것보다 어려운 일은 딱히 없다. 말리는 동안 미관상의 이유로 대가리 달린 바늘 한 쌍을 가지고 날개를 펼쳐 놓을 수도 있지만, 전반적으로 볼 때 파리는 채집 대상으로서 무척이나 고분고분하다. 그런 다음에 꼭 맞는 서랍에 넣어서, 수시렁이라든가 다른 피해로부터 보호할 수만 있다면 수백 년 동안이라도 끄떡없이 버틸 텐데, 곤충학자는 그런 생각만 떠올려도 마음이 놓인다.

그럼 서랍 얘기를 해 보자. 이 장치는 꼼꼼하면서도 격조 높은 사람이 발명했다. 멋들어진 서랍장 안에 커다란 서랍들이 있으며, 잘 닦인 유리 밑에는 뚜껑 없는 작은 상자들이 서랍마다 열여섯 개씩 있는데, 새로운 종의 표본이 덧붙여지거나 전에 있던 표본이 넘쳐나면 옮길 수 있다. 그러니까 예컨대 어느 여름 꽃등에의 일종인 브라키오파 필로사(Brachyopa pilosa)를 엄청 많이 잡아다 바늘로 꽂아 놓는다고 치면, 나중에 겨울이 되어 때가 오면 현미경으로 관찰을 하다가 그것들하고 매우 비슷하지만 훨씬 보기 드물고, 모든 면에서 수수께끼 같은 브라키오파 옵스쿠라(Brachyopa obscura)의 표본을 발견하는 환희를 누리겠다는 기대를 품고 그렇게 하는 것이다. 그리고 작은 상자에 브라키오파를 가득 채워 넣었을 때 빈 상자를 새로 넣고 다른 것을 옆으로 밀어 버리면 되는데, 어린 시절에 하던 게임에서 숫자가 매겨진 알록달록한 플라스틱 조각이 번호 순서대로 자리잡을 때까지 엄지손가락으로 여기저기 밀어 넣는 것과 똑같이 단순한 원리를 따른다. 물론 봄이 되면 해방을 맞이하는 느낌이 든다.

나는 겨울에 쓰려고 언제나 몇 가지 특별히 까다로운 사례를 남겨 놓곤 하는데, 꽃등엣과 안에서 많은 종을 갖고 있으며 중요도가 높은 속(屬)인 플라티케이루스(Platycheirus), 케일로시아(Cheilosia), 스파이로포리아(Sphaerophoria)처럼 일반 유형에서 벗어나는 표본들이다. 이런 곤충들의 이름을 보면 주춤거리게 되면서도 지식의 맨 앞 가장자리까지 조금이라도 더 나아갈 수 있다는 희망의 불꽃도 타오른다. 손으로 하는 일인데 마음이 느긋해지면서도 기분이 짜릿해진다. 바닥이 스티로폼으로 덮여 있는 알루미늄 필름 통 안에서 정말 특이한 파리들이 바늘에 꽂혀 있다가 겨울이 되면 항공 우편으로 세상 방방곡곡을 찾아가고, 그러다가 현인의 지위뿐만 아니라 꾸불꾸불한 악보 같은 독일식 분류표의 암호를 풀어내는 소문난 예술적 능력을 가진 전문가들에게 다다른다.

날개를 펼치면 시위 플래카드만큼이나 널따란 흰꼬리수리는 창밖으로 보이는 호수 얼음 위를 스쳐 지나가고, 밖에서 이따금씩 솔잣새들은 어스름에 솔방울을 테라스 구석에 자꾸 떨어뜨리는데, 햇빛이 잘 들게 하고자 내가 가을마다 쓰러뜨리려고 마음먹는 우리 집 귀퉁이 소나무에서 가져오는 것이다. 얼마나 오래됐는지 아무도 모르는 마을 저 너머 방송탑 꼭대기를 큰까마귀들이 정찰한다. 그 밖에는 달리 아무것도 없다. 북풍과 서풍 그리고 섬사람들의 좌절감과 무분별하고 몰염치한 행동거지를 두고 수군거리는 입소문들. 드디어 삼월에 봄이 찾아오면 파리들이 빨랫줄처럼 똑바로 줄지어 앉는데, 끊임없이 왔다 갔다 하거나 혹은 아직 정밀하게 연구되지 않은 파리 과학 보병 군단의 무명용사처럼 잡힌 소수의 몇 마리 빼고는 다 그렇다. 서랍 안의 빈틈에서도 노다지를 캔다.

삼월이 되면 나는 햇빛이 드는 계단에 앉아 있기 시작하고, 그때는 눈이 다 녹으려면 아직 멀었고 숲종다리와 유럽울새라든가 조깅하는 사람들은 보이기 전이지만, 그해 들어 첫 파리들이 나타난다. 꽃등에는 아직 나올 때가 아니고 일명 '다락파리(Pollenia)'가 등장하는데, 다락에서 겨울을 보내다 보니 스웨덴에서는 그런 이름을 붙였다. 다락파리가 속한 검정파릿과는 그 자체로 역시 흥미로운 곤충들이지만 순전히 어린아이 같은 호기심만으로 채집하는 사람은 아무도 없다. 아무튼 내가 알기로는 없다. 설령 있다손 치더라도 삼월에 윙윙거리는 파리 소리가 여름이 온다는 희망찬 전조로 받아들여질 만한 때는 되어야 한다. 검정파리에게는 뭔가 거부할 수 없이 불길한 것이 있다 보니, 송장에서 풍겨 오는 축축한 냄새와 윌리엄 골딩 얘기는 그 누구에게도 기분 좋을 리 만무하지만, 예외가 있다면 별종 같은 법의곤충학자들일 텐데, 이들은 희생자의 주검 속에 우글거리는 구더기를 비롯해 사르코파구스(Sarcophagus), 타나토필루스(Thanatophilus), 네크로포루스(Necrophorus) 따위의 이름을 가진 다른 곤충들을 연구하여 끔찍한 살인사건의 전모를 밝히는 데서 영예로움을 느끼는 불가사의한 족속이다. 죽은 이의 몸속에 사는 벌레들과 더불어 이것들이 어느 발달 단계에 있는지를 실마리로 하여 놀랍게도 언제 범죄가 저질러졌는지 말할 수도 있고 어떤 경우에는 주검이 발견된 곳 말고 딴 데에서 일어난 일인지도 밝혀낼 수 있다. 미국에서만 제대로 안정적인 판로가 열린 음산한 학문이다. 더욱 넓은 시야를 가지려면 분야를 깊이 파고들 수도 있으나, 이 학문이 실제로 응용될 가능성은 대체로 낮다. 게다가 밥맛도 뚝 떨어진다. 그러니까 이후로는 핀란드 청소부 아주머니 이야기만 기억하면 된다.

1970년대 말쯤이었다. 핀란드 정부 당국자가 집무실 양탄자 밑에서 통통한 파리 애벌레 몇 마리와 마주쳤다. 그 자리에서 청소부를 불렀다. 세상에 어쩌다가 집무실에서 구더기가 기어 다니게 되었느냐며 따져 물었다. 청소부 아주머니는 아무 대답도 하지 않았다. 물론 엄청나게 재미있거나 빈정거리는 대답을 이러저러하게 내놓을 수도 있었겠지만 그러지 않았다. 어쩌다 그렇게 됐는지는 모르겠으나 어쨌든 간에 자기 잘못은 아니라고 말했을 뿐이다. 구더기들이 어디서 왔는지는 수수께끼였다. 청소부는 전날 저녁에 양탄자를 털었다고, 그 점은 맹세코 확실하다고 했다. 그렇지만 정부 관리는 그 말을 믿지 않았기에 아주머니는 곧바로 잘려 버렸다. 청소를 엉망으로 하다가 딱 걸렸을 뿐만 아니라 거짓말까지 했기 때문이다. 그래서 빠이빠이.

그러다가 이 일에 관심이 생긴 호기심 많은 수의사가 어디에선가 튀어나와서는 정부 관계자들 입에 오르내리는 구더기들을 좀 가까이 살펴봐도 되겠는지 요청을 했다. 당시 핀란드 정부에서 쓰던 양탄자 소재인 합성 섬유에 먹을 것이 모자라는데도 파리 애벌레가 어떻게 피둥피둥해질 만큼 먹고살 수가 있었는지 아무리 봐도 납득이 되지 않았다. 그래서 미스터리를 밝히겠다는 기대를 품고서는 법률적 분쟁 문제에 감각을 가진 곤충학자에게 보여 주었더니, 파이니키아 세리카타(Phaenicia sericata)라는 검정파리의 애벌레가 번데기가 되기 직전의 상태라는 것을 보자마자 알아냈다. 이 파리 종은 그 곤충학자가 이야기하다시피, 이를테면 가옥 벽 속에서 죽은 생쥐처럼 동물의 시체 안에 알을 까는데, 먹을 만큼 먹으면 밤중에 몸뚱이를 남겨 두고는 번데기가 될 적당한 장소를 찾아 여기저기 돌아다닌다. 이러다가 애벌레들이 안착한 곳이 열 받은 관료의 양탄자 밑이다. 청소부는 일자리를 되찾았다. 핀란드 정부에서 무슨 사과라도 했는지는 알려진 바 없다.

아무리 쓸모없게 보일지라도 어떠한 지식이 쓸모가 있을지는 절대로 미리 알 수가 없다. 커다란 시체가 분해되는 데 관여되는 종은 500가지가 넘을 수도 있다.

물론 역겹다. 그렇게 느껴지는 게 당연하다. 그렇지만 겉으로 보이는 것만이 전부가 아니다. 일화 하나를 더 이야기한 다음에 우아할 뿐 아니라 모든 면에서 호감을 주는 꽃등에에게 되돌아가겠다. 그러니까 언젠가 들은 소문에 따르면 전설로 남을 만한, 모든 전제 조건을 갖춘 연구를 뭍에서 몇몇 곤충학자가 실시했다는 것이다. 다른 게 아니더라도 비록 섬이 존재하지 않는 곳일지언정 호기심 많은 소년들에게 섬을 탐구하고 싶다는 불굴의 충동을 일으키는 본보기로 삼을 수 있겠다. 아니면 좀 더 정확히 말해서 예술가와 훌륭한 연구자들에게 특징적으로 보이는 창조적 상상력 없이는, 섬이 발견될 수 없는 곳이라고 해야겠다.

그런 섬들은 모두 단추학 군도(群島)에 자리한다. 우리는 나중에 거기로 돌아갈 이유가 생길 것이다. 이것은 예비 답사일 뿐이다.

커튼이 올라가자 누군가 어쩌다가 자동차로 들이받은 오소리가 길가에 죽은 채로 누워 있다. 그다음에 곧바로 상상력 풍부한 이들 곤충학자 가운데 하나가 똑같은 길을 따라 평화로이 다가온다. 오소리를 보더니 차를 세우고 내려서는 무슨 일이 일어났을지 곰곰이 따져 본다. 장면을 생생하게 떠올릴 수 있다. 혼자 차를 몰던 운전자는 사월 어느 날 죽은 오소리 위로 몸을 숙이고 서 있다. 궁리를 한다. 생각이 하나 떠오른다. 사체를 들어 올려 트렁크에 싣고는 자리를 뜬다.

이걸 들으면 어떤 이들은 안데르센의 동화 「바보 한스」가 생각날지도 모르겠다. 이야기에 나오는 소년은 길에서 발견한 죽은 까마귀를 가져가는데, 죽은 새를 언제 써먹게 될지는 결코 알 수가 없기 때문이다. 이번에 일어난 일도 얼추 비슷하나, 다만 이번 발견자는 처음부터 사체를 어디에 써먹을 수 있을지 이미 알고 있었다는 점이 다르다. (실은 바보 한스도 알고 있었다. 공주에게 까마귀를 주려는 심산이었고 나중에 그렇게 했다. 공주는 이걸 받고 신이 났는데 덴마크 문학에서 가장 아리송한 대목에 낀다.)

한 해 전에 이미 바로 이 연구자가 '브란드베리엔 숲속'에서 자동차에 치인 고양이에 특히 관심을 보여 영국 학술지 『곤충학자 학보(Entomologist's Gazette)』에 발표한 논문에서 그 사건의 발생과 여파를 다루었다. 말하자면 이 일을 가지고 글을 써도 좋겠다 싶었던 것으로, 우리의 운전자와 그의 동료들은 어떻게 고양이 사체의 동물상(動物相)이 그 안에 사는 딱정벌레로 인해서 형태를 갖추고 분해가 이루어지는 모든 단계에 걸쳐 변화되는지 연구하기 시작했다. 연구는 넉 달이 걸렸다. 딱정벌레를 도합 881마리 잡아서 자그마치 130여 종으로나 분류를 했다. 세계의 다른 어느 곳에서 이루어지는 이와 비슷한 연구도 이런 규모 근처에도 오지 못한다.

이렇게 하여 첫 삽을 떴다. 고양이를 송두리째 먹은 딱정벌레들은 이제 일련의 문제를 제기했는데, 전반적으로는 썩은 고기를 먹는 동물상의 행태 그리고 특별하게는 분해가 일어난 장소인 토양의 성질에 어떻게 좌우되는지에 관해서였다. 그 밖에도 실험은 더 확장될 값어치가 있다고 간주되었고, 사체는 군체(群體) 형성과 생태계 성장이 아예 처음부터 함께 일어날 수 있는 섬과 비슷하다는 분명한 이유가 있었기 때문이다. 그러니까 아이슬란드 앞바다에 있는 화산섬인 쉬르트세이섬과 얼추 비스름하다. 또는 자바섬과 수마트라섬 사이 순다 해협에 자리한 크라카타우 화산섬과도 유사한데, 여기는 1883년 폭발로 동물상과 식물상 모두 깡그리 사라져 숫제 처음부터 시작하게 되었다.

오소리 한 마리가 필요했으며 그걸 똑같은 지역에 갖다 놓았다. 그렇지만 땅에 자작나무와 꽃과 이끼가 있는 평범한 숲 비탈길에서 펼쳐졌던 고양이의 사례와는 달리, 이번에 고른 데는 훨씬 더 메마르고 생물학적으로 더 척박한 장소로, 초목이라고는 헤더 같은 들꽃이나 삐쩍 마른 소나무 말고 없으며 지대가 높고 돌이 많은 곳이었다. 죽은 오소리가 여기를 마지막 안식처로 삼도록 했는데, 아무도 지켜보고 있지 않을 찰나에 혹여나 여우가 와서 사체를 질질 끌고 가는 일이 생기지 않게끔, 평소 같으면 쳇바퀴를 도는 모르모트라든가 적당히 길들여진 집토끼가 지낼 법한 철제 우리 안에다가 집어넣었다. 누구나 생생히 떠올릴 만한 그림이다. 숲속 한가운데, 좁은 애완동물 우리 안에 뻗어 버린 오소리. 이 광경이 너무나 기괴했기에 우리에 작은 표지판을 붙여 다름 아닌 과학 실험 중이라는 것을 알릴 수밖에 없었다.

나도 그런 표지판을 달고 다녔으면 좋겠다는 생각이 들 때가 가끔은 있다.

*

사월 어느 날 남쪽에 떠오른 해가 가장 이른 갯버들의 싹을 틔우면 첫 꽃등에도 날아다닌다. 자그마해서 눈에 띄지 않다 보니 어쩌면 정말로 거의 보이지가 않기 때문에 책에서는 드물지 않게 희귀종이라고 불리지만 실은 아마도 그냥 눈으로는 볼 수가 없어서 그렇다고 여기는 쪽이 낫겠다. 곤충 채집은 여름철, 대개들 방학이나 휴가철을 맞으면 하는데 여태까지 쭉 그래 왔기 때문에 초봄에 간혹가다가 한두 주 정도만 날아다니는 파리들보다는 여름 동물상이 더 잘 알려져 있다. 게다가 가장 훌륭한 갯버들은 주로 키가 크다 보니 잠자리채가 닿을 수 없다. 그 밑에 서서 쌍안경을 들고 꽃 위에서 무슨 일이 벌어지는지 바라볼 수도 있고 그 위에서 무슨 종의 곤충들이 날아다니는지 골이 빠개지도록 궁리할 수도 있다. 물론 기다란 잠자리채 자루를 구입해서 (잔재주 많은 체코인들이 8미터짜리 자루를 시장에 내놓았으므로) 봄날 햇볕을 맞으며 길 잃은 장대높이뛰기 선수처럼 서 있을 수도 있지만, 긴

자루가 달린 잠자리채는 품위를 고스란히 지키면서 조작을 하기가 어렵다고들 하기에 나는 키가 작지만 그래도 꽃을 피우는 갯버들을 찾아냈다. 섬 이곳저곳 덤불 네댓 군데였다. 거기서 나는 햇빛이 반짝이고 풀이 엄청 빠르게 자라 땅바닥에서 마른 나뭇잎이 부스럭거리는 사월의 봄날을 보낸다. 어떤 덤불을 고를지는 바람의 방향에 따라 달라진다. 그다음에는 노루귀라는 여러해살이풀이 나타난다. 그러고 나서는 유럽산 숲바람꽃, 미나리아재비, 동의나물, 황화구륜초가 모습을 드러내고, 오월 중순 단풍나무가 꽃필 즈음이면 겨울날의 온갖 시름이 잊힌다.

색깔만 봐도 나는 마음이 흐뭇해진다. 단풍나무의 꽃은 연둣빛이 감도는 노란색이며 여린 잎사귀는 노르스름한 연두색인데, 딱 이렇고, 거꾸로 되지는 않는다. 멀리서 보면 이런 두 가지 색조의 혼합이 또 다른 제삼의 너무 아름다운 색채를 만들어내어 도무지 설명할 말마디도 찾을 수가 없다. 주지하다시피 여름철이 되면 녹색은 더욱 짙어지는데, 단풍나무 꽃 그 자체는 모든 것이 가장 밝고 가장 멋들어진 때의 출발점을 알린다. 한 주 내지 늦어도 두 주 정도 지나면 오리나무에서는 본격적으로 이파리가 돋아난다. 마음속 깊이 바라건대 모든 사람이 알았으면 좋겠다. '단풍나무에서 꽃이 핀다.' 이보다 긴 말은 자동 응답기에 남겨 두지 않아도 된다. 누구나 알아들을 테니까. 색깔을 보고, 뉘앙스를 느끼고, 이해할 것이다. 거기서는 모든 것이, 진짜로 모든 것이 날아다닌다는 사실을. 천 개의 코멘트. 각주 전체.

## 6

# 레네 말레스

레네 에드몬드 말레스(René Edmond Malaise, 1892-1978)는 스톡홀름에서 태어나 어릴 때부터 곤충학의 온갖 유혹에 사로잡혔다. 한 치도 벗어나지 않는 패턴이다. 우리 가운데 어린 시절에 데뷔하지 않은 사람이 과연 얼마나 될까?

가족들 사이에 전해 내려오는 얘기에 따르면 결정적인 충동이 일어난 것은 여름방학 때 프랑스에 놀러 가서는 나비를 수집하던 사촌의 집에서 함께 지냈을 때였다. 머물기로 한 바로 그날부터 시작됐다. 식물학은 이미 마스터한 상태였는데, 어머니가 정원사의 딸이어서 그랬거나 아니면 훌륭한 가문 출신의 소년이라면 마땅히 지녀야 할 물품 중 하나에 잘 채워진 식물 표본집도 들어갔기 때문이다. 아버지는 유명한 요리사였는데 프랑스 출신 이민자로서 오랜 세월 동안 고급 식당

오페라셀라렌(Operakällaren)에서 수석 주방장으로 일했다. 레네는 아버지로부터 좋은 식당 알아보는 법뿐만 아니라 나중에는 돈도 물려받았지만 요리에는 아무런 관심도 없었다. 중요한 것은 영양분이지 맛이 아니라고 평생토록 여겼다. 그러다 보니 괴혈병에 걸렸다든가 꼬챙이에 꿰어 구운 곰을 먹었다든가 하는 황당무계한 얘기도 전해 내려왔다.

말레스는 타고난 사냥꾼이어서 소싯적부터 일찍이 특이한 사냥감에 눈독을 들이고 사냥질 방식도 엉뚱했다. 19세기 말과 20세기 초 즈음에 가족들과 살던, 높은 아파트가 자리한 외스테르말름스토리 광장에서 저격수 경력을 쌓았다면서 얘기를 늘어놓기도 했다. 열대 지방 이야기에서 착안해 그곳 토착민이 쓰는 것처럼 입으로 부는 바람총을 만들어서는 정확성을 갈고닦으려고 건물 아래 광장을 지나가는 여인들의 모자를 겨냥해 뾰족한 깃털 화살을 쏘아 댔다.

나비들도 그냥 준비 상태였을 뿐이다. 나비를 배우는 데 몇 년은 걸린다. 내가 그 사람을 제대로 안다고 치면, 스웨덴 나비 생태계는 한참 전에 잘 연구해 놓은 사람일 것이다. 딱히 새로 발견할 것이 없었고 남들이 앞서 이루어 놓은 업적에다가 조금 덧붙이는 것은 아무래도 성미에 맞지 않는 일이었다. 손수 길을 닦아서, 스스로 일가를 이루고 싶었다.

잎벌을 선택했는데, 어째서 그랬는지는 분명치 않지만 아무도 그걸 제대로 연구한 적이 없었기 때문일 것이다. 스웨덴에서는 없었다. 게다가 잎벌과(Tenthredinidae)는 학자들 사이에서조차 여태까지 아무도 분류학적으로 제대로 탐구하지 않았고 대개는 어려운 작업으로 간주되었다. 식별 확인을 하기가 어려운 동물이라서 젊은 사람이 그 분야에, 그리고 별다른 사건이 없는 박물관에서, 엄청나게 시간을 쏟아붓지 않고도 대단한 권위를 가진 전문가가 될 수도 있었다. 이제 린네와 같은 연구자의 길이 활짝 열렸다. 모퉁이만 돌면 나타날 모험은 불안한 영혼의 갈증을 함빡 달래지는 못하더라도 절반은 채울 수 있을 것이다.

대학에 다니던 1910년대에 그는 처음으로 세 번의 원정을 떠났고 목적지는 모두 라플란드 산악지대였다. 특별히 독창적이지는 않았지만 잎벌 연구 꿈나무에게는 제격이었으며, 어쨌든 이런 도제식의 방랑은 여러 세대에 걸쳐 자연과학자라면 누구 할 것 없이 거쳐야만 하는 관문이나 다름없었다. 혼자 나서지는 않았다. 그때까지는 아직 안 그랬다. 당시 라플란드에 함께 갔던 길동무는 또 다른 젊은 현장조사 생물학자이자 들새 관찰자인 스텐 베리만(Sten Bergman)이었는데, 어째서인지는 우리가 추측만 할 수 있겠지만 그들이 미래를 보며 품은 환상 속에서 자작나무 숲의 레밍 떼처럼 미친 듯이 환호작약하고 날뛰었다. 한밤중 햇빛 아래서 흰눈썹울새가 지저귀는 동안 집게손가락은 세계지도 구석구석을 열심히 휘젓고 다녔다. 저기다!

칼 요나스 로베 알름크비스트(Carl Jonas Love Almqvist)가 『스웨덴 빈곤의 의미(Svenska fattigdomens betydelse)』를 썼던 시절에 그의 손가락도 똑같은 마법의 지점에 딱 멈췄다.

> 세계지도를 들여다보면 저 위로 유라시아 대륙 동북쪽 구석에 남쪽으로 굽이져 대양에 둘러싸인 반도가 하나 눈에 띈다. 그건 바로 캄차카반도다. 무척이나 고독하게 문명 세계로부터 단절된 곳이다. 그렇지만 캄차카는 닮은꼴이 하나 있다. 저 위로 유라시아 대륙 서북쪽 구석에 위도상으로는 더 북쪽으로 또 다른 커다란 반도가 하나 있는데, 마찬가지로 남쪽으로 굽이져 대양의 품에 안겨서 외부와 차단된 곳이다. 그건 바로 스칸디나비아다.
>
> 유럽 모든 나라 가운데 우리 북유럽 반도만큼 외떨어지고 스스로 알아서 꾸려 나가야 하는 곳은 없다. 다른 나머지 나라들은 문화적으로나 정치적으로 어느 정도 연결되어 있다 보니 서로서로를 형제자매처럼 받쳐 준다. 우리가 사는 나라는 거의 섬과 같아

서 지리적 측면에서 보았을 때도 고립된 상태다. 그렇지만 우리의 내면세계 역시 섬나라나 다름없는데 스스로에게만 기대기 때문이다. 스칸디나비아다운 것은 제 스스로 굴러가거나 쓰러질 수밖에 없다. 여러 가지 측면에서 명목상 나머지 유럽 나라들과 관계를 맺고는 있는 셈이지만 실제로는 별로 그렇지가 않다.

소년들은 캄차카에 가 보려고 했다! 지구상에서 비슷하게 삐죽 튀어나온 두 곳과 거기의 동물상, 식물상, 사람들을 비교하고자 학술적인 원정을 손수 꾸려 나서는 것이었다. 모험이 되겠고 어쩌면 유명해질지도 모를 일이었다. 무수한 벌과 개미는 말할 것도 없고.

계획된 원정에 1919년 봄 세번째 참가자가 합세했다. 베리만과 마찬가지로 1894년에 태어난, 재능 많은 식물학자였으며 나중에 전성기를 구가할 때는 식물지리학자로 이름을 날렸던 에리크 훌텐(Eric Hultén)이었다. 이제 돈만 마련하면 됐다. 베리만이 둘째가라면 서러울 달변가라 후원자들을 끌어모으는 데는 선수였기 때문에 돈을 대 주겠다는 사람들이 이내 줄을 섰다. 캄차카 원정 이야기를 담아 이미 1920년대에 수많은 언어로 번역된 베리만의 베스트셀러에는 머리말에 감사의 인사말만 해도 몇 페이지에 걸쳐 할애되었다. 이들은 스웨덴인류학지리학협회(Svenska Sällskapet för Antropologi och Geografi)에서 베가 장학금(Vegastipendiet)을 타고, 라르스 요한 예르타(Lars Johan Hierta)와 요한 발베리(Johan Wahlberg, 코끼리에 깔려 죽은 사람) 등과 같은 사람들을 기리고자 수여되는 비슷한 다른 탐험 지원금도 받았으며, 이 밖에도, 물론 입이 떡 벌어질 만큼 긴 명부에는 전쟁 특수 폭리로 한몫 단단히 잡아 돈더미 속에서 헤엄을 치는 자들도 끼어 있었는데 유구한 전통의 스웨덴 국민 스포츠가 그들 눈에 시장 가치가 높다고 보였는지 현금을 이바지하려고 겨룬다는 인상을 주었다.

그럼 도대체 경비가 들기는 했는지 궁금해질 것이다. 모든 것을 공짜로 받았다. 옷, 통조림, 총기, 화약, 카메라, 스키, 램프, 담배, 치약 등등 가릴 것 없이 모조리. 외레브로 비스킷 공장에서는 비스킷 500킬로그램을 보냈고, 마라부 초콜릿 회사에서는 초콜릿 150킬로그램을, 순드뷔베리 마카로니 공장에서는 군대 하나를 먹여 살릴 만큼의 건조식품을 보태 주었다. 술도 빠지면 안 되지! 물론 베리만은 천생이 좀 따분한 금주가였기 때문에 술 얘기는 거의 입에 담지도 않았지만 국영 주류 제조 판매 회사가 드럼통 하나에 채운 방부제를 제공하여 호의적으로 도움을 베풀었다는 언급만은 했다. 이와 달리 홀텐은 말레스와 마찬가지로 술을 한 방울도 마시지 않으면서 살아가는 재미가 무엇인지 도무지 이해하지 못했는데, 나중에 오십 년 넘게 지나서 『그렇지만 재밌었다(Men roligt har det varit)』라는 회고록을 집필하려고 펜을 잡았을 때도 특히나 상세하게 기억했다.

> 가장 눈에 띄는 선물은 물론 술이라고 할 수 있겠다. 브라트(I. Bratt)는 독재자처럼 스웨덴 주류업계를 손아귀에 넣고 흔들었다. 술 배급 수첩(motbok)을 소중한 재산으로 여기는 사람이 많았다. 그렇지만 우리는 표본 보존을 하는 데 사용하도록 96도 술이 든 드럼통 하나를 받았을 뿐만 아니라, 믿거나 말거나, 각 원정 대원이 삼 년간 마실 수 있는 양에 해당하는 술 배급 수첩도 받았다. 유일한 조건이라고 해봤자 배가 예테보리 항구를 떠나기 전에는 술 궤짝에 손대면 안 된다는 것뿐이었으니까!

이렇게 얘기를 하자니 소년들이 엄청 재미있게 지냈던 것처럼 보이지만 홀텐의 경우는 한 가지 짚고 넘어가야 할 점이 있는데, 가장 눈에 띄는 선물이 독주도 아니었으며 그렇다고 해서 베리만의 용의주도한 홍보 기획 가운데서 찾아볼 수 있는 것도 아니었다. 비스킷 제조업체 사장이라든가 노르셰핑 우비 공장 소유주를 구슬리는 재주로는 비길 데가 없을지 몰라도, 모든 승리 중에서 가장 실익이 큰 것을 따져 본다면 거나하게 취한 채로 어느 날 저녁 덴 윌레네 프레덴(Den Gyldene Freden) 레스토랑에서 안데르스 소른(Anders Zorn)을 봤던 우리의 영웅 말레스의 공로 덕분이다.

이역만리로 탐사를 떠나는 사람들을 지원할 생각이 혹시라도 있기는 했을까?

물론 그랬다. 바로 이튿날 아침 말레스가 스톡홀름 슬루센 구역에 있는 화실로 찾아가자 아직 술이 덜 깼던 위대한 화가는 지난밤의 약속을 기억하더니 1만 크로나짜리 수표를 써 주었다. 줄잡아 말하더라도 엄청 후한 액수였는데, 답례로 아무것도 받을 생각이 없었다는 점을 감안하면 특히나 그렇다. 일본 여자들 알몸 그림만 가져오면 된다고 했으나, 그걸 받을 기회는 영영 생기지 않았다. 수표에 서명한 날짜는 1919년 5월 20일이었고 소른은 일 년 뒤에 세상을 떠났다.

자금 면에서 보자면 그렇게 한고비를 넘겼고, 내가 상상하기로 이 세 친구는 계획 수립과 출발 사이의 기간을 오랜 여행 중의 가장 유쾌한 구간으로 변모시킬 수 있게 되었으니 좀처럼 겪기 힘든 행운을 만끽했을 것이다. 지금까지 보아 왔던 세상과 앞으로 펼쳐질 세상은 이제 완전히 달라졌다.

*

날짜를 헤아려 보니, 계획을 세우고 떠나기까지 사이에 특별한 마술이라도 있었던 것처럼 모든 것이 더욱 또렷하게 보였다. 거기서 넘어가 버리면 끝없는 간격으로 시간이 벌어져 의뭉스럽게 물러서는 것처럼 느껴졌다. 스스로 한계가 있었기에 자유로운 평온이 자리를 잡았다. 배분된 시간은 섬과도 같았다. 그리고 나중에 섬은 측정할 수 있는 순간이 되었다. 한참이 지난 뒤에도 이 발견은 전체 여행 기간 중에서 뚝 떼어내어 또렷이 떠오르는 대목이 되었다.

*

1920년 이월에 길을 나섰는데 모두 합쳐서 여섯 명이었다. 베리만과 훌텐은 둘 다 새신랑이었다. 이들의 아내인 다그뉘와 엘리스는 현장 보조 겸 살림꾼으로서 동행했다. 그리고 헤드스트룀이라는 남자를 관리인으로 고용했는데, 사람들이 기대하던 임무는 포유류든 조류든 베리만이 쏘는 엽총의 사정거리 안에 들어온 것은 무엇이든 가죽을 벗겨서 다수의 소장품으로 보관하는 것이었다. 곤충은 말레스가 손수 처리할 터였다. 실은 말레스 역시 출발 전에 결혼식을 올리자는 제안을 받았는데, 무척 어렸음에도 벌써 이름을 떨치던 언론인 에스테르 블렌다 노르드스트룀(Ester Blenda Nordström)으로부터였다. 그렇지만 그런 준비 과정이 위장 결혼처럼 보였는지, 스텐 베리만은 여기에 반대를 해도 좋겠다고 생각했으며, 애초에 캄차카 원정 이야기를 후대에 전해줄 사람은 오직 자신밖에 없다고 마음을 굳히기라도 한 것 같았다.

바로 그래서 베리만은 나한테 결단코 재미가 없었다. 관찰력이 날카롭고 다른 어느 누구보다도 부지런한 베리만이 삼 년 동안 겪은 고초가 펼쳐지는 두꺼운 책을 아마 어느 정도 유익하게 읽을 수야 있겠지만, 위대한 탐험가 스벤 헤딘(Sven Hedin)의 발자취를 대놓고 따라 오르려고 했으나 절대로 그러지 못했다는 점 때문에 이 모든 것이 초라해진다. 너무 늦게 태어나는 바람에 제때를 못 만났다. 탐사는 알렉산드리아까지밖에 못 갔는데, (베리만의 책에서는 첫 페이지에만 나온다) 다음과 같이 말한다. "유색인이든 백인이든 모든 부류의 사람들이 서로 밀치락달치락하며 지나다녔고 대부분은 통이 넓은 치마바지 같은 옷을 입고 다녔으며, 우리에게 덤벼든 누더기 차림의 인상이 험악한 아랍인이나 지저분한 흑인 추장에게 우리 짐 가방을 맡길 엄두를 낼까 말까 했다."

인종차별주의에다가 싸구려 이국적 취향이 당시에는 일

상다반사였다고는 하지만 베리만은 그런 태도를 반세기나 더 지녔다. 그렇게 지나치도록 진지하게 생각하지 않았다면 좋았으련만.

넉 달 동안 바다에 나가 있다가 캄차카반도에 다다른 뒤에 스웨덴인들은 그 지방의 중심 도시인 페트로파블롭스크에 자리를 잡았고, 그곳 인민회관의 극장에서 놀랍게도 스트린드베리(A. Strindberg)의 희곡「아버지(Fadren)」를 상연 중이어서 세상 외딴곳에 속절없이 뚝 떨어졌다는 느낌을 누그러뜨릴 만도 했다. 나중에 알고 보니 극작가를 네덜란드 사람인 줄로 착각하고 스텐베르흐(Stenberg)로 불렀다고 해서 김이 조금 빠지긴 했지만 적어도 그때까진 괜찮았다. 이들이 사는 곳은 모스크바에서도 한참 멀리 떨어졌다. 혁명 자체는 동떨어졌거나 아직 제대로 여물지 않은 것처럼 보였다. 붉은 군위대와 반혁명분자들은 다소 희비극적인 방식으로 번갈아가며 권력을 차지했으며, 이 와중에 일본 장갑순양함은 왕의 이익을 수호하려고 정박지에 닻을 내리고 있었다.

러시아 붉은 군대와 백군 사이에 간헐적으로 소규모 접전이 벌어져 목숨을 잃은 사람도 생겼지만, 스웨덴인들은 두 군데 야영지로 복귀해서 자유롭게 움직였다. 훌텐 부부는 식물 채집을 하려고 여름에 남쪽으로 나섰고 베리만 부부와 헤드스트룀은 새를 사냥하고 주민들의 삶을 연구하려고 북쪽으로 갔으며, 말레스는 그러니까 정확히 뭘 하던 중인지 따라잡기가 늘 그렇게 쉽지는 않다. 스스로도 당시 몇 년간 겪은 일을 딱히 많이 이야기하지 않았으며 다른 사람들이 쓴 책에서는 여백에서 슬쩍 지나다닐 뿐이다. 이따금씩은 그냥 모습을 보이지 않다가, 몇 달씩 집을 나갔다가 돌아온 고양이처럼 뜬금없이 나타나기도 한다. 혼자 알아서 오지를 돌아다닌 것 같다. "여기서 우리가 갈 길이 잠시 갈라진다. 말레스는 캄차카 사람 두 명이 노를 젓는 통나무배를 타고 강 상류 쪽으로 70베르스타(약 75킬로미터—옮긴이) 떨어진 곳에 자리한 마슈라 마을로 향했다. 거기에서부터 나중에 현지인 한 명과 말 몇 마리를 이끌고 캄차카강과 바다 사이에 위치한 커다란 호수인 크로노키까지 갔다."

그는 곤충을 잡고 곰을 죽이고 화산 사진을 찍고 지도를 그렸다. 몇 킬로미터씩을 가도 아무도 살지 않는 땅도 있었고 가끔은 전혀 알려지지 않은 땅도 만났다. 혈혈단신이었다. 그는 대단히 유쾌한 성품을 지녔다고 전해진다. 그런데 무슨 생각을 했을까?

그리고 무엇 때문에 머무르게 됐을까? 1922년 가을, 탐험 임무가 완료되고 다들 일본을 거쳐 귀국했을 때 말레스는 남았다. 대원들 중 가장 나이가 많았지만 아직 서른 살도 채 안 되었을 때였다. 스텐 베리만은 책에서 다음과 같이 말한다.

덤불이 무성한 산속과 척척한 툰드라 지대뿐 아니라 눈보라와 추위에도 불구하고 캄차카는 지난 수년 동안 우리 마음을 사로잡았다. 갖은 고생에 시달렸지만 다 잊어버렸고 황무지 깊숙이 들어가 피워 놓은 모닥불 주위에 둘러앉아 보냈던 멋진 밤들만 선명하게 기억난다. 곰들을 이웃으로 두고 별빛 반짝이는 겨울밤에 설산과 화산을 바라보며 유목인의 어둑어둑한 유르트에서 묵었던 시간도 잊지 못할 것이다.

이 모든 것에서 우리 스스로를 떼어내기가 힘들었고, 동료 하나는 아예 헤어나지를 못했다. 말레스는 이 고장에 너무나도 매혹되어서 몇 해 더 머물기로 마음먹었다. 캄차카를 알게 되는 사람은 누구든 자석처럼 끌어당기는 그곳의 힘을 떨치기가 이만저만 힘든 게 아니다. 거기까지 가는 것도 순탄치 않지만 거기에서 그냥 나오는 것은 더 어렵다.

말레스가 증거였다. 그 뒤로 1930년까지 꽤 오랜 세월을 흔적도 남기지 않고 그곳에서 자취를 감추었다. 어디 있는지 무얼 하는지 아는 사람이 아무도 없었다. 고향 스톡홀름에서는, 곤충학회 친구들 사이에서 슬슬 돌기 시작하던 소문에 따르면 소련에서 검은담비 농장의 주인이 되기도 했다. 그렇다면 여자들과의 관계는 대체 어떠했을까? 몇 번이나 결혼을 했는지, 어째서 결혼을 했는지 오늘날까지도 확실하게 말해 줄 사람은 단 한 명도 없다.

다그뉘 베리만 역시 젊은 시절의 모험을 얘기하는 책을 하나 펴냈는데, 1940년대 말쯤 되어 자식들이 품을 떠날 때까지는 글을 쓸 시간이 없었음에도 여러 면에서 남편 스텐 베리만이 어찌어찌 이야깃거리를 끌어모아 썼거나 혹은 쓰려던 책보다 더욱 매력적이고 훨씬 친숙한 느낌을 안겨 주었다. "날이면 날마다 말레스의 곤충 그물이 풀숲과 덤불 사이로 푸드덕거렸다." 다그뉘 베리만이 쓴 책의 한 대목에 이렇게 나올 뿐, 딴 대목에서 말레스는 어떤 볼일이 있어서 길을 나서는지는 몰라도 모습을 드러내지 않을 때가 많다. 이름도 거의 안 나온다. 캄차카 원정에 나선 다른 어떤 친구보다도 레네 말레스의 수수께끼를 푸는 데 가장 근접한 사람은 아마도 다그뉘 베리만일 것이다.

> 캄차카 반도를 누비고 다니다 만나는 사람들은 너무나도 범상치 않은 운명을 타고났다. 사회와 척지고 부득이 사라질 수밖에 없어 바람 따라 가는 나그네들, 혁명과 전쟁 통에 사랑하는 이들을 여읜 비운의 주인공들, 온갖 시련을 겪고서도 꿋꿋이 버틸 수 있

었던 사람들을 만난다.

*

“말레스는 당신에게 무슨 의미인가요?”

질문을 들으면 깜짝 놀랐다. 대답은 나중에 하고 일단은 피하고 봤다. 나는 레네 말레스에 관해 조금이라도 알려진 것이 있으면 다 긁어모으기 시작했다. 책을 사고 문서고를 뒤지기도 했지만 특별히 많은 것을 찾아내지는 못했다. 나이 든 곤충학자 가운데 내가 알고 지내는 사람은 당연히 모두 말레스를 만나 본 적이 있고 아마 머리카락이 쭈뼛쭈뼛 서는 1920년대 이야기들을 들었을지도 모르지만 그를 더욱 자세하게 아는 사람은 아무도 없었다. 틀에 박힌 모습뿐이었다. 잎벌을 알고 덫을 발명한 명랑한 한량으로 모험을 떠났던 과거가 있고, 나중에는 아무도 진지하게 보아 주지 않는 괴짜이자 기인이 되어, 사방에 적을 만들고 마침내 전설 속으로 홀연히 사라져 버렸다는 이미지였다. 나는 레네 말레스로 뭘 어쩔 셈이었을까?

내가 말레스를 이해했다고 생각할 때마다 그는 미끄러져 갔고 새로운 광기 속으로 사라졌는데 그러면 나는 매번 그냥 놔줬다. 딴 일에 신경 썼다. 말레스의 운명을 따지는 데 싫증이 나서 그런 게 아니고 개방적이면서도 거침없는 그의 기질 탓에 내가 조바심이 났다. 말레스는 한계 같은 것을 두는 사람이 아니었다.

# 7

# 수선화꽃등에

독일 태생의 미국 정신분석학자 베르너 뮌스터베르거(Werner Muensterberger)가 지적한 바에 따르면, 많은 수집가가 수집을 하는 까닭은 끊임없이 따라다니는 끔찍한 우울증에서 벗어나려는 것이다. 정말로 너무나 강박적인 수집가로 손꼽히는 신성로마제국 황제 루돌프 2세(1552-1612)를 연구하다가 그 문제를 파고들었다는데, 적어도 시장에서 임자가 바뀌는 예술품이나 책이라든가 이런저런 다소 구하기 힘든 물건을 두고 하는 이야기라면 나도 그런 지적에 기꺼이 맞장구치겠다. 호기심을 일으키기만 하는 것이라면 모조리 수집하는 사람들은 특히 불안을 곧바로 누그러뜨리는 물신 숭배의 형태에 몰두한다.

나도 언젠가 위드레에서 집을 한 채 살 뻔했는데 마당에 다 쓰러져 가던 뒷간이 주교이자 시인인 에사이아스 텡네르(Esaias Tegnér)의 것이었다는 게 유일한 이유였기 때문에 스스로도 그런 걸 잘 안다.

자연의 물체는 이와 달리 그런 방식으로 물신 숭배 대상이 되지는 않는다. 이유야 여러 가지가 있겠지만 돈을 주고 사는 경우가 드물기 때문이다. 게다가 거의 문화적인 유래를 찾아보기가 힘들다. 어떤 것이든 딱정벌레 한 마리를 잡아서 바늘에 꽂아 종을 분류한 사람이 예컨대 찰스 다윈이었다면 우울증을 치료하는 데 놀라운 물신이 됐을 테지만 아무리 봐도 그런 일이 생길 턱이 없다. 물론 내가 소유한 박제 공작은 뒷이야기가 있는데, 1800년대에 살아 있을 때부터 주인이었던 사람들을 비롯하여 그걸 구하려고 처절하게 몸부림쳤던 이들까지 다 알려져 있다. 그렇지만 요즘은 박물표본 수집가들이 몸소 대상을 잡아들인다. 그 점이 예술품 거래와는 다르다.

열정은 이를테면 파리 사냥으로 드러날 수도 있는데, 나에게는 프로이트주의자들이 말하는 열정의 이미지가 대부분 너무 막연하다는 느낌이 강하게 든다. 인간의 행동을 좁아터지고 외설스러운 표준 설명 방식에 너무 심하게 가두어 버린다. 그러니까 앞서 말한 뮌스터베르거가 내리는 결론을 보면 평균적인 수집가는 '항문기 유형'을 나타낸다니, 내가 제대로 이해하는 것이라면, 유년 시절에 자기 똥을 가지고 놀 만큼 충분히 놀지 못했기 때문에 수집가가 된다는 뜻이다. 어안이 벙벙하다. 내 가까운 친구인 초현실주의 시인조차도 그렇게 뭉뚱그려 말하는 진단에 거의 들어맞지 않는다.

나는 그 친구를 곤충학회 학술대회에서 이따금 마주친다. 물론 괴짜이지만 남들보다 특별히 나쁠 것은 없다. 내가 그 친구를 많이 좋아하는 건 철두철미하게 이해 불가능한 시들을 읽다 보면 내가 지은 책들이 명료할뿐더러 한 치의 틈도 없이 논리적이라는 것이 놀랍게도 드러나기 때문이고, 다른 한편으로는 작가 일을 하면서도 쇠똥구리의 분포와 서식지에 관한 한 북유럽에서 가장 훌륭한 전문가 가운데 하나라는 위치를 지키고 있기 때문이다. 그는 몇 해 전에 이 섬으로 찾아와서는 채집을 하기 시작했다. 프로이트주의자들은 우리가 풀밭을 거닐면서 양의 똥을 조금씩 쑤시고 다니거나 김이 날락 말락 하는 말똥 더미 위에 전문적으로 쭈그리고 앉아 있는 꼴을 보았다면 황홀감에 미쳐 날뛰었을 것이다. 아니, 그 사람들은 이해를 못할 것이다.

구태여 얘기를 꺼낸 것은 베르너 뮌스터베르거가 아주 틀린 소리만 하지는 않았기 때문이다. 수집의 심리학을 다룬 책에서는 대부분의 수집가가 공통적으로 지니는 것이 어느 정도 두드러지는 자아도취라고 풀어 놓았는데, 그걸 보면 오히려 무서울 만큼 똑바르게 안개 속을 헤쳐 나갔다고 해야겠다.

그래, 달리 뭐라고 말할 수 있을까? 다른 게 없더라도 우리가 주의를 기울일 만한 값어치는 얼마든지 있으니, 가장 흥미로운 사례 가운데 하나로 이러한 추측을 뒷받침했기 때문이다. 그건 '한 물건 수집가(one-object collector)'라는 희한한 범주에 들어가는 남자 이야기다.

이 남자는 딱 한 가지 물건만 수집한다.

당연히 물건 하나만 가지고는 수집품 목록이 만들어질 수 없다는 반론이 있겠지만, 남자는 광적인 수집가의 희비극적 특징을 드러낸다는 점에서 특별하다. 더 좋은, 더 훌륭한 표본을 부단히 찾아 나서다가 맞는 것을 찾아내면 전에 있던 것을 곧바로 없애 버린다. 그러면 물건이 더도 말고 덜도 말고 딱 하나만 있게 된다. 고상한 취향과 탁월한 솜씨가 알려지고 그것으로 인정받고 싶다는 강박적이고 강렬한 욕망 때문에 그러는 것이다. 반대로 말하자면 수집 대상이란 자기 자신이고, 가장 결정체 같은 형태 안에 있는 자아도취적인 수집가이다.

작은 아파트에 사는 예술품 수집가에게는 대안이 될지도 모를 일이다. 그렇지만 파리 한 마리만 모은다? 아무래도 그럴 수는 없다.

그래도 한다면 수선화꽃등에(Merodon equestris)를 수집해야 할 것이다. 매우 다채로운 형태를 가진 종으로, 마치 난초과 식물 가운데 하나인 닥틸로리자 삼부키나(Dactylorhiza sambucina)와 얼추 비슷하다고 볼 수도 있지만, 물론 그것과 달리 색깔이 두 가지만 있지는 않다. 또한 독특한 방식으로 윙윙거리는 꽃등엣과에 속하는데 눈을 감고도 알아챌 수가 있어서 특별히 평온한 행복감을 선사한다.

안대를 쓰고 야외를 돌아다니는 버릇이 있기 때문이 아니라, 나는 간혹 어쩌다 보면 풀밭이라든가 이끼가 낀 바위 바닥에 누운 채로 파리를 쳐다보느라 피곤해진 눈을 잠시나마 쉬게 해 주면서 구름을 바라보거나 아니면 아무것도 안 보거나 한다. 한편으로는 그렇게 여름 낮잠을 즐기는 동안 수선화꽃등에가 잽싸게 지나가면서 내는, 정말로 누구도 흉내내지 못할 강렬한 소리를 알아듣는다는 것은, 지식이 즐거움의 샘물이 된다는 이유만으로도 아늑한 느낌을 준다.

나는 이런 걸 안다. 이 섬에 사는 파리들이라면 나보다 잘 아는 이가 아무도 없다. 소리만 들어도 아니까 기차역 승강장의 군중 틈새에서 지인이나 친구를 딱 알아보는 것과도 비슷하다. 오월 끝자락 저녁 바람이 잠잠할 때 오래전 죽은 사람들이 아름다움과 향기를 간절히 염원하던 이야기를 지나가는 말처럼 들려주는 친구.

일찍이 중세에도 스웨덴에는 머나먼 남쪽 나라에서 수선화를 수입할 만큼 유복하고 살판난 사람들이 살았다. '시인의 수선화(나르키수스 포에티쿠스, Narcissus poeticus)'와 색깔이 예쁘기도 하고 흉하기도 한, 여느 부추속이 전국 각지의 식물원과 공원에서 꽃을 피웠는데 특이하게도 1910년대가 되어서야 수선화꽃등에가 이 나라로 왔다. 헬싱보리 밖에서 그것을 처음으로 찾아낸 남자는 당시에 아직 유명하지 않았던, 국민학교 교사 오스카르 링달(Oscar Ringdahl)인데, 『곤충학 저널』에 짧은 공고문을 올려 자신이 발견한 곤충을 세상에 알렸다. 1911년, 그때 그의 나이 스물여섯 살이었다. 그 뒤로는 전문가라면 다 아는 얘기다.

오스카르 링달은 거물이 되어 전설의 반열에 올라 '파리 링달'이라고 불렸다.

> 젊은 시절부터 오스카르 링달은 딱정벌레와 나비를 채집하기 시작했는데 너무 열정적으로 하다 보니 한 번은 멋진 딱정벌레를 뒤따라 기어가다가 연인 한 쌍이 앉아서 키스를 나누던 벤치 아래에서 고개를 쳐들었다. 그렇지만 이내 파리가 딴 곤충보다 재미있다고 생각하게 되었으니 어쩌면 파리에 관한 글이 너무 적었기 때문일지도 모르겠다. 핀란드의 자연과 민속을 다룬 1866년에 나온 책만 딱 한 권 가지고 있었고 거기서 파리 얘기를 봤다. 그다음에는 세테르

스테트(J. W. Zetterstedt)가 라틴어로 쓴 저작물을 읽었다. 이 고서적 두 권을 여행 가방에 챙겨 넣고 파리 사냥에 나서 한평생을 바쳤다.

짧은 일대기지만 그렇게까지 엉성하지는 않다. 1944년에 발행된 주간지 『이둔(Idun)』에서 인용한 것으로 링달의 명성을 어느 정도 증명하는 셈이다. 기사에는 아내 안나도 나온다. 확실히 이해심이 많은 여자다. "'오스카르는 파리가 슬슬 윙윙거리는 봄이 되면 흥에 겨워 어쩔 줄 몰랐어요. 그러면 겨울에 갖은 잔병치레로 고생한 걸 싹 잊어버렸거든요.' 링달 부인이 이렇게 말하니 남편이 웃는다." (여든 넘게 살았던) 링달은 예순 즈음에도 6만 마리는 족히 되는 파리를 채집했다.

수선화꽃등에 애벌레는 땅속 알뿌리 안에 살기 때문에 아마도 네덜란드에서 들여온 어떤 알뿌리에 무임승차해서 스웨덴에 처음으로 뿌리를 내렸을 것이다. 물론 아무도 확실하게 알지는 못하지만 나의 어림짐작으로는 대략 그런 식으로 시작된 것 같다. 정황 증거를 대자면 유명한 파리 전문가 베럴(G. H. Verrall)이 백 년도 더 지난 옛날에 내놓은 책의 한 대목에 브리튼 섬의 꽃등에 얘기를 썼는데, 1869년 6월 8일 영국 최초로 이 파리 종의 표본들을 채집한 곳은 자기 형의 집 주소지인 남부 런던의 덴마크힐이었고 거기선 해마다 다량의 네덜란드 수선화 알뿌리를 사들였다.

비록 메로돈(Merodon) 속의 여러 가지 종이 기후가 더 따뜻한 지중해가 원산지라 하더라도, 이제 수선화꽃등에는 영국과 스웨덴 두 나라 모두에서 흔하다. 꼭 지중해가 원산지라고 할 것도 없는데 이젠 스웨덴에서 나고 자라기 때문이다. 파리는 머나먼 옛날 언젠가 남쪽에서 이방인처럼 왔겠지만 이제는 다른 모든 것과 마찬가지로 이곳에서 점유권을 지닌다. 이것이 나의 정치적인 기본 입장이다. 따지고 보면 그렇게 위험하지는 않지만 파리 정치가 한 번도 제대로 시류를 탄 적이 없기 때문일 뿐이다. 어째서 그런지는 나도 모르겠다. 스페인 달팽이, 밍크, 멧돼지, 가마우지 및 기타 등등은 외국에서 오는 것이라면 일단 혐오하고 보는 수많은 포퓰리스트뿐만 아니라 각양각색의 떠버리나 잔말쟁이의 이목을 끌고 있으나, 파리는 아무도 신경 쓰는 이가 없다. 겁쟁이들조차 나하고 말동무가 되어 주지 않는다. 하지만 이것은 정치적이다. 그리고 파리 문제에서 나는 자유주의자이기 때문에 우리 동물 생태계에 통합되기 전에 과도기적 규제를 권하지도 않는다. 그냥 오게 놔두자. 여기는 자리가 넉넉하다.

외래종 문제는 꽤 복잡하고 민감하다. 여기서 더 파고들지는 않겠다. 그렇지만 내가 짚고 넘어가려는 것이 딱 하나 있다면 외래종 사안에서 꽃등에 사냥꾼이 웬만해서는 관대할 수밖에 없다는 점인데, 왜냐하면 글자 그대로 문화와 자연의 접경지대에서, 순전한 우연과 꾸준한 교란이 다스리는 극미 세계에서 지내기 때문이다. 언제고 변하지 않는 것은 없다. 나는 정원에 이끌리고, 남은 게 거의 없는 풀밭에 이끌린다. 나에게는 인적 하나 없는 자연보다 그곳들이 더욱 야성미가 넘치고 비옥하다. 목초지, 길거리, 공동묘지, 갓길 그리고 숲속에 세운 송전탑 때문에 푹 파인 도랑 역시 마찬가지이다. 거기에 파리들이 있다! 아무도 건들지 않은 자연도 물론 저만의 탁월성이 있으나 인간들이 헤집어 놓은 땅에는 십중팔구 필적하지 못한다.

무슨 식으로든지 개입이 일어나면 거의 생태 환경이 새롭게 달라질 수 있고, 그러다 보면 웬 보잘것없는 파리가 생존하려고 내놓는 어지간히 까다로운 요구와도 때때로 만난다. 이제 할 얘기만큼 그렇게 꼭 이상할 것까진 없다. 이를테면 어떤 젊은 조경사가 발삼 포플러가 내뿜는 짙은 향기라면 사족을 못 쓰는 여자와 사랑에 빠진다고 쳐 보자. 그러면 조경사는 아마도 사랑에 빠진 순간에 조경 공사 수주를 받은 대학교 숲에다가 온통 발삼 포플러를 심을 텐데, 한밤중에 약간 지하 조직적 성격을 띤 백러시아 해방 학생회가 이 숲을 회합 장소로 쓰면서 필사적인 투쟁 의지를 드러내려고 빠르게 자라는 포플러의 반질반질한 줄기에 아무도 읽지 못할 작은 포스터를 붙이면서 사용한 도구가, 이 조직에서 많이 갖고 있는 유일한 물자인 백러시아 압정이다 보니, 그것이 함유하는 이름 모를 금속 불순물이 나무 속껍질 안에 희한한 꼴의 부패병을 불러일으키는 바람에 더더욱 희한한 파리 애벌레가 나무즙을 먹으면서 어른벌레가 될 때까지 버티는 밑바탕이 된다.

딱 한 가지 놀라운 점이 있다면 애초에 파리들이 여길 어떻게 찾아내느냐 하는 것인데 짐작하기로는 언제나 주위에 정찰병을 보내는 듯싶다.

나는 이 맥락에서 사랑의 의미를 특별히 강조하고 싶다. 이는 가장 풍성한 꽃등에 무리를 품고 있으면서도, 문화적 영향을 받는 현재 생태계 발달에서 거의 주목을 끌지 못하는 요인이다. 예전에는 가난하다 보니 사람들이 본의 아니게 파리가 창궐하기 좋은 경관을 조성했다면 요즘에는 풍요와 욕망이 그 뒤에 자리하고 있다. 정원들은 가장 좋은 사례다. 이제 섬은 농부가 남아 있지 않게 되자 풍부한 동물군을 자랑하게 되었다.

*

나는 러시아인들이 1719년 이곳을 휩쓸면서 집들을 불태우고 지나갔을 때, 어떤 새로운 식물이나 동물을 데려왔는지는 알 수가 없지만 동쪽에서 이방인들이 올지 모른다는 의구심은 결코 섬사람들의 머릿속에서 깡그리 사라지지 않았을 것이다. 한 살짜리 민물가마우지 한 마리가 농부의 그물에 잡혔는데 무르만스크에서 붙인 표지(標識)를 달고 있는 것으로 밝혀지다 보니 가뜩이나 의구심을 떨칠 수 없는 민물가마우지의 평판이 좋아질 리가 없었고, 수선화꽃등에 새끼들이 알뿌리 안에서 부지런히 나부대면서 무슨 짓을 하는지 널리 알려지기만 했더라면 내 생각에 그것들이 자아낸 모욕감을 정원 애호가들이 참지 못해서 멸종시키려는 시도를 어설프게 했을 것만 같다.

이와 달리 실베르트레스케트 호수에 사는 도깨비 같은 녀석은 아무도 건드리지 않았다. 그런데 그것도 물 건너온 것이기는 하다.

이곳에 처음 와서 다섯 해 동안은 섬을 사랑하는 남자처럼 섬의 모든 식물을 목록으로 만드느라 온통 정신이 없었다. 어느 날 실베르트레스케트 호수에 가서는 내가 수백 번 보았던 것을 보고, 똑같은 냄새를 맡고 싶었다. 늪지대에는 풀이나 나뭇조각이 붙은 흙뭉텅이가 거적때기처럼 떠다니는데 그만큼 안정적인 것도 없다. 늪 자체는 바닥이 안 보이는 연못과도 비슷해서 욘 바우에르(John Bauer)의 담채화에 나오는 분(Bunn) 호수처럼 새까맣고, 사람들이 한 번도 살지 않은 섬 한가운데 가장 깊은 숲속에 있다. 내 섬에는 호수가 여덟 군데 더 있는데 모두 크기가 더 크고, 호숫가에는 사람들이 사는 오두막에 깃대의 줄이 바람에 풀럭거리며 나룻배들이 어린 오리나무와 갈대와 좁쌀풀 사이에서 잠잔다. 실베르트레스케트 호수만 사람의 발길이 닿지 않는다.

이곳을 찾아내고 다시 집에 돌아가는 일이 얼마나 어려운지를 몸소 겪어야만 했던 스트린드베리는, 시리 폰 에센과 이혼하고 나서 느꼈던 외로움과 설움을 사무치게 그린 소설에 실베르트레스케트 호수에서 따온 제목을 붙였다. 아내와 아이들과는 섬에서 첫해 여름을 함께했지만 이후로 다시는 그런 적이 없다. 소설의 주인공 박물관 보존전문가는 낚시를 하러 호수에 갔다가 길을 잃어버리고, 배울 만큼 배운 사람이라서 어둠의 세력에 맞서면서 자연과학이라는 훌륭한 방패를 치켜들지만 모양 없는 못된 기운의 요사스러운 장난에 빠져 버린다. "그는 모든 소리를 알고, 모든 식물과 동물을 알기 때문에, 뭔가 알 수 없는 것을 듣거나 본다면 용납할 수 없는 것으로 간주할 것이다."

호숫가 바로 옆에서 들이빠는 이탄 이끼에서 내가 보았던 것이 그의 눈에도 띄었는지가 궁금하다. 미국 벌레잡이풀이다. 아주 잠깐 잠자리 날개가 바스락거리는 소리 말고는 아무것도 들리지 않았다.

키가 수십 센티미터 되는 외래종 식충 식물로서, 존 윈덤(John Wyndham)의 고전적 공포 소설 『트리피드의 날(The Day of the Triffids)』에서 바로 튀어나온 것처럼 눈길을 끈다. 어마어마할 뿐인 고독한 식물이다. 어쩌다가 거기까지 다다르게 되었는지는 아무도 모르지만 내가 거기다가 심었다는 소문이 식물학자들 사이에 퍼졌는데, 분명하게 단언하건대 그것은 거짓말이다. 사실이 됐을 수도 있었겠지만 내가 그러지는 않았다. 그렇다고 해서 그날부터 벌레잡이풀에 매우 따뜻한 감정을 품지 않게 된 것은 아닌데, 그건 그것이 액체 가득한 잎 초롱 안에 파리를 잡아 가두거나 희귀하기 때문이 아니라, 밖에서 들어온 귀화종의 방식으로 패턴을 깨뜨려 놀랍게 하기 때문이다. 생물학적인 외래종 혐오는 널리 퍼져 있지만 정당한 이유가 있는 경우는 거의 없다.

황폐화가 고작 정원 정도일 뿐이라서 크지 않다면 거의 해를 입히지 않은 셈이다. 규모가 너무 커지지만 않는다면 꼭 잘못되는 것은 아니다. 이게 바로 내가 여기저기 돌아다니던 시절 이해하게 된 점이다.

*

열대 우림은 텔레비전에서나 엄청나게 멋져 보인다. 물론 이따금씩은 가까이 들여다봐도 정글이 아름답고 즐길 만한 구석이 많지만, 내가 장담하건대 실제로는 구역질이 나는 아수라장을 닮을 때가 많아서 모든 것에 찔리고 물리며 옷은 비닐랩처럼 몸에 착 달라붙는다. 울창하게 자란 잎사귀들이 오솔길 위를 지하실 천장같이 뒤덮어 햇볕도 들지 않으니 후덥지근하고 퀴퀴하며, 큰비가 한바탕 쏟아지고 나면 진흙이 질척거려 거머리만 살판나는 시궁창처럼 되어 버리고, 말라리아를 장착한 모기들한테 공격을 받을뿐더러, 열대 지방에서는 흔한 일이지만, 가장 가까운 도로까지 가는 데도 며칠씩이나 걸리다 보니 뱀한테 물리고 뼈가 부러지고 이질에 걸릴지 모른다는 생각만 떠올려도 물에 빠진 돌멩이처럼 기분이 축 가라앉는데, 처음에는 모험심에 불타올라 고집을 피우던 북쪽 나라 방문자들도 어스름에 빗물 뚝뚝 떨어지는 우림의 썩어 문드러진 땅바닥에 서 있으면 풀이 푹 죽어서 대변이 얼마나 차지고 끈적끈적한지 같은 이야기밖에는 주고받지 않고, 머릿속에 겨우 떠오르는 것이라고 해 봤자 휙 지나가는 짧은 생각 말고는 없다. 날 좀 여기서 데리고 나가. 맥주 좀 줘.

북회귀선과 남회귀선 사이의 세계에서, 온갖 비참함이 어이없게도 축구장 크기 단위로 1초마다 헤아려질 수밖에 없었던 1980년대 초반에는 특히나 그러한 이야기를 쓸 수가 없었다. 그리고 만약 내가 그럼에도 불구하고 중앙아프리카가 고속도로와 펄프 공장 덕분에 잘살게 될지도 모른다는 식으로 어쩌다가 말하려고 했다면, 내가 도발하려던 것도 아닌데 다들 그냥 그렇게 치고 무시했겠고, 아니면 내가 그저 관심을 얻으려고 그런다고들 했을 텐데 그 역시 일부만 빼고는 사실이 아니다.

'시인의 수선화'는 봄 저녁에 향기를 내뿜는다. 덤불 속에서는 수선화꽃등에가 소리굽쇠처럼 노래 부른다. 빼곡히 쓴 글의 작은 활자를 닮은 그 바쁜 날갯짓은 그걸 알아듣는 사람에게는 더욱 풍요로운 경험이 되는 각주와도 같다.

*

나는 위드레에 집이 필요 없었고 스빈홀트 마을이라면 더더욱 그랬지만, 마침 거기 그 집이 있었고 스몰란드 지방 어디에서도 걸어올 수 없는 거리였다.

광고는 우연히 봤다. 1600년대 후반에 지었고 리모델링 예정인 통나무집이었다. 집터는 넓고 값은 어처구니없이 저렴했기 때문에, 당시에 어딘가 자리를 잡아야만 했던 나의 공상은 처음에 딱 보자마자 거기에 꽂혀 버려서 호기심이 생기더니 소유해야겠다는 욕망으로 탈바꿈하기 시작했다. 집은 정말로 쌌다. 내가 섬에 있었다면 값은 적어도 스무 배는 높아졌을 것이다. 나는 트라노스에 있는 중개업자에게 전화를 걸었는데, 별로 아는 것이 없고 그 가격으로 광고를 해 주는 것 말고는 관심이 없던 사람이었다. 집을 팔려는 사람보고 알아서 하라고 떠넘겼을 뿐이다.

이 사람은 숲속 어디엔가 사는 노신사로, 살짝 어리둥절한 모양이었다. 나와 한참을 잘 떠드는 동안 다 쓰러져 가는 자기 집을 누군가가 찾아냈다니 기쁘면서도 놀라는 눈치였다. 나는 세상 끝의 이 폐가를 차지하고 싶다는 욕심도 있었지만 기회를 엿보면서 귀를 기울였다. 골칫거리라면 거저 얻을 수도 있겠다는 생각도 들었다. 뭐 하러 스빈훌트에다 집을 살까? 그러자 노인은 뒷간 얘기를 꺼내며 한마디 덧붙이기만 했는데, 대수롭지 않은 일이었고 약간 호기심이 생겼으나 그냥 그뿐이었다. 에사이아스 텡네르의 것이었다고 내게 말해 주었다. 1864년 텡네르가 죽고 나서 곧바로 벡셰의 베스트라비 마을에서 경매가 열려 세간살이를 팔아 치웠다. 뒷간까지도 경매에 넘어갔다. 이후로 오래도록 스빈훌트 마을의 목사 저택 뒤에 있었다. 이제는 이 자리에 왔다.

위드레 시청 부동산 담당 공무원이 이야기를 확인해 주었다. 오두막집은 오래되어 쓰러지기 일보 직전이었고 뒷간을 둘러싸고 전설이 전해졌다. 나는 홀려 버릴 것만 같았다. 룬드에 사는 텡네르학회 회장 베리 교수는 내가 전화를 걸어서 거의 고함을 지르다시피 사망자 재산 경매 문제를 물어보자 처음에는 입도 뻥긋하지 못했다. 그러고 나서는 잠시 헛기침을 하고 우물쭈물 머뭇거리더니 허술한 그 물건의 유래를 밝힐 수 있을지 여부를 숙달된 솜씨로 헤아려 보았다. 그럴 가능성은 별로 없었다. 교수 스스로도 물건 얘기를 들어 본 적이 한 번도 없었다지만, 내가 가서 물어볼 만한 또 다른 사람이 학회에 있었다. 옛날 방식으로 문서고를 뒤지는 여자였다. 뒷간 얘기를 써 놓은 글이 있는데 찾아낼 만한 누군가가 있다면 그 여자였다. 나는 전화를 걸었다. 천천히 고개를 가로젓는 소리가 들렸다. 내 맥박은 다시 정상으로 돌아왔다.

사흘 뒤에 여자한테서 전화가 걸려 왔다. 스빈홀트 마을의 뒷간에 앉는 자리가 둘인 변기가 있었느냐고 물어보면서 조금 헐떡거렸는데 전화기로 달려온 듯싶었다.

"자리 두 개 맞아요." 내가 말했다.

"텡네르가 죽고 나서 2인용 뒷간이 팔렸어요." 여자가 말했다.

다 쓰러져 가는 집은 입찰에 부쳐졌는데 나는 시작 가격보다 조금 높게 들어갔다. 트라노스에 있던 중개업자는 양손에 전화기를 한 대씩 들고 있었는데 한쪽은 나였고 다른 쪽은 마리안넬룬드에서 경매에 참여한 사람이었다. 상대방은 7만 크로나를 주고 그곳을 차지했다. 나는 절대로 아쉽지는 않았다. 그렇지만 나중에야 내가 그 집에서 정말로 원하던 바가 무엇이었는지 스스로 질문을 던졌다. 그것의 모든 의미가 궁금했던 것이다. 내가 내놓을 수 있었던 유일한 대답은 뒷간을 수집하겠다는 참을 수 없는 욕망에 내가 사로잡혔다는 사실이었다. 페티시와도 같았다.

"이봐요, 여러분, 내가 전 세계를 돌아다녔는데 텡네르의 변기통도 갖고 있다니까요."

아니, 그래 봐야 별 볼 일 없다. 파리들이 낫다. 그것들은 걱정을 다른 식으로 잠재운다. 게다가 공짜다.

# 8

# 도로스 수수께끼

나는 섬에서만 채집을 한다는 나의 단호한 규칙에서 딱 하나의 예외만 두었다. 내 서랍 안에 줄지어 있는 파리 202종 가운데 하나가 이도 저도 아닌 경우가 그것이다. 그것은 바로 위성안테나맨이 데리고 온 에리스탈리스 오이스트라케아(Eristalis oestracea)이다. 커다랗고 복슬복슬한 꽃등에다.

생김새는 이쁘고 하는 짓은 얄망궂은 파리이다. 아마도 여태까지 살아남느라 노심초사했을 텐데, 어쩌면 수백만 년을 거슬러 올라가는 태곳적부터 늑대 가죽을 뒤집어쓴 양처럼 골칫덩어리 쇠가죽파리(Oestrus ovis)를 표절하는 사업 아이템으로 버텨 왔을지도 모를 일이기 때문이다. 이 둘은 정말로 무척이나 닮았다. 소의 눈에는 거의 구별이 안 되고 사람이 볼 때도 마찬가지이다. 문제라면, 쇠가죽파리가 한참 전에 스웨덴의 위도에서는 멸종되었다는 것뿐이다. 그래서 보호 구실을 하던 닮은꼴도 소용없어졌다. 바로 그런 이유로, 마약에 취한 초현실주의자조차도 웬만해선 상상할 수 없이 괴이한 무늬를 가진 다른 곤충들을 보면 놀라 자빠질 수도 있다. 그것들은 이제 더 이상 세상에 없는 무엇인가를 흉내낼 뿐인지도 모르겠다.

희귀종을 설명하는 것은 예술이다. 더도 덜도 아니다. 한때는 널리 퍼져 털북숭이 매머드의 위풍당당한 배설물 더미 속에서 번성했지만, 이제는 러시아 망명 군주처럼 야크 똥 안에서 연명하며 히말라야 산맥에 서식하는 희귀종 쇠똥구리 이야기를 다시 들려주지 않는 한, 이따금씩은 지나가는 사람이 던지는 질문에서 벗어날 길이 없을 것이다. 이런 일을 생각하면 할수록 '자연사'를 '생물학'이라는 공허한 용어로 갈아 치워 버린 것이 얼마나 큰 실책이었는지 더더욱 뚜렷하게 드러난다.

자, 이제, 다시 위성안테나맨 얘기로 돌아가자.

아이들이 그런 별명을 붙여 주었다. 방송국 편집부 기자 가운데서도 토요일 새벽마다 연중무휴로, 새들이라든가 아니면 다른 뭐가 됐든지 간에 무엇인가를 보고 있는 사람의 코밑에다가 마이크를 들이대고 라디오 방송을 진행하려는 영웅적인 부류이다. "저기 보세요! 홍머리오리 떼가 있습니다." 그렇다. 이걸 보고 뭐라고 해야 될까? 발레는 라디오 방송으로 중계하려고 생각한 사람이 아무도 없었지만 이것만은 달랐다. 청취율로 따져 보니 희한하게도 그럭저럭 잘 굴러가는 듯한데, 끊임없는 골칫거리가 하나 있다면 당연히 레퍼토리를 새로 바꾸는 것이다. 새를 구경하는 전망대는 이 기자들이 아직 한 번도 가 본 적이 없을 뿐만 아니라 존재하지도 않는데, 여러 차례 아침안개를 맞으며 지난해에 봤던 새들 얘기를 실없이 떠들곤 한다. 추측컨대 자포자기에 빠졌을 것이다. 그래서 될 대로 되라는 심정으로 올여름은 파리 라디오 방송을 하겠다는 허황된 구상을 떠올렸다.

"아, 작은 꽃등에가 여기 있었는데요. 이런, 저리 가 버렸네요."

그 광경을 생방송으로 보여 주겠다던 기자는 마당에 커다란 위성 접시 안테나를 설치하려고 전날 저녁에 왔다. 그렇지만 딴 일보다도 먼저 나에게 작은 선물부터 전달했는데 양털 뜨개 양말이었다. 바람 소리를 죽이려고 마이크 위에 씌우는 양말 안에서는 뭔가가 나직하게 붕붕거렸다.

"잡으려니 손에 닿는 게 이것밖에 없더라고요."

파리였다. 위성안테나맨은 살아 있는 꽃등에를 가지고 왔다. 간식거리를 선물로 가져왔을 줄 알았는데 아니었다. 꽃등에는 뭍에서 오던 보트의 잠긴 창문 틈으로 나가려고 했고, 기자가 보기에 예뻐서 선물로 주면 알맞겠다 생각했던 것이다. 나는 양말 속을 조심스럽게 들여다보았다가 재빨리 다시 묶었다. 정말로 가능했을까? 에리스탈리스 오이스트라케아를 잡다니. 내가 한 번도 본 적이 없는 종의 파리이다. 이전에도 그렇고 이후에도 그렇다. 나에게는 유일한 예외 사례가 되었다.

라디오 방송은 평범한 프로그램처럼 되어 딱히 전설로 남지는 않았지만, 털양말 안에 뒝벌을 잡아넣으려고 보트 위에서 뛰어다니던 멍청이를 얘깃거리로 삼아 바닷바람에 다져진 섬사람들끼리 떠드는 소리는 수년이 지난 뒤에도 들을 수가 있었다.

*

배를 타고 협만을 건너는 데는 10분이 안 걸린다. 바닷속은 무척 깊다. 10분이 그리 길지는 않지만 토지 매매나 누가 누가 바람피웠다는 뒷말이라든가 어쩌면 어떤 희귀한 새를 봤다든가 하는 것까지 매우 중요한 대화를 나누기에는 너끈하다. 배 타고 가면서 주고받는 그런 환담은 비록 언사가 단조롭고 말수가 적더라도 맛깔스럽고 포근한 느낌을 준다. 걸리는 시간이 일정하다 보니 오히려 담소에 생기가 돈다. 언제

끝날지를 모두가 알기 때문에 거기에 맞추면 그만이다.

공간의 제약도 이따금 그렇지만, 시간 제한을 염두에 둘 때만큼 집중력이 늘어나는 경우도 없다. 어디에 한계가 있는지를 모른다면 늘 평소처럼 똑같이 굴러갈 것이다. 인생도 바로 그렇다. 어물어물 우물쭈물 살아간다. 아니면 기차가 연착되었을 때 이루어질 만한 대화처럼 된다. 기차는 느닷없이 멈춘다. 왜 그렇게 됐는지는 아무도 모르고 시간은 간다. 옆자리에 앉은 사람과 슬슬 이야기를 주고받지만 언제까지 출발이 지체될지 아무도 모르기 때문에 대화에 일정한 형식이 없다. 기차가 다시 출발하여 이제 도착할 시간이 얼마나 남았는지 아는 때가 되어서야 서로서로를 알려고 다가간다. 두 사람 중에 한 명 혹은 둘 다 내리기 직전에 이렇게들 묻곤 한다.

"댁에는 언제 가시나요?"

집에 손님이 오면 그건 아이들이 언제나 맨 처음 묻는 질문이었다. 그런 다음에야 안면을 트려고 했다.

*

에리스탈리스 속(屬)은 개개가 순전히 사기꾼들이고 섬에는 열 가지 남짓의 종이 있는데 대부분 벌처럼 생겼다. 가장 흔한 종 가운데 하나인 에리스탈리스 테낙스(Eristalis tenax)는 생김새가 꿀벌과 거의 똑같다 보니 윙윙거리며 지나갈 때 제대로 확실히 알아볼 수 있는 사람이 드물다. 위장술이 워낙에 출중하고 옛날부터 속임수가 유명해서 성경에도 나온다. 다른 어떤 꽃등에도 그런 일을 해내지 못했다. 어쨌든 우리들이 알기로는 그렇다. 그 문제는 성서 해석학자들 사이에서 한 번도 특별히 높은 우선순위를 차지한 적이 없다.

해당 대목은 『판관기』 14장의 옛날 옛적 전설에 나오는데, 주인공 삼손은 마침내 데릴라와 사랑에 빠지는 실수를 저지른다. 이것은 더 앞에 나오는 이야기로, 전혀 다른 신붓감을 만나러 아카바 만 근처의 팀나로 가던 길이었다. 아마 누군가는 기억하겠지만 삼손은 포효하는 사자에게 습격을 당하자 맨손으로 단호하면서도 숙련된 솜씨로 갈기갈기 찢어 죽였는데, 신을 등에 업고서는 어느 날 아침 블레셋 사람 수천 명의 목숨을 단숨에 앗아 갈 수 있었을 만큼 『구약성서』에나 나올 법한 인물 유형이기 때문이다. 이런 측면에서 보자면 사자가 중동에서 멸종되었다는 사실이 이상하지가 않다. 놀라운 것은 오히려 마지막 사자가 1900년대까지도 살아남았었다는 점이다.

어쨌든 청혼은 잘되었고, 얼마 지난 뒤 삼손이 혼례를 치르러 나서는 길에 지난번 사자를 죽였던 장소를 또다시 지나갔다. 호기심에 잔해를 살펴보았더니 놀랍게도 벌 떼가 사체

안에 만들어 놓은 보금자리가 눈에 들어왔다. 한 치의 망설임도 없이 꿀을 벌컥벌컥 들이마시고는 그럴싸한 생각이 떠올라 결혼식에 찾아온 손님들을 골탕 먹이려고 내기를 걸었다. "내가 그대들에게 수수께끼를 낼 텐데 잔치하는 이레 동안에 그대들이 그것을 풀어서 내게 알려 주면 내가 베옷 서른 벌과 겉옷 서른 벌을 주리라. 그러나 그대들이 수수께끼를 풀지 못하면 내게 베옷 서른 벌과 겉옷 서른 벌을 줄지니라."

그 많은 옷가지로 무엇을 하려고 했을까? 놀이나 노름은 그렇게나 오랫동안 벌어지는 잔치에서 시간을 보내는 방법뿐이었을지도 모르겠다. 아무튼 손님들은 내기를 받아들였고 이구동성으로 수수께끼를 내라고 요구했다. 다음과 같았다. "먹는 자에게서 먹는 것이 나오고, 강한 자에게서 단 것이 나왔다." 그들은 도저히 짐작도 할 수 없었다. 낌새도 채지 못했다.

썩은 사자가 꿀벌을 낳는다는 얼토당토않은 답을 손님들이 내놓을 유일한 방책은, 삼손의 새색시에게 찾아가서 새신랑이 눈치채지 못하게 잘 꼬드겨 실마리를 입 밖에 내도록 시키고 그렇게 못한다면 불을 지르거나 죽여 버리겠다고 으름장을 놓는 것이었다. 그렇게 해서 손님들이 수수께끼를 푸는 바람에 모든 것이 통례적인 유혈참극으로 막을 내리고 말았으니, 애초에 신이 계획했던 대로, 삼손은 남자 서른 명을 죽이고는 노발대발하여 아내 없이 집으로 돌아갔다. 그다음에는 여러 가지 복수극이 펼쳐지다가 데릴라가 무대에 나타나 마침내 송두리째 아수라장이 되고 만다. 이 이야기를 가지고 여기서 딱히 할 말은 없다. 『판관기』가 그렇다. 흥미로운 것은 바로 꿀벌이다.

요즘에는 성경을 잘 아는 사람이라면, 거름이라든가 이런저런 종류의 썩은 고기나 음식물에서 꿀벌이 저절로 생겨날 수 있다는 아득한 옛적의 미신이 사자 사체에 꼬인 벌 떼로 나타났을 뿐이라는 데 어지간하면 동의한다고들 한다. 1600년대 이전에는 여기에 의문을 제기하는 이가 아무도 없었고 악취를 풍기던 썩어 문드러진 사체의 똥물에서 기어 나오던 이 벌들이, 말하자면 꿀벌로 위장한 꽃등에의 일종인 에리스탈리스 테낙스였을 뿐이라는 것을 한참 세월이 흐르고 나서도 기꺼이 받아들이려고 하지 않은 사람이 많았다. 삼손이 봤던 것이 바로 그 종의 꽃등에였다. 꿀은 나중에 넌더리 나게 갖다 붙인 이런저런 해석 가운데 하나에 지나지 않았다.

*

그런데 결국에는 단조로워지지 않을까? 조만간 나는 항상 그런 질문을 받을 것이다. 섬이 큰 곳이 아니긴 하다. 게다가 꽃등에 종의 수도 무한하지는 않다. 아무래도 조만간 모두 서랍 안에 자리를 잡을 것이다. 뛰어난 전문가인 나의 절친한 벗은, 내가 운이 좋아서 오래 산다고 쳐도 섬에서는 기껏해야 240종쯤 발견할 수는 있겠다고 말하기도 한다. 그것보다 많기는 어렵다. 마지막 종을 발견할 때까지 오랜 세월이 흐를 것이다. 보아하니 섬의 동물군은 그럴 듯싶다. 벌써 칠 년이 지난 지금도 새로운 것을 찾기는 힘들다. 그런데 단조로울까? 아니, 아니다. 외로울지는 모르겠지만.

곤충학자에게는 15제곱킬로미터가 온 세상이자 그 자체로 행성이다. 아이들에게 거듭거듭 읽어 주다 보니, 아예 외울 수 있는 옛날이야기 같은 것은 아니다. 우주나 소우주 같은 것도 아니다. 그런 비유는 나에게 썩 와닿지 않는다. 그것보다는 더도 말고 덜도 말고 딱 행성에 빗대는 편이 낫다. 하지만 하얀 반점이 많은 곳이다. 설령 내가 조만간 여름 내내 그물을 던지고도 소장 목록을 한 종도 늘리지 못한다 하더라도, 지식의 빈틈이 무한정하지는 않겠지만 여전히 클 수밖에 없을 것이다. 실은 지식의 크기만큼 빈틈의 크기도 자라나서 언제나 따라잡는다. 아침마다 세상이 바뀌는 것과도 비슷하다.

평소와 하나도 다를 바 없는 칠월 어느 날이었다. 막 앉아 아침 햇살을 받으며 식사를 하려고 보니, 제비갈매기들이 저 멀리 바위섬에서부터 물고기를 잡으려고 호수로 날아들었다. 처음에는 별다른 낌새를 채지 못했는데, 한여름 무렵에는 머리가 잘 안 돌아가는 탓이기도 하지만, 그러다가 작은 오레가노 텃밭에 눈을 돌려봤다. 오레가노는 파리를 잔뜩 불러들이는 꽃을 피우기 때문에 심었다. 뭔가 이상했다. 에리스탈리스 테낙스에게 무슨 일이 생겼다.

지금 하는 이야기에서 짚고 넘어갈 점은 내가 그해를 특히 에리스탈리스 속의 여러 종에 바쳤다는 것이다. 그것들은 까다롭다. 물론 오이스트라케아 종은 그렇지 않지만 다른 많은 종은 까다롭다. 생김새가 거의 비슷하게 보이는 매우 일반적인 종들이 많다 보니, 서로 잘 가려서 곤충바늘에 끼워 놓으려면 현미경 앞에 오래도록 앉아 고개를 갸우뚱거려야 한다. 들판에 나가서는 채집하지 않아도 종을 판별하기가 더 쉬울 때도 이따금씩 있는데, 에리스탈리스 속의 몇 가지 종은 겉모습이 거의 비슷하지만 행동이 꽤 다르기 때문이다. 하루 중 날아다니는 때도 다르고 찾아가는 꽃도 다르다. 이런 걸 가지고 즐겁게 지내면서도 딱히 큰 진척은 없었다고 털어놓아야겠지만, 그래도 무엇인가 들어맞지 않을 때 알아볼 수 있을 만큼 넉넉히 배웠다. 오레가노에 머무르는 파리들은 완전히 새로운 종처럼 보였다. 희한한 점은 그것들이 여기저기에서 눈에 띈다는 것이었다.

여전히 나는 여름마다 새로운 종을 찾아냈는데 표본이 한 두 개이긴 해도 예상치 못한 횡재를 하는 셈이다. 언제나 있었지만 수가 너무나도 적어서 내 손길이 닿지 않았던 파리들이다. 내가 얼마나 오랫동안 계속하든 나의 수집 목록에는, 그렇게 수수께끼처럼 고독한 것들이 언제나 들어가리라고 확신한다. 그렇지만 이번에는 뭔가 달랐다. 에리스탈리스 시밀리스(Eristalis similis)라는 새로운 종은 어째서인지 몰라도 득시글득시글해서 불가사의했다. 첫날에 이미 백여 마리는 족히 보았다. 벌처럼 커다랗기도 했다. 수수께끼의 규모는 책들을 찾아보고 가늠할 수 있었는데, 이 파리 종은 스웨덴에서는 전에 딱 한 번 고트스카산된 섬에서 잡혔고 표본도 오직 하나뿐이었다.

세상은 정말로 변했다. 침입이었다.

그런 순간에 곤충학자는 이야기꾼이 된다. 누군가에게 들려주고 더 나아가 이해시킬 수만 있다면 웬만해서는 무엇이든 할 채비가 되어 있다. 어떤 요령이나 기교를 부려도 이상하지 않을 텐데, 자기가 겪은 일을 남들 눈앞에도 보이는 것처럼 하면 된다. 곤충학자는 누구보다도 외로움을 잘 견딜 수 있지만 그 순간만은 그렇지 않다.

나중에야 에리스탈리스 시밀리스의 침입이 전국에 걸쳐 일어났다는 사실을 알게 되었다. 동남쪽에서부터 구름처럼 쇄도했는데, 그 첫날 내가 섬에서 얼마나 많이 보았는지를 염두에 둘 때 파리가 수십만 마리 혹은 어쩌면 수백만 마리가 있었을 것이다. 꽃등에들은 가끔씩 그렇게 발작을 일으킨 것처럼 길을 나선다. 어째서들 그러는지 언제나 알 수는 없지만, 그러한 행동만의 장점이 있다고 짐작할 수는 있을 것이다. 이 종만 따져 보자면 이제 내가 해마다 몇 마리는 마주치기 때문에 적어도 이 섬에서는 자리를 잡는 데 성공한 것 같다. 물론 이곳저곳으로 이주하는 곤충일 수도 있겠지만 내가 짐작하기로는 여기에 정착하여 잘 지내고 있다. 어쨌든 번성하는 종들을 보면 정말 멀리 날아가기로 명성이 자자한 에우페오데스(Eupeodes), 스카이바(Scaeva), 시르푸스(Syrphus)처럼 매년 이동한다. 이것들의 애벌레가 먹고 사는 진딧물은 무척이나 들쭉날쭉 나타나다가 느닷없이 다량으로 출현해서 파리들로서는 넓은 지역에 걸쳐 작전을 벌이면 쏠쏠한 재미를 본다. 어쩌다가 유럽 어느 지방에 진딧물이 잔뜩 모이면 파리도 거기로 날아간다. 안타깝게도 녀석들에게 표식을 붙여 봤자 전혀 소용이 없는데, 일본인들조차도 적당한 크기의 라디오 송신기를 제작하지는 못했지만, 그럼에도 먼 거리를 날아다니는 꽃등에들이 털에 묻혀 다니는 꽃가루가 어디에서 왔는지 조사함으로써 어디서부터 어디까지 움직이는지 지도로 그릴 수는 있다. 번거롭고 까다로운 일이지만 쓸모가 있다.

파리 종 사냥으로 받는 보상이 슬슬 바닥날 쯤에는 잘하면 수수께끼를 풀려고 나설지도 모르겠다. 불가사의한 것이라면 많다. 내 말을 믿어도 좋다. 어떤 종은 주로 불가사의하다는 특징 덕분에 엄청나게 이름을 떨친다. 이렇게 대단히 유명한 꽃등에 가운데 하나가 도로스(Doros) 속이다.

누군가가 애벌레를 발견해서 뿌리에서 먹고사는 지하 진딧물 몇몇 종류와의 복잡한 관계를 밝혀낼 수 있었기에 수수께끼가 풀렸다는 소문도 가끔가다 들리는데 믿을 만한 증거는 아직 없다. 설상가상으로 도로스 프로푸게스(Doros profuges)는 행동이 유달리 변덕스럽다 보니 일이 꼬인다. 몸집이 크고 아름다우면서 다른 무엇과도 닮지 않았을 뿐만 아니라 유럽 전역에 나타남에도 불구하고 여태까지도 알려진 바가 없다. 그것들이 무엇을 먹고 사는지 아니면 어째서 그렇게 드문드문 보이는지 아무도 모른다. 어디에선가 표본 하나가 나타나면 그다음에는 절대로 더는 보이지 않는다. 도처에서 희귀종이다. 누군가가 똑같은 곳에서 두 마리를 발견하기란 지극히 이례적이다. 왜 그럴까?

글쎄, 나도 잘 모르겠다. 그렇지만 유럽에서 독보적이게도 내가 이 섬에서 일곱 마리를 잡았기 때문에 나만의 이론은 있다. 그러니까 애벌레가 땅속에 살고 토양의 성질에 민감하다고 말해 보자. 앞서 말했듯이 몇 가지를 보면 이를 알 수 있다. 어쩌면 석회질 토양이 더 유리할지도 모르는데, 그렇다면 어째서 희귀한지가 이해될 수 있다. 변덕스럽게 출몰하는 까닭은, 발육이 몇 년씩 걸리다 보니 해마다 날아다지는 않을 수도 있기 때문이다. 내가 가진 표본 일곱 마리 가운데 네 마리는 한 해에 그리고 세 마리는 다른 해에 잡았다. 또 다른 해에는 흔적조차 찾을 수 없었다. 퍼즐 조각 하나가 빠졌을지도 모르겠다. 또 다른 설명도 생각해 볼 수 있는데, 도로스가 하루살이처럼 하루나 이틀만 날고 죽는다는 것이다. 재수가 좋은 수집가만 녀석을 볼 수 있다. 일곱 마리는 제자리에서 한 번도 움직이지 않은 사람이라야 본다. 뭔가 서글픈 일일까?

# 9

# 화산의 그림자에서

1923년 이월, 2일에서 3일로 넘어가는 한밤중에 사달이 났다. 그때 겪은 일은 평생을 따라다녔다. 어찌 보면 말레스의 입담 경력에서 두고두고 되풀이될 만큼 공전의 히트를 친 이야깃거리이자, 몇 년에 걸쳐서는 바닷속에 가라앉은 전설의 섬에 관한 구상의 주춧돌이 되었다. 아니면 혹시 대륙 전체일지도 모를 일이고. 딛고 서 있는 바닥이 흔들흔들한다는 사실은 그에게 험담을 퍼붓는 이들조차도 동의하는 바였다. 그리고 몇 가지 일이 벌어질 터였다.

그해 겨울을 말레스는 꾀죄죄한 러시아 모피 사냥꾼 두 명과 황무지에서 야영을 하며 보냈다. 이들은 캄차카 동부 올가만 안쪽 어딘가에서 지냈는데, 인가가 있는 마을에서 수백 킬로미터 떨어진 곳이었다. 정확히 거기에서 무슨 일을 했는지 그리고 누구한테서 의뢰를 받았는지는 언제나 그렇듯 약간 불분명하기에 억측만 할 수 있을 뿐이지만, 공식적인 목적은 아무튼 스웨덴왕립자연사박물관 측을 대신해 동물 표본 수집 활동을 계속하는 것이었고 이와 동시에 산꼭대기에서부터 파노라마 사진을 여러 장 찍어, 그 구역에서 아직 완전히 이루지 못한 지도 제작을 준비하는 것이었다. 이들은 천막에서 지내거나 뗏장과 자작나무로 만든 이루 말할 수 없이 더러운 움막에 머물렀다. 함께 있지 않고 수 마일씩 떨어져 따로따로 지냈는데, 서로의 사냥을 방해하지 않으려고 그랬다고들 한다. 총열이 두 개 달린 엽총 한 자루와 윈체스터 라이플 한 자루, 밀가루 한 포대, 소금, 검은담비 덫 몇 개. 카메라, 코펠, 활기찬 기분.

시작은 괜찮았다. 물론 눈보라가 무시무시하고 날도 짧았지만 몇 달 지나고 나니 내복을 갈아입을 수 있었고 두 화산 사이의 골짜기에서 온천을 찾아냈기 때문이다. 생활 방식은 극단적으로 단순했다. 고기를 삶거나 구워서 먹었다. 야생 순록, 곰, 새. 빵은 숲속에 사는 총각이나 고안할 법한 방식으로 구웠다. "반죽 통을 만들거나 짊어지고 다니지 않으려고 사냥꾼들은 빵을 구울 때 밀가루 포대 자루 안에 구멍을 파고 거기에 소금, 물 그리고 가끔은 베이킹파우더도 뿌리고 반죽이 될 때까지 막대로 휘저은 다음 '반죽 통'에 들러붙은 밀가루를 떼어낸다.” 그다음에 반죽 덩어리는 곰 기름 덩어리에 넣고 지졌다. 영양만 섭취하면 그만이었다.

이월 초 어느 날 말레스는 마련해 놓은 창고 안에 수집품을 쟁여 넣고 생활필수품을 챙겨 오려고 혼자 해안으로 내려갔다. 창고는 해변에서 몇 백 미터 떨어져 있었다. 밤중에 새로 눈이 내렸기 때문에 생각보다 집으로 돌아가는 길이 험난했다. 개썰매는 짐이 실려 무거웠고 눈길은 고약했다. 도중에 낡은 사냥꾼 움막에서 하룻밤 묵는 것 말고는 달리 방도가 없었다. 다 쓰러져 가는 유르트(yurt)라서 두꺼운 뗏장 지붕 아래 서까래가 해먹처럼 흔들거렸다. 움막의 난로에서 변변치 못한 저녁 식사를 준비하고 어둠 속에서 침낭을 펼쳤다. 단숨에 잠이 들었다. 바다에 나온 것처럼 잠에서 깼다.

그날 밤 캄차카에 엄청난 지진이 덮쳤다. 말레스는 처음 낸 책 『사냥과 지진(Jakter och jordbävningar)』에서 이 일화를 들려준다. 지붕이 무너져 내리기 전에 어떻게 겨우겨우 기어 나왔는지, 땅울림이 얼마나 굉장했던지, 어떻게 자작나무가 휘어져 바람 한 점 없는 한밤중에 쓰러졌는지를 이야기한다. 시야가 제대로 분간이 안 되는 첫새벽 얘기를 꺼내고는, 다친 데가 없어 몸은 멀쩡했지만 두려움에 벌벌 떨던 동료들을 어쩌다가 나중에 도로 찾아냈는지를 풀어놓는다. 반면에 해안가의 창고와 가지고 있던 보트뿐만 아니라 그곳에서 자라던 숲까지 사라져 버린 이야기도 나온다. 집채만 한 해일이 몰려와 몇 미터나 되는 얼음 장벽을 들어 올리고 뭍 안쪽 수 킬로미터를 대패처럼 밀어 버렸다. 모든 것이 없어졌다. 그리고 여진이 끊이지 않았다. "처음 사흘 동안은 얼추 5분 간격으로 땅이 흔들렸고, 그다음에는 15분에 한 번씩, 한 달이 지나니까 한 시간마다 흔들렸는데, 칠월 초에 내가 그 지역을 떠났을 때는 하루에 세 번 지진이 일어났다."

러시아인들은 한 달 뒤에 떠났다. 땅이 바닷속으로 푹 꺼질까 봐 너무나도 두려워서 더 이상 머무를 엄두를 내지 못했다. 걸어서 남쪽의 페트로파블롭스크 방향으로 길을 나섰지만, 말레스는 고독 속에서도 기세등등했고 남은 밀가루로 이제 더 오래 버틸 수가 있다는 흐뭇함에 흠뻑 빠졌다. 데리고 다니던 개들을 늑대들이 잡아채 가는 통에 운이 안 따랐지만 좌우간 구조대가 올 때까지 기운을 내서 잘 버텼던 모양이다. 책에 보면 구덩이에서 구운 곰을 요리해 먹는 요령이 장황하게 육감적으로 해설되어 있다. "곰 발바닥의 기름기 많은 결합 조직의 푹신푹신한 부분은 원래는 구타페르카(guttapercha)에 비견할 만큼 질기지만 이제는 부드러워져서 찻숟가락으로 떠먹을 수도 있다." 향수병은 그의 성미에 맞지 않았다.

가을이 올 즈음에 말레스는 필름을 사러 일본에 갔다. 사진 건판(乾板)은 해일이 들이닥치는 바람에 분실했는데 말이 쉽지 새것을 캄차카에 주문하기란 혁명기의 난장판 속에서 불가능에 가까웠다. 게다가 필요한 것이 더 있었다. 그래서 배를 타고 요코하마까지 갔다. 몇 주만 있다가 돌아올 작정이었다. 늘 그렇듯이 생각했던 그대로 딱 되지는 않았다.

1923년 9월 1일 일본 역사상 가장 강력한 지진(간토 대지진—옮긴이)이 났다. 우리들의 친구 말레스답게 그곳에 도착한 지 고작 며칠도 되지 않아 벌어진 일이었다. 재앙이 일어난 순간에는 도쿄에서 멀지 않은 가마쿠라의 호텔 삼층에서 머물고 있었는데 바닷가에서 휴가를 보내려고 친구들을 따라간 모양이었다. 땅이 흔들리기 시작할 때는 문밖으로 나오던 도중이었다. "일본에서 가장 멋진 바닷가 휴양지까지 내려와서 방구석에 누워 있다가 기지개나 펴느니, 몰아치는 파도가 이를테면 서핑 따위를 하기에 알맞은지 살펴보러 해변으로 나가는 편이 당연히 훨씬 낫겠다는 생각이 방금 들었다."

수영복 트렁크 차림의 레네 말레스가 겨드랑이 밑에 서핑보드를 끼고 가는 모습을 떠올리려니 잘 안 되지만 그런 장면은 어차피 없었는데, 몇 초 뒤에 지붕과 방바닥이 모두 사라지고는 문지방에 선 말레스만 남았기 때문이다. "건물은 몹시 사나운 폭풍을 맞은 배처럼 앞뒤로 흔들거렸다." 번개처럼 길거리로 뛰쳐나갔다.

> 문지방을 넘어가려던 차에 내 앞에서 벌컥 문이 열리더니 잠옷 바람의 통통한 노파가 대포알처럼 휭 날아가서 벽에 내팽개쳐지고는 누더기처럼 푹 쓰러졌다. 나는 폴짝폴짝 뛰다가 노파를 지나쳐 층계 쪽으로 나갔는데 고개를 돌렸더니 그 자리에 누워 있는 모습이 눈에 띄어 부끄러운 마음에 되돌아와서는 겨우겨우 노파를 이끌고 층계 쪽으로 나와 땅을 밟았다. 나하고 할머니가 계단에서 굴러떨어지지 않은 것은 어떻게 설명해야 될지 모르겠다.

그다음에 이어지는 황폐해진 요코하마와 도쿄의 묘사는 훌륭하기가 비길 데 없다. 지옥을 돌아다닌 것처럼 재현하기 때문에 비길 데가 없다는 뜻인데, 그것만이 아니다. 재앙이 닥쳐 수십만 명이 죽은 와중에 말레스는 불기둥 속에 있다가 주검 더미와 약탈의 광란을 두 눈으로 똑똑히 목격하고는 자신의 공포와 절망에 조금도 매몰되지 않고 옛날 극장의 뉴스 영화처럼 꿋꿋하게 이야기를 펼친다. 유쾌한 성미를 어지럽힐 만한 건 하나도 없는 것처럼 보였다. "불길이 치솟는 도쿄의 하늘이 온통 붉게 물드는 동안 강하고 약한 여진이 계속

지축을 뒤흔들어도 아랑곳없이 우리는 밤새도록 평온하게 잤다."

이렇게 쾌활한 스타일은 모스크바에서 지낼 때 귀갓길에 유머 작가 알베르트 엥스트룀(Albert Engström)과 자주 만나 어울렸기 때문에 생겼다고 생각해 볼 수도 있다. 일본 전역의 필름이 모두 불타 연기가 되어 버린 마당에 캄차카로 되돌아가 봐야 별무소용이었다. 더군다나 그해의 마지막 배편도 놓치고 말았다. 그래서 고향으로 돌아가기로 했다. 블라디보스토크를 거쳐서. 일이 아주 술술 풀리지는 않았는데, 여권만 있었지 적합한 사증은 없었기 때문이다. 그래도 끝끝내 수습은 했던 것을 보면 하물며 특사 노릇까지 할 재주도 있던 고집불통 스웨덴인은 세상 어느 소련 세관원이라도 당해낼 수 없었을 것 같다. 길을 나서기 전에 어떤 일본 도시에서 근무하던 전직 러시아 영사로부터 블라디보스토크 총경에게 전달할 편지를 받았다. 소련 시절에는 관료적인 사무 절차를 통과할 경우에 이보다 더 좋은 방법이 없었다.

*

이제 몇 년 지난 일이다. 나는 우즈베키스탄의 카라칼파크스탄 자치 공화국에 볼일이 있어서 한시 반에 스톡홀름 알란다 공항을 출발했다. 날마다 한시 사십분에 우리 섬을 지나가는 바로 그 비행기를 탔는데, 옆자리에 『엑스프레센(Expressen)』지의 모스크바 특파원이 앉아 있었다. 우리는 곧바로 서로에게 잘난 척을 하기 시작했다.

나는 아랄해로 가던 중이었다. 남들한테 그렇게 시새움을 받을 일은 아니었겠지만 나름대로 으스댈 만한 일이기는 했다. 소련 제국이 붕괴되기 전에 갔다 왔기 때문인데, 아닌 게 아니라 당시는 동구권으로 마음대로 여행할 수 없던 시절이다. 특파원은 딱히 크게 인상을 받지는 않았고, 그 대신에 머리를 쭈뼛거리게 만드는 온갖 자랑거리를 실타래처럼 죽죽 늘어놓으며 반격을 가했다. 나는 한 해 전 시베리아 북부에서 감행한 모험을 가지고 승부를 보려고 했다. 아무런 반응도 나오지 않았다. 그의 이야기는 이제 아예 초현실주의적으로 변해 버렸다.

잠시 쉬었다. 우리는 안전띠를 끌렀다.

나는 비르기타 달 스웨덴 환경부 장관이 소련 환경부 장관에게 보내는 편지를 흔들었다. 여러 중간 단계를 거쳐 나한테 온 편지인데, 우편 업무를 믿을 수가 없다 보니 내가 직접 전달해 달라는 부탁을 받은 것이다. 특파원은 자기 서류 가방이 정말 더 중요한 문서로 미어터진다는 것을 넌지시 말하듯 뚱한 얼굴로 나를 바라보았다. 10분쯤 지나자 내 소매에 남은 것은 에이스 한 장뿐이었다.

“아, 근데 여기가 저 사는 데예요.” 섬이 우리 발밑에서 펼쳐지자 내가 지나가는 말로 한마디 보탰다. 먹혀들었다. 스톡홀름 군도에 산다면 돈을 엄청나게 많이 번다고 짐작들을 할 텐데 그런 게 기자들 사이에서는 딴것보다도 특히 끗발이 좋다고 취급된다. 나는 숨을 멈추고 섬을 슬쩍 내려다보았다. 효과가 있었을까? 몇 초가 지나고, 한 30초쯤 지났을까? 그 이상은 아니었다. 마침내 내가 결정적 한 방을 날릴 신호를 포착했다.

“저 밑에 보여요?” 내가 말했다. “저기 섬 한가운데 호수 쪽에서 반짝거리는 거요.”

내가 창가 쪽에 앉아 있었기 때문에 그는 내 너머로 몸을 구부려 내려다보았다.

그래, 물론 그는 호숫가 근처에 뭔가 반짝이는 게 보인다고 말했고, 그러자 나는 세계를 돌아다니는 사람으로서 느긋하고 여유롭게 대화를 딱 끊을 수가 있었다.

“저건 햇빛이 반사된 거예요. 그러니까 우리 아이들이 보내는 신호죠. 욕실 거울로요.”

고트스카산된 섬을 지나기 전에 기자는 딴 자리로 옮겼다.

*

1923년 십일월까지는 말레스의 행적을 따라붙기가 꽤 쉽다. 사 년 동안 밖에 나가 있었는데 이제 스톡홀름으로 다시 돌아왔던 것이다. 그다음에는 화면에서 사라져 버린다.

그가 쓴 책이 이듬해에 나왔으니, 스텐 베리만처럼 전국 방방곡곡을 돌아다니며 사람들의 환호를 받는 것만큼 쉬운 일도 없었을 것이다. 강사로서도 뛰어난 소질을 보였다. 그런데 그렇게 하지를 않는다. 다시 돌아간다. 1924년 여름이 되자 태평양이 바라보이는 볼품없는 전초 기지로 벌써 돌아간다. 어째서?

두 가지 실마리를 찾을 수 있겠다. 우선, 몇 가지 정황으로 미루어 보건대 스텐 베리만과 레네 말레스는 베리만이 일반인과의 접촉 업무를 처리하기로 모종의 합의에 이른 듯싶다. 내가 확실히 알 수 있는 내용은 아니지만 일가친척들이 전하는 말을 들어 보니 말레스는 나잇살이나 먹어서까지 남들 뒤치다꺼리나 하는 게 탐탁지는 않은 모양이었다. 본인의 책 머리말에서 힘주어 말하듯이 캄차카 원정 참여자로서의 공식적인 서술이 '아니고' 혼자 남아 있던 시절에 겪은 일을 이야기했다. 처음 삼 년 동안 벌어진 일은 입 밖에 내면 무슨 큰일이라도 나는 것처럼 보인다. 그리고 얼마 지나지 않아 베리만은 슈퍼스타로 변신하여 역사에 길이길이 이름을 남기게 되었다.

말레스는 무엇인가를 입증하려고 황무지로 돌아갔을까?

도망간 것일까?

아니면 사랑에 빠졌던 것일까?

두번째 실마리는 독보적인 카리스마가 넘치는 에스테르 블렌다 노르드스트룀(Ester Blenda Nordström)이라는 여인에게 책을 바쳤다는 점이다. 베리만에게 가로막혀 처음 함께 원정에 따라가지 못했던 여인이다. 어쩌면 노르드스트룀 때문에 레네가 그냥 귀국했다가 돌아갔을지도 모를 일이다. 벌목 곤충의 유혹에 빠져 다시 길을 나섰다고 생각하기는 어렵겠지만, 그러면서도 나는 곤충학자라면 능히 그랬으리라 믿는 축에 낀다. 아무튼 몇 년 뒤에 에스테르 블렌다도 캄차카로 떠났고, 일본 간토 대지진이 일어난 지 딱 두 해가 되는 날인 1925년 8월 31일 두 사람은 이역만리에서 결혼을 했다.

앞서 말했듯이 흔적은 여기에서 흐릿해지지만 그래도 이것은 확실한데, 말레스는 1930년까지 극동에 남았고 에스테르 블렌다는 이 년 동안 머물렀다. 내가 입수한 것 중에는 1927년 십이월 말레스가 이모에게 보내는 그 시절의 유일한 편지도 있다. 당시에 그는 페트로파블롭스크 근처의 옐리소보라는 마을에서 검은담비 농장을 운영했다. “한 달에 250루

블을 버는데, 어슬렁어슬렁 돌아다니다가 해야 할 일 있으면 시키면 되고 사장 노릇이나 하면 그만이거든요." 그다음에 드러나는 것은 활화산으로서, 유라시아 대륙에서 가장 높고 빼어나게 아름다운 클류쳅스카야 화산에서 가까운 클류치 마을에서 이전에 에스테르 블렌다와 함께 살았다는 사실이다. 두 사람은 아마도 사진가로서 생계를 꾸려 나갔던 듯싶었다. 이제 아내는 가 버렸다. 말레스는 편지에 이렇게 쓴다. "저희 둘이 원수처럼 헤어졌다니 믿기 어려우실 텐데, 그래도 저는 아내가 분명히 여기로 다시 돌아올 거라고 확신합니다."

돌아오지 않았다. 두 사람의 이혼 절차는 1929년에 끝났다. 나중에 서로 연락을 했는지 여부는 알려진 바 없다. 노르드스트룀을 연구하는 이들은 이 부부가 명목상으로만 혼인 관계를 맺었다고 주장하는데, 남자한테 아무 관심도 없는 여자였다는 것이고, 또 다른 사람들의 말에 따르면, 귀 얇은 소꿉동무를 등쳐 먹었다는 것뿐이다. 그럴 수도 있겠으나 마찬가지로 세상없이 그토록 아름답고 냉혹하면서도 역시 천하무쌍의 아름다운 곳에 도피 중인, 무척이나 외로운 두 사람이 서로서로 길동무가 됐을지도 모를 일이다. 어쨌든 말레스가 사랑에 빠졌다는 점은 분명하고, 무모한 어림짐작이 결코 아니다. 모두 에스테르 블렌다를 사랑했다. 여자든 남자든 누구든 빠져들 뭔가가 있었다. 그게 무엇인지는 많은 이가 찾아내려 했으나 여태 누구도 제대로 밝혀내지 못했다.

1891년 태어난 노르드스트룀은 어린 나이에 기자로 이름을 날렸는데, 포이켄(Pojken, 스웨덴어로 '소년'이라는 뜻—옮긴이), 나중에는 반사이(Bansai, 일본어로 '만세'라는 뜻—옮긴이)라는 필명으로 스톡홀름 언론에서 활동했을 때였다. 눈빛은, 오늘날에도 인구에 회자되는 바로 그 눈빛은 수수께끼 같은 매력을 흠씬 풍기며 상반되는 이미지로 가득 차 있었다. 모든 지인이 증언하는 바와 같이 예측할 수 없는 성격이었다. 사교계에서 별처럼 반짝반짝 빛났던 그녀는 파티라면 환장하던 장난꾸러기에다가 익살과 기발한 생각이 넘쳤으며 거나하게 취해 어질어질해도 아코디언을 품에 안고서 노래 한 자락을 뽑거나 구수한 옛날이야기를 들려주었다. 하지만 그만큼 자주 침울해져 두문불출하거나 오토바이를 부르릉거리며 어디로든 내빼거나 오래도록 방랑을 떠나 오지 속으로 사라졌다. 여행도 많이 갔는데 자주 혼자 다녔고 이따금씩은 익명을 유지했다. 에스테르 블렌다 노르드스트룀이 히치하이크를 하고 화물 열차 가축 차량에 무임승차를 하면서 미국을 유랑하던 시절, 잭 케루악은 아직 태어나지도 않았다.

작가로는 데뷔하자마자 대성공을 거두었다. 르포르타주 『하녀들 중의 하녀(En piga bland pigor)』가 1914년에 나와 3

만 5천 부가 팔렸다. 변장을 하고 본명을 숨겨 이상한 낌새를 눈치채지 못하게 하여 쇠데르만란드에 사는 농부의 하녀로 취직자리를 얻은 다음, 부르주아 독자들이 잊어버렸을 법한 세상 속 병폐의 존재를 알리고자 펜을 들었다. 오래도록 격렬한 논쟁이 벌어졌고 에스테르 블렌다의 이름은 모든 이의 입에 오르내렸다. 그녀는 사미족 마을에서 유목민을 가르치는 교사가 되려고 라플란드로 떠났다. 거기서 아홉 달을 살았다. 힘들게 지냈지만 1916년에 나온 『코타 사람들(Kåtornas folk)』〔코타(kåta)는 사미족이 거주하는 천막을 뜻함—옮긴이〕은 작가가 쓴 가장 훌륭한 책 중 하나로 손꼽힌다.

요즘에 늘 비교되는 독일 기자 귄터 발라프(Günter Wallraff)는 물론 위의 책이 나왔을 때 태어나지도 않았는데, 그래서 그런 비교가 잘못됐다는 소리를 하려는 것은 아니다. 두 사람 모두 똑같이 두려움을 모르고 과감하며 사서 고생을 하는 기질이다. 출세조차도 유사한 점이 많다. 그렇지만 잘 따져 보면 다른 것이 있다. 물론 그 사회 고발 르포 덕에 아직도 화젯거리가 되고 작품과 생애가 문예학자들의 젠더 연구에서도 여전히 존재감이 있지만, 사람들이 책을 읽기 시작하고 그렇게 쉽게 홀리는 데는 또 다른 무엇인가가 있다. 그리고 스웨덴은 바로 이런 점에서, 거포를 날리기 좋아하는 독일식 언론 보도와는 거리가 멀다.

닮은꼴을 굳이 찾자면 발라프보다는 영국의 여행작가 브루스 채트윈(Bruce Chatwin)이 있다. 다른 스웨덴 작가는 떠오르지 않는다. 두 사람 모두 신비에 싸여 있고 접근할 수 없으며 사후 모든 평판에서도 자체 발광을 한다. 그리고 둘 다 끊임없이 어쩌면 스스로부터 달아나 버리곤, 꿈이 가득한 눈빛으로 바라보는 숭배자들을 뒤로 하고 혼란스러운 성적 정체성에 관한 의문과 순전한 억측, 앞뒤가 안 맞는 온갖 열정의 발자취를 남기고 죽는다. 유목민과 세상천지 외딴곳에 사는 사람들에 대한 강박적인 관심까지도 거의 동일하다. 사라진 두 방랑자. 나머지는 전설로 남아 있을 뿐이다. 채트윈은 마흔여덟 살에 에이즈로 죽었다. 에스테르 블렌다 노르드스트룀은 마흔다섯 살에 뇌출혈을 겪고 기력이 쇠해지다가 쉰일곱 살에 죽었다.

노르드스트룀의 가장 뛰어난 책이자 그 어느 것과도 비길 데가 없는 저작은 『화산의 그림자 속 마을(Byn i vulkanens skugga)』(1930)인데, '나태와 낙관주의가 넘치는 황금의 땅' 캄차카에서 보낸 시절을 다룬다. 제사(題詞)는 오늘날은 잊힌 시인인 로버트 윌리엄 서비스(Robert William Service)의 시구에서 따왔다. "쓸쓸한 오솔길을 사랑하는 이여, 쓸쓸한 오솔길이 그대를 기다린다." 책이 재미있어서 어떤 대목에서는 포복절도하도록 웃음이 터지지만, 한편으로는 너무나도 가슴 절절하게 애절하면서도 처량하다. 마을에서 살던 일을 얘기하는데 스웨덴의 고향 집 어딘가에 앉아 어쩔 때는 우스꽝스럽지만 어쩔 때는 비극적인 인간의 운명을 그리며 이를 관통하는 그리움을 안고 뒤돌아본다.

그렇지만 남편 얘기는 절대로 쓰지 않았다. 단 한 줄도 안 썼다. 남편은 그물을 가지고 어디론가 나갔나 보다. 그래도 노르드스트룀은 어째서 레네 말레스가 십 년 동안 거기에 남아 있었는지 결국은 가장 그럴싸한 설명을 내놓은 사람일지도 모르겠다. 내가 볼 땐 말레스가 그냥 아주 잘 지냈던 것 같은데, 산천초목이 자신과 딱 맞는 곳이었다.

> 클류첍스카야 화산이 터지며 연기가 하늘로 용솟음친다. 꼭 스스로가 세상에서 가장 거대한 화산이라는 것을 알고 더더욱 높이 다가가려는 것도 같다. 마치 땅덩이에 묶여 있다는 것에 격노하여 족쇄를 끊어 버리고, 우주 공간으로 날아가 무지막지하고 한량없는 공허함으로 천국에 닿으려는 것처럼도 보인다.

# 10

# 그물과 외로움

에스테르 블렌다 노르드스트룀은 프리티오프(Frithiof)라는 오빠를 하나 두었다. 거의 모든 측면에서 여동생과는 정반대였다. 따개비처럼 조용하고 정적인 품성을 지닌 치과의사였다. 그럼에도 여가 시간은 오로지 나비를 채집하느라 딴 데 쓸 겨를이 없었다. 세월이 흐르면서 누구보다도 뛰어난 전문가가 되었고, 1935년과 1941년 사이 알베르트 툴그렌(Albert Tullgren)과 함께 지금까지도 아무도 넘볼 수 없는 걸작인 『스웨덴 나비(Svenska fjärilar)』를 쓰면서 출세 가도의 정점에 올랐다.

불가사의한 여동생 얘기는 별로 하지 않았다. 그렇지만 욘 란드크비스트(John Landquist)의 회고록 한 대목에서 프리티오프는 휙 지나가는 말로 여동생의 삶을 두고 아리송한 코멘트를 남긴다. 문예학자 란드크비스트는 당시 아내였던 작가 엘린 벵네르(Elin Wägner)와 마찬가지로, 에스테르 블렌다에게도 정신을 못 차릴 만큼 폭 빠진 적이 있었다. 에스테르 블렌다는 젊은 시절 이 부부네 집에서 몇 년을 살았다. 회고록에는 이렇게 나온다. "에스테르 블렌다가 죽고 수년이 지난 다음에 오빠인 유명한 나비 연구자 프리티오프 노르드스트룀 박사는 여동생이 평생에 걸쳐 연애와 관련된 문제에서 주도면밀했다고 나에게 전해 주었다." 이 말이 무슨 뜻인지는 크게 중요하지 않다.

아무튼 프리티오프 노르드스트룀은 1910년대에 몇 년 동안 이 섬에 살았던 것으로 보인다. 여기서 채집을 하고 발견한 곤충에 관해 쓴 글을 『곤충학 저널』에 실었다. 아마도 나비 때문에 여기에 왔을 것이다. 섬은 이미 채집가들 사이에서 알려져 있었다. 정신병원 같은 면도 없지 않아 있으나 독특한 식물과 더불어 희한한 종류의 곤충이 많았다.

우리들은 곤충학자의 방식으로 교제를 한다. 섬에서든 혹은 우플란드 전체에서든 예전에 한 번도 잡히지 않은 새로운 종을 발견하는 것은 물론 흥분되고도 남는 일일 수는 있겠지만, 남들이 한참 전에 보았는데 그 이후로는 아무도 보지 못한 곤충을 다시 발견하는 것에는 못 미친다. 사라졌다고 추정되던 곤충을 발견하는 일. 시간이 크게 의미를 지니는 동시에 아무 의미도 없는 형태의 인간관계에 빗대는 것 말고는 다른 식으로 나의 이런 느낌을 설명할 수가 없다. 프리티오프가 거의 백 년쯤 전에 한 번 잡았던 희귀한 나비를 내가 본다면, 어디론가 한참 동안 휴가를 간 오랜 지인으로부터 기대하지 않았던 그림엽서를 받아 보는 것과도 비슷할 것이다.

왕립도서관에서는 데이터베이스에 장서 목록을 작성해서 검색이 될 수 있도록 하는데, 나는 우리 자연사박물관에서도 그렇게 하는 날이 하루 빨리 오기를 손꼽아 기다린다. 그러고 난 다음에야 서신 왕래가 진지하게 진행될 수 있을 것이다. 지금 돌아가는 상황을 보면 섬에서든 어디서든 누가 무엇을 잡았는지 파악하기가 전혀 불가능하다. 수집가가 마침내 세상을 뜨면, 그러자마자 생애에 걸쳐 얻은 수고와 기쁨의 결실이 대개 룬드 또는 스톡홀름 어딘가의 박물관에 안착하고, 그러면 거기서 주요 소장 목록으로 모조리 분류되고 추려져서 종 각각이 저마다 서랍 안으로 들어간다. 실용적인 이유로 이렇게 한다. 그리고 별개의 곤충 속(屬)을 연구하는 사람에게는 이렇게 꾸준히 늘어나는 박물관 소장 목록이 쓸모가 많고 값어치가 있다. 그렇지만 다른 한편으로는 바람 속에 재를 뿌리는 것과도 같다. 수집가가 거두어들인 전리품이 흩어진 후에는 그가 걸어온 길을 재구성하기란 불가능하다.

그 당시 이곳에 나와서 살던 스텐 셀란데르(Sten Selander)

는 스스로 수집한 벌목 표본을 저작물 가운데 한 가지인 것처럼 묘사했다. 이는 「여름을 가두어 놓은 서랍(Skåpet där sommaren är inlåst)」이라는 울적한 수필에 나온다. 이렇게 회상한다. 벌목은 아름답지 않다, 나비처럼 아름다운 것은 아니다.

> 그런데 벌목 곤충들은 내가 이해할 만한 성질이 하나 있는데, 이 곤충들의 희한한 세계에서 내가 납득할 수 있는 거의 유일한 것이다. 그 녀석들도 나만큼이나 강렬하게 햇볕과 따뜻함을 사랑한다. 어쩌면 바로 그 이유로 내가 애초에 그것들에게 관심을 가지게 되었을 것 같다. 정확하게 기억이 나지는 않지만 아무튼 한참 전의 일이다. 벌목의 이런 특징 덕분에, 내 수집 표본에 붙은 날짜와 발견 장소가 적힌 작은 라벨 수천 장은 맑고 화창한 날, 포근한 날, 바람이 솔솔 부는 날, 작고 얇은 새털구름 말고는 구름 한 점 없는 날 등등 순전히 날씨만 적어 놓은 일기장을 닮게 되었다. 그리고 지나간 스무 번의 여름이 잠자는 서랍장 위에는 수많은 해시계에 새겨진 것과 똑같은 글귀가 있을지도 모르겠다. '나는 양지바른 때만 시간으로 친다.'

되는대로 아무 서랍이나 당긴 다음 읽기 시작한다. 뙤약볕이 쨍쨍 내리쬐고 삶이 펼쳐진다. 곤충학자라면 누구든 살아가는 동안 그렇게 앉는다. 그다음에 친구들이 이어받는다.

데이터베이스가 있었다면 채집자의 이름만 검색하면 되었을 것이다. 아니면 장소이거나, 어쩌면 둘 다이거나. 이제 나하고도 아는 사이가 된 셈이니 말레스가, 이를테면 어느 여름날 프리티오프 집에 들르던 차에 여기로 와서 그물을 가지고 곤충을 잡았는지 알아본다면 흥미로울 것이다. 대답은 채집 표본에 있으나, 안타깝게도 표본 수백만 개에 붙은 조그마한 라벨을 살펴볼 짬이 나는 사람만 알 수 있다. 잎벌 표본을 훑고 지나가는 것만 해도 힘에 부치는 일거리다. 간단한 질문은 던져 볼 수 있겠다. 프리티오프 노르드스트룀이 섬에서 '꼬리박각시(마크로글로숨 스텔라타룸, Macroglossum stellatarum)'를 잡기는 했을까? 룬드에 있는 서랍을 뒤져 본다면 그렇지 않다는 대답이 나온다는 것을 알게 될 것이다. 그리고 생각해 본다. '프리티오프, 일진이 사납군. 저거 지금 날아가네.'

물론 나비와 나방은 나한테 아무것도 아니고, 파리와 같은 취급을 받을 수가 없다. 그것들은 주변 경관에서 언제나 눈앞을 지나가다 보니 가판대에 꽂힌 신문 머리기사를 우두커니 쳐다보는 것과 아주 흡사할 뿐이다. 정말로 커다랗고 아름다운 나비와 나방은 그 자체로 새와 나무와 풀밭에 자라는 꽃처럼 미세하게 새겨진 색조의 우주로 들어가는 서막이며, 파악하려면 무지막지한 양의 지식이 필요하다. 꼬리박각시를 평생 딱 한 번만 본다면 절대로 잊을 수가 없다. 그 이름을 알아내는 것도 어렵지가 않다. 나비와 나방은 피할 수 없이 만나게 된다. 특히 땅거미가 질 때와 그 이후에 나방은 어디에서든 보인다.

여름밤은 또 다른 이야기가 펼쳐진다. 파리 빼고는 밤에 거의 무엇이든 채집할 수 있다. 밤중에 꽃등에를 잡는 것은 제비를 잡는 것만큼이나 생각하기 어렵다.

내가 밤에 채집할 수 있는 유일한 것은 나 자신이다.

이론상으로 그렇게 볼 수도 있다. 인간의 밑바탕에서 음악성, 지능, 질병 및 기타 등등 어지간한 부분은 유전적 경로를 따라 완전히 단조롭게 물려받는 반면, 몇 가지는 특정한 환경에서의 유년 시절 초에 새겨진 결과라는 것 말고 달리 더 좋은 설명 방법이 떠오르지 않는다. 여기서 깊이 들어갈 필요는 없다. 흑백논리로만 딱딱 가릴 수는 없다. 경계는 애매모호하다. 그렇지만 하나의 사람이 되는 어떤 특징은, 공정하지 않고 무미건조한 형태를 띤 우리의 생물학적 제약 안에서 청동처럼 주조되었다기보다는 그런 문화적 산물이라고 간주할 수 있다. 내가 생각하기에는 두드러지는 낭만적 심성도 여기에 속한다. 아마 전부는 아닐지라도 대부분은 차지할 것이다.

그다음의 관찰도 마찬가지로 별다른 특색은 없는데, 말하자면 우리 스웨덴은 세계에서 여름밤이 가장 아름답다는 것이다. 이 나라에서 아래로 아주 조금만 내려간 유럽도 밤에는 다소 음침하게 변하고 황혼에서 새벽녘까지 교통로는 칠흑같이 어둡다. 다른 한편으로 열대야는 천둥 번개가 치거나 매미들이 나무 꼭대기에서 동네잔치를 벌일 때면 캄브리아기와 실루리아기에 울렸을 법한 티 없이 요란한 소음을 세차게 내리퍼붓는다. 웅장한 소리를 내지만 그 이상은 아닐 텐데, 예컨대 마다가스카르 쏙독새의 형언하기 어려운 소리를 듣는 것만으로도 그곳으로 여행을 갈 값어치가 있다 하더라도, 나중에 보면 재미있고 흥분되며 남들에게 들려줄 이야깃거리가 생긴다는 것뿐이지 여름밤이 여기 스웨덴만큼 끊임없이 아름다운 곳은 결코 어디에서도 만나 볼 수가 없다.

여름마다 자주는 아닐지라도 가끔 모든 것이 딱딱 들어맞는 밤이 그래도 가끔가다가는 찾아온다. 빛, 따스한 기운, 향긋한 내음, 안개, 새들이 지저귀는 소리, 여기에다가 나방들까지. 그럼 누가 잘 수 있을까? 누가 자려고 할까?

알고 보면 대부분은 그러하다. 나로 말하자면 행복에 겨워 눈물이 왈칵 쏟아질 것만 같고 아침 해가 밝아 올 때까지 섬

둘레를 돌아다니며 꿈속에 빠지다 보니 우리가 가장 업신여기는 천연자원이 여름밤이 아닐까 하는 생각이 든다. 이런 생각이 처음은 아니지만 꿈과 산보는 내가 기억하기로는 쭉 이어져 왔다. 내가 유년 시절을 지낸, 겉보기에는 매혹적인 바닷가 촌구석하고도 변두리에서, 나는 꼬맹이들 가운데 유일하게 밤에 마음대로 뛰어다니도록 허락받았기 때문이다. 나방 채집자가 아무리 어릴지라도 침대로 보낼 수는 없다. 그리고 나의 부모님은 아직도 그렇지만 그때도 사내아이가 근처 가로등 밑에서 나방 잡는 것 말고 딴짓을 했을 거라고 전혀 생각하시지 않았을 만큼 감동적으로 쉽게 믿음을 주는 사람들이다.

나는 밤만 되면 나돌았다. 휘파람새에 귀를 기울이고 오소리를 훔쳐보고 딸기를 서리하고 계집아이들 방의 창문에 솔방울을 던졌다. 물론 나방도 많이 잡았고 웬만하면 항상 혼자였다. 나이를 좀 먹은 다음에야 자전거를 타고 시내로 나가서 폴란드인 번역가처럼 술을 퍼마셨지만, 여기서 크게 상관있는 얘기는 아니다. 내 안에 각인된 것은 그 당시에도 이미 돌이킬 수 없게 되었다.

그때부터 쭉 나는 어지간히 따사로운 여름밤이라면 다 나의 개인 재산처럼 여긴다. 프리티오프 말고는 그렇게 많은 이와 공유할 필요가 전혀 없다 보니 좀 따분한 일일지도 모르겠다. 현관 밑에 살면서 여름철마다 내가 나방 램프 앞에 침대 보를 펼쳐 걸어 놓곤 하는 오두막 모퉁이, 거기에서 튀어나오는 커다란 두꺼비 한 마리와도 가끔가다 여름밤을 함께 나눈다. 우리는 마치 탁자 앞에 있듯이 침대보 양 끝에 마주 보고 앉는다. 두꺼비는 언제나 나보다 나방을 많이 잡는다. 프리티오프의 책에 보면 전에 어땠는지 얘기가 나온다.

가끔 외로움도 느낀다. 두말하면 잔소리다. 부정해 봐야 바보짓일 뿐이다.

"곤충의 세계를 탐구하러 갈 때는 마음속으로도 많이 준비해야 한다." 작가 하리 마르틴손(Harry Martinson)이 이렇게 쓴 바 있는데, 곤충학자는 우선적으로 외로움에 대비하지 않으면 안 된다. 내가 짐작하기로는 그래서 전형적인 곤충학자가 나비나 나방에 집중하는 것 같다. 나비와 나방은 웬만큼 많이들 알다 보니 그런 활동도 어지간해서는 사회적 맥락에서 의미를 지닌다. 성향이 비슷한 사람을 만나기도 불가능하지 않을뿐더러, 비록 채집자가 대부분의 시간을 혼자 다닌다 하더라도 발견한 곤충들 가운데 가장 아름다운 것들은 워낙에 멋지기 때문에 누구든지 곤충학자의 즐거움을 이해하고 공감할 수가 있다. 박각시나방이라든가 산호랑나비는 생김새가 어떤지 모르는 사람이 없다. 아, 당연히 누구나 다 안다는 소리는 아니지만 채집자에게 길동무나 말동무가 될 사람을 찾을 만큼은 족히 된다.

반면에 파리 전문가는 아무리 발버둥 쳐 봐야 대체로 헛수고로 끝난다. 도로스 프로푸게스는 나에게 박각시나방이나 다름없지만, 남들에게는 거의 쓸모가 없다. 에리스탈리스 시밀리스의 침입은 센세이션이다. 우리 중에 그런 게 도대체 있기나 한지 아는 사람이 얼마나 될까? 다섯 명쯤 되려나?

물론 전 세계에 걸쳐 비슷한 관심사를 가진 사람들을 이어주는 게시판이 인터넷에 존재하지만 미국이 세르비아를 폭격한 이후로 검열이 강화된 느낌이 든다. 어쨌든 그때부터는 토론의 재미가 더더욱 떨어졌고 좁게 학술적인 주제로만 제한이 되었다. 우리 같은 아마추어들에게도 숨통이 트일 곳으로 계속 남을 수만 있었다면 좋았을 텐데 참 아쉽다.

1999년 삼월이었다. 폭격기들은 연료를 가득 채운 채로 기지에서 출격 대기 중이었다. 모두 이륙 명령만 기다리고 있었다. 그러다가 파리 게시판에 유럽에서 꽃등에 연구자로서 일류 전문가인 세르비아 사람이 보낸 메시지가 떴다. 최근에 열린 회의에 흔쾌히들 함께해 주어서 고맙다는 짧은 인사를 전하려는 것이었다. 정치적인 내용은 없었다. 집에 앉아서 폭격을 기다리고 있다고 썼을 뿐이다. 그러면서 모두에게 잘살라며 행운을 빌었다. 그게 다였다. 이튿날 다른 여러 나라에 사는 그의 친구들이 유대감을 표명했고, 잠시나마 정말로 우리가 소속이 같다는 느낌도 들었다. 그런데 사흘 뒤 워싱턴의 스미스소니언 협회에서 연락이 왔는데 업계에서 진짜 거물로 손꼽히는 사람이었다. 게시판에 남긴 글에서는 다들 엉뚱한 잡소리는 하지 말고 침착하게 있으라고 했다. 뭐, 그래서 그렇게 됐다. 공개 게시판에서 벌어지는 전지구적인 대화는 유익한 경우가 특히 드물고 파리가 주제라면 특히 그렇다.

통신 매체를 통해 우리들이 의견을 주고받다 보니 점점 더 어떤 콘서트가 떠올랐는데, 관객이 드문드문 앉아 초봄 저녁나절이 되면 난쟁이올빼미 서너 마리가 서로 멀지만 영역 표시를 할 만큼은 너끈히 가까운 거리로 떨어져 앉아 지저귀는 휘파람 소리가 이따금 들리기도 하는 모습과도 비슷했다.

그래서 우리는 가능한 한 이 나라 안에서 서로서로 그럭저럭 잘 어울려 지낸다. 꽃등에라면 나보다 잘 아는 친구를 두 명 두고 있다. 덕분에 엄청나게 도움을 많이 받는다. 내가 우쭐거려도 괜찮을 만한 곤충을 발견하자마자 알려 주면, 언제나 그 친구들은 이메일로 적당한 시샘도 섞어 가면서 축하 답장을 한다. 그다음에는 아마 딴 곤충은 잘 알아도 파리는 잘 모를 다른 곤충학자들이 있는데, 그래도 그쯤 되면 웬만큼들은 잘 안다. 이들은 그런 마력을 이해한다. 프리티오프뿐만 아니라 스텐, 레네, 하리와 이제 세상에 없지만 그래도 아직 함께하는 다른 모든 이들도 그러듯이.

## 11

# 파리나무

옛날에 딴 도시 다 놔두고 하필 론네뷔에 거목 한 그루가 있었다. 이미 린네도 당시 자신의 저서에서 '파리나무'라고 언급했던 나무다. 물론 린네가 언급하기 한참 전부터도 그렇게 불렸다. 이 역사를 살펴보면 왜 우리가 어떤 파리들을 쫓아다니기만 하고 여태껏 보지는 못했는지 설명될 수 있을 것이다. 전문가들은 전설의 존재라며 전문용어처럼 부르는데, 맥락에서 떼어 놓고 보면 연인들끼리 옹알거리는 소리만큼이나 우스꽝스럽기도 하다.

그러니까 이제부터 우리의 이야깃감이 되는 꽃등에는 크고 아름다워서 신화에서 툭 튀어나온 것만 같다. 애벌레는 높이 나무우듬지에 물이 채워진 구멍 안에서 나날을 보낸다. 평생토록 꽃등에를 찾아다니느라 헤맬 수도 있는데, 그만큼 드물게 보인다.

파리나무는 스웨덴 역사를 통틀어 크기로는 둘째가라면 서러울 중세시대부터 내려오던 유서 깊은 검은 미루나무였다. 1884년까지 론네뷔 강가의 시청사 옆에 녹색이 감도는 잿빛 뭉게구름처럼 솟아올라 있었다. 나무줄기 둘레가 11미터였다. 가장 굵은 가지의 둘레는 족히 5미터는 되었다. 드럼통 둘레가 얼추 2미터쯤 되니까 나무가 얼마나 거대한지 짐작할 수가 있다. 이 나무가 어마어마하게 크다 보니, 론네뷔 주민들은 그림엽서에 그려 넣어 사방팔방으로 보내는 동양의 진기한 볼거리처럼 으스댔다. 주변의 다른 수많은 교구(教區)에서도 이 거목이 파리나무라고 불린다는 사실을 모르는 이가 없었다. 파리나무는 총체적인 생태계였다. 이를테면 가지들과 신록이 분출하는 한가운데 어딘가에 갈까마귀 떼 전부가 다 모여드는 갈라진 나뭇가지의 밑동에, 샘이라 불리는 곳이 있었다. 확실히 전설에나 나올 곤충의 애벌레들로 가득 찼지만, 그래서 그런 이름이 붙은 건 아니고, 특히 비가 무척 많이 내린 여름이 지난 뒤에 오는 가을마다 나무우듬지에는 글자 그대로 구름처럼 진딧물이 꼬여 들었다. 벌레혹을 만드는 진딧물의 종 한 가지 또는 그 이상이 나무의 잎자루 안 작은 옹이들 속에 살았던 것으로 보이고, 전체적인 모양새가 지구상에서 흔히 볼 수 있는 모습과 너무 동떨어져 있었으며, 진딧물이 천문학적으로 많았기 때문에 몇 세기에 걸쳐 그런 장관이 연중행사처럼 되풀이되었으니 그림엽서에도 쓸 만큼 유별나고 기가 막히는 이야기다.

안타깝게도 가지 하나가 1882년 폭우로 부러지고 나서 어느 막돼먹은 시청 공무원이 도시가 발전하는 길을 나무가 가로막고 있다는 상상을 했다. 구체적으로 어떻게 가로막는다는 것인지는 알 도리가 없다. 이와 동시에 마을에서는 나무줄기가 고갱이까지 썩어 문드러지는 바람에 고목이나 다름없으니 치워 버려야 한다는 쑥덕공론이 무성했다. 그래서 그렇게들 하기로 했다. 가장 긴 톱을 날카롭게 갈았다. 어쨌든 썩었다는 것은 잘못된 어림짐작이었기에 쌤통이라는 느낌도 들어서 조금은 위안이 된다. 알고 보니 줄기는 속속들이 모두 튼튼했고, 커피 마시려고 잠깐 쉬는 짬에 베어 쓰러뜨릴 수도 없는 것이었다. 전혀 그렇게 되지 않았다. 파리나무는 모든 것에 맞섰다.

하지만 다이너마이트를 버티지는 못했다. 그렇게 이야기는 끝났다. 파리나무는 다이너마이트에 터지고 말았다. 발전이라는 명목으로. 아이고, 그렇다.

어떤 곤충들은 생활 방식을 면면이 살펴보면 너무나도 비밀스러운 것이 많아 한 세기가 지나도록 드물게 몇몇 표본밖에는 보이지가 않으며, 어쩌면 꽃등엣과 가운데서도 한두 가지는 이런 범주에 낄지도 모르겠다. 또 다른 가능성은 너무나도 전설적인 나무들이 사라졌거나 혹은 어쨌든 수가 줄어들었다는 근거로 말미암아, 그런 곤충들이 더 이상 여기에 남아 있지 않다는 것이다.

섬의 정원에는 세월이 지날수록 더욱 커질 잠재력을 지닌 나무가 여러 그루 있으니, 떡갈나무 한 그루, 서양물푸레나무 한 그루, 단풍나무, 사시나무, 오리나무, 자작나무 두서너 그루에다가 물론 소나무도 몇 그루 있으며, 호숫가에 전나무 한 그루는 추측컨대 뭔가 예사롭지 않은 유전적 결함 탓에 고생을 하느라 말라비틀어진 듯도 싶은데 그건 꼭 장대만큼 기다란 배수관 청소기처럼 보이기 때문이다. 여름마다 30센티미터씩 자라며, (어떤 날 아침에 보면 마저 끄집어내지 않은 트랜지스터라디오 안테나처럼 생겼다는 느낌이 들기도 하는데) 방향이 별로 좋지 않은 곳에 있기 때문인지 머지않아 북풍을 맞고 뚝 부러질 성싶다. 종국에는 떡갈나무와 서양물푸레나무만 살아남을 텐데, 떡갈나무들은 아마 아직 백 살도 되지 않았겠고 서양물푸레나무들은 겨우 쉰 살이 될까 말까 하므로 한두 세대는 더 지나야 둘 사이에서 제대로 일관성을 가지고 견줄 수가 있게 될 것이다.

대신에 나는 단풍나무 한 그루에 희망을 걸겠다. 이 아름다운 나무는 오래전 누군가가 땅바닥 높이만큼 잘라 놓았는데 그다음부터 평온히 그루터기에 새싹을 틔울 수 있었다. 그러다 보니 줄기가 여덟 개다. 모두 그렇게 딱히 굵지는 않고 한참 전에 썩어 물러진 그루터기에 생긴 구멍 둘레로 동그라미를 그리듯이 자란다. 이 구멍은 언제나 갈색빛이 도는 흙탕물로 가득 차 있다. 사바나에 생긴 물웅덩이 옆에서처럼, 나는 거기에 죽치고 앉아 몇 시간이고 기다린다. 아직까지는 아무 일도 일어나지 않았다.

내가 늦여름의 나날을 앉아서 보내는 또 다른 그루터기도 몇 개 있는데 대부분은 사시나무 그루터기이고 개중에 몇 그루는 집채만큼 높다. 사시나무는 다들 알다시피 매우 크게 자랄 수 있기는 해도 꽤나 흔들거린다. 그냥 엄청나게 빨리 자라는 것뿐이다. 게다가 나무질이 엄청 딱딱하지는 않아서 까막딱따구리를 비롯한 딱따구리가 그 안에 구멍을 파서 마음대로 둥지를 틀고 알을 깔 수도 있다. 넓게 보아 섬에 사는 웬만한 늙은 사시나무에는 딱따구리가 살거나 살았고, 그다음부터 줄기는 진균류 때문에 눈 깜작할 사이에 썩어 어느 정도 구멍이 생기다 보니 이런저런 별별 꽃등에의 애벌레가 자라기에 제격인 곳이 된다. 마침내 커다란 사시나무들은 기력이 부치는지 슬슬 기울어지다가 폭 고꾸라지고 만다. 물론 세찬 비바람이 몰아치면 그보다도 먼저 쓰러진다. 이런 일은 거개가 사시나무에 생기는데, 그러면 거대한 그루터기가 남아서 수십 년 동안 자리를 지키며 딱따구리, 황갈색올빼미, 딱정벌레, 말벌, 꽃등에 그리고 나까지도 즐겁게 한다.

좋은 곳에 자리잡은 그루터기는 심지어 훌륭한 정치적 자산으로 써먹을 수도 있다. 뭍에 사는 친구 하나가 몇 해 전에 그렇게 했는데, 내가 알기로 그 친구의 정적(政敵)은 아직도 회복되지 않았다. 그런 사례가 드물지 않았다. 이끼, 버섯, 곤충 가릴 것 없이 희귀한 종들을 모조리 짓밟아 관료들 사이에 부족 전쟁 같은 일이 벌어지면 몽둥이처럼 사용하려는 심산이었다. 내 기억이 맞는다면 간단히 말해 자연보호구역을 더 많이 사들이려고 돈을 요구한 것이다. 얼추 그렇다. 흔히 벌어지는 일이었다. 이 모든 일을 조직하는 사람들이 머릿속으로 생각하는 좋은 자연 환경이라는 것이, 아무도 손을 대지 않았거나 하다못해 아스트리드 린드그렌(Astrid Lindgren)의 동화책 속에서 오려낸 듯이 보여야 한다는 것만 아니었더라도 전혀 문제가 없었을 텐데 말이다.

일곱 군데 기초지방자치단체가 함께 삼 년에 걸쳐 적당한 종류의 자연보호구역 오백 곳의 목록을 작성했다. 하다 보니 당연히 그렇게 많이 찾아낼 수 있었다.

목수이자 창의력 넘치는 곤충학자인 내 친한 벗이 똑같은 구역에서 거의 동시에 제 나름대로 조사 연구를 시작했다. 아마도 기초지방자치단체 자연보호구역 목록 조사 담당자들을 훼방 놓으려는 의도와 직접적인 관계가 있다기보다는, 훼손된 자연환경이라도 어쨌든 희귀종이 풍부하게 서식할 수도 있음을 상기시켜 주려는 듯싶었다. 그래서 남들이 모두 땅바닥 위에서 순록처럼 성큼성큼 뛰어다니며 얼굴이 퍼렇게 질리도록 그물로 채집을 하는 동안에, 친구는 어깨에 사다리를 걸메고는 나무들이 베이고, 8미터 높이의 사시나무 그루터기 하나만 홀로 서 있는 곳으로 갔다. 그다음에 곤충을 조사해 목록을 작성했다.

이미 파괴되어 버린 곳이라서 다들 조사하는 데 관심이 없었지만, 친구는 벌목 지대에 남은 나무그루 하나를 채집하면서 몇 년 동안 목록 작성에 매달렸다. 참 요상하게도 거의 100제곱킬로미터나 되는 넓이에서 채집하고 목록을 작성한, 남들과 비슷한 수의 멸종 위기 곤충을 바로 그 그루터기 한 군데에서 발견했다.

이따금 환경보호정책 자체가 자연환경을 보살피려다가 어설프게 건드리는 바람에 해칠 때가 더 많아서 정나미가 떨어진다. 직책들 간에 조정을 하기가 어려울 뿐만 아니라 많은 노력을 들이는 때가 적지 않아, 약탈의 진원지 한복판에서 전설의 파리 얘기를 경솔하게 꺼냈다가는 원하지 않는 이들과 얼굴을 익힐지도 모르니 마음을 단단히 먹어야 한다. 더욱이 애석하게도, 세상일이 절대로 보이는 것만큼 단순하게 돌아갈 리가 없으므로 하여간에 자연의 값어치를 매기려는 일련의 노력이 딴것보다 반드시 낫지는 않더라도 최소한 더 우아하면서도 평화로운 일이라는 것 말고는 다른 결론을 내리면 안 된다. 늘 그렇듯이 모든 것은 기질의 문제이다. 그루터기는 벌목 지대 안에 섬처럼 서 있다. 『파리대왕』에서 랠프가 말하지 않던가. "이곳은 우리의 섬이야. 좋은 섬이라고. 어른들이 와서 우리를 데려갈 때까지 신나게 놀자니까."

원래 예전부터 그랬듯이 생물학자들은 풍요로움에 미쳐 버리지 않으려고 섬을 찾아 나섰다. 섬들이란 일종의 일반화이다. 설명 모델이다. 그리고 섬이 없는 곳이라면 발명하면 그만이다. 설령 재미만을 좇는다 하더라도.

*

보는 눈만 일단 기른다면 곧 어디서든 보이게 마련인데, 그것은 바로 단추학 군도 안에 자리한 인조 섬들이다. 가장 훌륭한 섬들 가운데 하나가 로마에 있다. 아니, 있다기보다는 예전에 1800년대 중반에 있었다. 북적거리고 어지러운 대도시 한가운데에서 뚜렷이 구획되는 낙원이었다. 리처드 디킨(Richard Deakin)이라는 이가 이 섬을 발명했다. 그가 출세하려고 열심히 일하던 사람이라고 가정해 보자. 직업이 의사였으니 이에 걸맞게, 아편이 장기적으로 쓸모가 없다는 것을 아주 잘 알았다고 한술 더 떠 추정할 수도 있다. 그렇지만 디킨은 어쩌면 구명보트처럼 무엇인가가 필요했을 것이다. 확실하게는 모르겠지만 그렇게 돌아가지 않았을까 어림짐작해 보겠다.

디킨이 어떤 삶을 살았는지 내가 아는 바는 별달리 많지 않다. 조금 조사해 보려고도 했지만 자기 나라에서도 거의 잊혀버린 사람이라서 원로 식물학자들이나, 손수 그린 삽화가 들어간 먼지투성이 희귀본을 모으는 수집가들에게나 기억될 뿐이었다. 내가 기껏 아는 것이라고는 여가시간에 식물의 확산을 연구하던 영국인이라는 사실뿐이다. 영국에 서식하는 고사리를 주요한 글감으로 삼았다. 어쩌다가 로마까지 옮겨가서 의료 업무를 보게 되었는지는 내가 전혀 알 길이 없다. 아무튼 그렇게 고국을 떠났으며 보아하니 식물 구계(區系) 연구에 품은 열정도 함께 갖고 갔던 모양이다.

헌책방을 구경하다가 '로마의 식물군(Flora of Rome)'이라는, 재미없는 제목이 달린 포도주색 작은 책에서 희뿌옇게 바랜 금박에 새겨진 디킨의 이름이 어쩌다 눈에 띄었다. 아하, 도시에 서식하는 식물들의 얘기이구나 싶었다. 도시 생물학은 여러모로 유익한 테마인데, 예측할 수 없는 탓에 감질나는 맛도 있어서 책을 열어 보았더니, 놀랍게도 내가 생각했던 종류의 식물들을 다루는 내용이 전혀 아니고 일종의 식물학적인, 로빈슨 크루소의 섬 같은 도시 환경 속에 있는 무인도의 이야기였다. 1855년에 간행되었다. 완전한 제목은 『로마 콜로세움의 식물군: 로마 원형 경기장에서 자생적으로 자라는 식물 사백스무 가지의 삽화와 설명(Flora of the Colosseum of Rome; or, illustrations and descriptions of four hundred and twenty plants growing spontaneously upon the ruins of the Colosseum of Rome)』이다.

앞서 말했듯이 사실관계가 빠져 있지만 일단 디킨 박사가 본업에서 손을 놓을 새가 없었다고 가정해 보자. 어쩌면 대가족을 먹여 살렸을지도 모른다. 그럼 뭘 했을까? 일요일에 산책을 나가 좋은 경치를 구경하는 것은 성미에 맞지 않았다. 섬의 이곳저곳에서 바위와 바위 사이를 겅중겅중 뛰어다니며 식물 채집을 하고 목록을 작성하고 싶었다.

딜레마는 기발하게 해결되었다. 폐허를 찾아가 채집을 하고 목록을 작성했다.

짬이 나면 어린아이처럼 즐겁게 콜로세움 여기저기를 기어 올라갔는데, 발견한 양으로 미루어 볼 때 수년 간 그러고 다녔을 것이다. 알려지지 않은 종을 스스로 페스투카 로마나(Festuca romana)라는 이름을 붙여 기술하기도 했고, 이탈리아 전역에서 여태 누구도 본 적이 없는 꽃들을 발견하기도 했다. 또한 자기가 발견한 것을 (그리고 본인을) 세계만방에 알리고 싶었기에 유년 시절의 행복을 책 속에 채워 넣었는데, 같은 장르의 다른 많은 책과는 달리 아직도 그럭저럭 읽을 만하다. 먼 나라들에서 넘어온 기이한 종들을 살피다 보니 폐허 속에 비치는 소용돌이치던 역사를 사색하고 상념에 잠길 구실이 생기는 반면, 남들의 꼬임에 넘어가 글을 쓰는 식물학자들이라면 조만간 모일 수밖에 없는 전설과 옛날 민속의 늪으로 빠져든다. 까마종이와 꽃기린은 책으로 나올 이야깃감이 되는 식물이다. 혹은 아무도 지나칠 수 없는 '시인의 수선화'라든가. 셸리(P. B. Shelley)만이 이 자리에서 디킨을 도와줄 수 있다.

> 가장 아름다운 꽃, 수선화들이,
> 개울 후미진 곳을 물끄러미 바라보네,
> 스스로가 사랑스러워서 죽을 때까지.

부러워질 수밖에 없다. 수선화꽃등에에게 경의를 표하며 시를 바친 시인은 과연 누가 있을까? 아니면 그냥 꽃등에에게라도. 세계 문학은 파리 얘기로 가득할지도 모르지만, 거의 별다른 이름이 없이 그저 파리일 뿐이다. 꽃등에는 물론 마르틴손도 얘기하고, 바르텔(S. Barthel)과 채트윈의 얘기에도 나오듯이 이곳저곳에서 언급이 된다. 그렇지만 여태껏 두루뭉술한 떼거리 밖으로 이름과 역사를 가진 종으로서 절대 등장할 수가 없었다. 참으로 희한한 일이다. 그렇다고 기분이 언짢거나 할 계제도 아니다. 어느 도서관을 가도 문학작품 속에 득시글거리는 새와 꽃과 나비 얘기를 하는 모든 이에게 시샘이 날 뿐이다.

우리들은 키 작은 잡풀 속에 있다.

설상가상으로 이름들은 이름 구실조차 못한다. 꽃등에를 다루는 우리들은 엎친 데 덮친 격으로 오로지 라틴어 학명으로만 얘기를 한다. 헬로필루스(Helophilus), 멜라노스토마(Melanostoma), 크실로타(Xylota) 같은 이름을 듣는다면, 혹시나 문외한들은 이 작은 생명체들이 어떻게 살고 어떤 생김새인지 기껏해야 희미한 그림이나마 떠올릴지는 모르겠지만 대개는 전혀 아무것도 알 수가 없다. 말 그대로 온통 외국어나 다름없다. 공공장소에서 진짜로 사용할 만한 이름은 속속들이 이해되는 종류의 사랑에서 기원하는 아주 적은 학명밖에는 없는데, 다시 말해, 해당되는 곤충학자가 아내나 어쩌면 애인의 이름을 따서 벌레 작명을 하는 경우를 일컫는다. 드물지 않은 일이고, 누가 듣고 있든지 간에 잠시 동안 안개가 흩어진다. 이름은 감각으로 인식 가능한 세계에서 우엉처럼 착 달라붙는다.

“마누라 이름 가지고 벌이나 개미 작명을 했는지 확인해 보세요. 그랬다면 진짜 사랑이니까.”

나는 레네 말레스의 행적을 쭉 수소문하고 다녔는데, 이제 수화기 저쪽에 앉은 전문 곤충학자는 수년에 걸쳐 진기한 이름 몇 개도 직접 지어낸 남자였다. 우리는 에스테르 블렌다 노르드스트룀 이야기를 하면서 이 부부가 도대체 왜 결혼했는지 꽤나 자유로이 억측을 하며 노가리를 풀었다. 바로 그때 곤충학자는 나보고 벌목 곤충들을 확인해 보라고 제안했다. 라틴어 학명이 위장 결혼의 증거가 될지도 모른다고 생각할 수야 없겠지만 좀 더 깊은 감정이 들어가기라도 한다면 무엇이든 가능하지 않겠느냐는 생각을 내비쳤다. 최근에는 4밀리미터 길이의 딱정벌레에 자기 아내의 이름을 붙였다고도 했는데, 그러니까 몸소 익힌 지식과 경험에서 우러나온 말이었다.

“캄차카에서 잡은 곤충들을 훑어보세요. 거기서 답이 보일 거예요.”

그래서 정말 샅샅이 뒤졌다. 박물관에 온종일 앉아서 레네가 극동에서부터 고향으로 가져온 모든 새로운 종에 관한 논문들의 바짝 마른 종이가 저절로 불타기 직전까지 이 잡듯이 꼼꼼히 읽었다. 누가 뭐래도 흥미로운 항목들이 몇 가지 눈에 띄었는데, 베리마니(bergmani), 훌테니(hulténi), 헤드스트뢰미(hedstroemi), 셰블로미(sjoeblomi)라는 이름을 가진 벌목들이었다. 마지막 것은 1920년대 중반 클류치에서 레네와 에스테르 블렌다하고 함께 살았던, 기술자 칼 셰블롬(Karl Sjöblom)에서 따왔다. 빠지는 사람은 사실 에스테르 블렌다밖에 없다. 하지만 다른 한편으로는 혼인 관계가 이미 해소된 다음인 1930년대 이후에야 자료가 작성되었기 때문에 어쩌면 별다른 의미가 없을지도 모르겠다.

아무튼 거기 있는 동안 나는 말레스가 나중에 따로 버마에 갔다 와서 쓴 논문 몇 건을 훑어볼 겨를이 생겼다. 바로 그곳! 노르드스트뢰미아 아마빌리스(Nordströmia amabilis). 그런데 아니, 이건 아내 이름이 아니었다. 과학계에 새로운 이 곤충은 더군다나 나비인데 에스테르 블렌다가 아니고 프리티오프의 이름을 딴 것이며, 이 나비를 설명한 (그래서 무슨 이름이든 마음대로 붙일 수 있었던) 남자는 그 시대 곤충학계의 또 다른 미치광이였다. 펠릭스 브뤼크(Felix Bryk, 1882-1957)라는 이름의 재주가 많은 사람이었다. 여러 가지 중에서도 아프리카에 여행 갔다 와서 미성년자 열람 불가 서적 『흑인 에로스: 흑인들의 성생활에 관한 민족학적 연구(Neger-Eros: Ethnologische Studien über das Sexualleben bei Negern)』(1928)도 펴냈는데, 여기서 다룰 이야기는 아니다.

늘 그렇듯이 마침내 찾아낸 것은 내가 찾던 것이 아니었다. 그건 에바 쇠데르할리(Ebba soederhalli). 버마에서 온 잎벌이었다. 말레스는 드디어 사랑을 찾았다. 명명백백했다.

## 12

# 출세주의자의 열망

레네 말레스는 자식을 둔 적이 없었다. 기억은 흩어졌다. 유산도 흩어졌다. 말레스 같은 사람이 어떻게 고작 몇 십 년 만에 망각 속으로 사라질 수 있는지 이상하지 않은가? 그래도 그는 할 수 있는 만큼은 족적을 새겨 놓았다. 기증한 것까지 따지면 무척 후했다. 곤충, 스톡홀름 북쪽의 로슬라겐에 있는 소유지, 독보적인 미술 소장품.

나는 그의 조카들에게 연락을 취하고 찾아갔다. 전혀 다른 시대에 이름을 떨치던 사나이를 밝게 추억하는 상냥한 사람들이었고, 언제든지 한결같이 활기찬 기분으로 제 갈 길을 가던 별스러운 친척들이었다. 곤충학자라면 전 세계에서 누구나 그 이름을, 최소한 파리덫의 이름으로라도 안다고 내가 이야기해 주자, 조카들의 가족은 어안이 벙벙한 채로 쑥스러워하면서 웃음을 지었다. 조카들과 그들의 자식들은 레네 말레스를 푸판(Puppan, 스웨덴어로 번데기라는 뜻—옮긴이)이라고 불렀다는데, 도대체 어째서 그렇게들 불렀는지는 아무도 몰랐다. 어느 가족이든지 특히나 괴팍한 친척에게 붙여주려고 미리 마련해 놓은 종류의 별명일 뿐일지도 모르겠다. 이들은 선뜻 집 안 구석구석과 다락방 서재를 뒤지며 이제 반쯤은 잊힌 기억과 흔적을 찾아 나섰다. 찾아낸 물건들은 모조리 나에게 빌려주었다. 누렇게 바랜 신문 스크랩, 편지 몇 통, 그림엽서 한 묶음, 레네 말레스의 여권, 사진 몇 장. 별다른 것은 없었다.

아무튼 그의 전성기가 1930년대였다는 것만큼은 알게 되었다. 가만 보면, 말레스가 평생토록 끊이지 않고 하나로 쭉 이어지는 전성기로 살았다고 본인이 여겼기 때문에 나도 그렇게 생각할 때가 많았던 것이 사실이지만, 어느 정도 공인으로 취급해서 평가를 내린다면 남들의 눈에도 성공적으로 보였던 때는 1930년대이다.

말레스는 고국인 스웨덴으로 돌아왔다. 이유는? 아무도 모른다. 귀국의 연유는 1920년대를 거의 통째로 캄차카에서 보냈던 사연만큼이나 알쏭달쏭하다. 어쩌면 관료 제도가 너무나도 성가셔서 그랬을지도 모르겠다. 아직도 남아 있는 그의 소련 노동조합 신분증은 1929년에 발급되었으며 도장이

빽빽하게 찍혔고 수수께끼 같은 수기가 한가득하다. 그리고 다락방에서 발견된 것들 가운데서는 약간 닳고 해졌지만, 아직 판독할 수는 있는 공문서가 두어 장 나왔는데 말레스가 때때로 생계 수단으로 삼았던 검은담비 포획을 세세하게 규정하는 내용이었다. 나로서는 말레스가, 혹은 서류에서 불리듯 '시민 M'이 캄차카 지역 농업관리국의 감시를 몹시 못마땅했었다는 것을 충분히 상상하고도 남겠다. 프로젝트를 접고 영영 툰드라를 떴다. 어쩌면 그곳에서 할 만큼 했을지도 모르겠다.

1930년 여름 두어 달 동안 블라디보스토크 외곽에서 집중적으로 벌목 사냥을 한 뒤 스톡홀름으로 가는 기차를 탔다.

이후로 몇 년 동안 어떻게 먹고살았는지는 알려진 바가 없지만, 물려받은 돈, 강의료, 학술 장려금, 특히 스웨덴과학한림원에서 지원받은 개인 연구비 등으로 살았다고 짐작할 만한 근거는 있다. 1938년이 되어서야 왕립자연사박물관의 곤충부에 채용되었다. 이후로 거기서 1958년까지 근무했다. 그렇지만 앞으로 펼쳐질 일들을 미리 넘겨짚으면 곤란하다. 일단 어떻게 경력을 쌓아 갔는지 살펴보자. 정말 휘황찬란했다.

다른 무엇보다도 말레스는 수집가였으며 이 점에서는 전혀 의심의 여지가 없다. 요구되는 상상력을 가졌으며 더욱이 인내심뿐만 아니라 지칠 줄 모르는 에너지의 소유자였다. 그렇지만 다른 수많은 명민한 수집가와도 구별되는 면이 있었으니, 과학의 비호 아래 채집 표본을 처리하는 경우에도 활기가 넘치고 생산적이었다는 것이다. 잎벌 분류를 엄밀하고 꼼꼼하게 다루는 그의 텍스트가 폭포수처럼 맹렬히 쏟아지면서 전문 학술지에 떠오르기 시작했으며, 스웨덴에 존재하는 종들에 관하여 아직도 적용 가능한 분류표의 첫번째 부분이 이미 1931년에 나왔다.

또한 바로 이 시절 1933년에는 리딩외고등학교에서 생물학 및 종교를 가르치던 교사 에바 쇠데르헬(Ebba Söderhell)과 결혼을 했다. 미얀마에서 잡아 온 잎벌에 아내의 이름을 붙였다는 사실은 달리 오해하면 안 되고 곤충학자들 사이에서 성행하는 관습을 따른 사랑의 징표로 해석해야 한다.

이제 어떤 사람들이 주장하기로는, 우리의 영웅이 그전에 두번째 위장 결혼까지 할 겨를도 있었다는데, 상대가 바로 작가 비비 로랑(Vivi Laurent)이라는 것이다. 그렇지만 내가 수고를 들여서 이 문제를 조사해 본 바로는 둘이 무척 친한 친구 사이라는 것 말고는 딱히 별다른 증거를 찾을 수가 없었다. 솔직히 말해서 내 생각에는 일가친척 사이에 돌던 뒷소문이 세월이 흐르면서 속사정을 가리는 장막을 점점 더 두껍게 만들다 보니, 그런 물의가 빚어진 게 아닐까 싶다. 어쩌면 레네 스스로가 모조리 날조했을지도 모를 일이다. 설령 그랬더라도 나는 놀라지 않았을 것이다. 잘하면 결혼'했을 수도' 있었을 테니까. 등사기로 인쇄하여 부수도 적은, 말레스에 관한 짧은 전기에서 이야기되는 전설에 따르면, 결혼을 하겠다는 생각은 이집트로 함께 가겠다는 것이었다. 거기로 가긴 했는데 어쩌다 보니 비비는 식물학자 군나르 텍홀름(Gunnar Täckholm)과 짝짜꿍이 맞았고(두 사람은 나중에 입증되었듯 결국 결혼함), 그러자 레네는 귀국했다. 하지만 말했듯이 나는 이것이 진실과 어긋난다고 생각한다.

그래도 내가 이런 얘기를 꺼내는 까닭은, 한편으로는 섬에서 살다 보니 먼 바람결에 들려오는 잡소리라도 잘 헤아리는 법을 배우게 되었기 때문이고, 다른 한편으로는 비비와의 사이가 얼마나 가까웠는지는 모르겠으나 두 남녀의 교유를 살펴보면, 혹시라도 레네 말레스가 어떤 성격을 가진 사람인지 가늠하는 실마리를 얻을 수도 있기 때문이다. 이를테면 강하고 독립적이며 모험심이 넘치는 여자에게 끌렸다는 점이다. 비비 텍홀름 로랑은 실력을 인정받아 카이로대학교에서 세계적으로 유명한 생물학 교수가 되기 한참 전부터 젊은 작가로서 에스테르 블렌다 노르드스트룀과 마찬가지로 아주 잘나갔으며, 또 다른 부분에서는 대담무쌍하고 신랄한 사회 르포를 썼다는 점도 정확히 일치한다. 두 여자는 비교할 수 없을 만큼 운명이 달라진 동시대의 인물임에도 참으로 공통점이 많다. 차이점이 하나 있다면 비비는 물론 레네만큼 장수했다는 사실이다. 1972년 레네의 여든 살 생일잔치에도 와서 군중 사이를 왔다 갔다 했다. 사진에 찍힌 증거도 있다.

두말없이 에바 말레스는 조금 더 얌전한 인상을 준다. 조금은 그렇다는 점을 염두에 두어야 한다. 남편이 세상 곳곳을 떠돌아다니는 동안 리딩외의 집에 앉아서 뜨개질을 하던 여자는 아니었다. 정반대였다. 결혼한 바로 그해 재정 지원도 적고 대강 줄잡아 보아도 위험천만했던 미얀마 원정에 기꺼이 따라갔으며, 그곳 오지에서 수많은 역경에도 불구하고 탐험이 성공할 수 있도록 헌신적으로 챙긴 이가 에바였다.

말레스는 아직 그렇게까지 해 볼 만큼 해 보지 않았다. 어쨌든 탐험가였기 때문에 세계 각지를 다니는 데는 도가 텄다. 몇 년 동안 현미경에 매달려 있는 것은 어쩌면 너무나도 무사태평한 일이었다. 아무튼 아시아 잎벌에 관한 진정 획기적인 논문을 접했으니 소련에서 했던 것보다 더 많이 채집 원정을 떠날 필요가 있다는 것을 확실히 인식했다. 그리고 동물학자와 식물학자의 지도에서 가장 하얗게 남은 부분이 미얀마 최북단과 인접한 중국 남부 윈난성 산악 아열대 우림 지역이었다. 거기로 가려던 것이었다. 자기가 만든 기발한 덫을 그곳에서 테스트할 요량이었다. 스톡홀름뿐 아니라 런던 대영박물관에서도 발명품을 선보였으나 거의 웃음거리나 다름없는 취급만 받고 말았다. 수집가로서의 역량이라면야 다들 차고 넘치게 믿었어도 파리덫은 그냥 장난처럼 여겼다. 그렇지 않다는 걸 세월이 흐르면서 입증이 되었겠지만.

버마 원정은 적어도 말레스의 잣대로라면 꽤 짧은 외유(外遊)였다. 1933년 말에서 1935년 초까지 이어졌다. 그럼에도 불구하고 결정적인 돌파구가 되었는데, 상당 부분은 양곤에서 꿰맸던 덫들 덕분이며 스스로 목표한 것을 비롯해 모든 기대치를 넘어섰다. 더욱이 에바의 도움으로 마을의 아이들 모두가 현장 조수로 변신하여 다들 말레스만큼이나 지칠 줄 모르게 활동했다. 에바가 약품을 간수했는데, 병을 고치는 솜씨가 좋다는 소문이 삽시간에 두메산골까지 퍼졌다. 레네는 『위메르(Ymer)』(스웨덴의 지리학 저널—옮긴이)에 발표한 여행기에서 다음과 같이 말한다.

> 사람들은 온갖 도마뱀, 뱀, 세간붙이는 물론이고 우리한테 필요하리라고 생각이 드는 것들은 무엇이든 자주 갖고 왔으며, 진료가 끝날 쯤인 아침마다 마을 아이들이 모두 작은 대나무 줄기를 들고 와 이끼 뭉치를 빼고 내용물을 쏟아 놓았는데, 그러면 나는 여기저기 달아나는 딱정벌레들, 지네들 또는 무엇이

든 대나무 줄기에 담겨 있던 것들을 잽싸게 붙잡아
야 했다.

중국 국경에서 엎어지면 코 닿을 데이고, 메콩강 수원지에서 멀지 않은 미얀마 동북쪽 변방 해발 2,000미터에 자리잡은 조그마한 마을 캄바이티에 기지를 세웠다. 미개척지였으며 모든 면에서 야생이었다. 우림은 전반적으로 사람 손이 거의 닿지 않았고 곤충 분포도 거의 알려진 바가 없었으며, 그곳 산에 사는 사람들은 바로 최근에야 사람 사냥을 관두었고 그 밖에도 아주 야만적인 풍습을 버린 지도 얼마 되지 않았기 때문에, 식민 당국은 말레스에게 해당 지역 여행 중 생기는 일은 모두 본인이 책임을 지겠다는 각서를 쓰게 했다.

레네는 전에도 이런 일을 겪었다. 바닥에서는 곰팡내가 풍기고 지붕에서는 비가 새는 오두막집에서, 매캐한 연기를 맡으며 살아가는 비참한 생활 조건이든 야만인들이든 별로 두렵지가 않았다. 그런데 이제 와서 보니 에바도 성격이 비슷한 것 같았으며, 버마에 가서 맡은 임무 한 가지가 의상, 무기, 악기, 예술품과 더불어 가지가지 집기를 비롯하여 민족학적 의미를 가진 물품을 사들이고 맞바꾸는 것이었는데, 결과물로 미루어 보아 (수집품은 예테보리의 세계문화박물관에서 소장 중) 에바도 크게 주저하지 않고 모험에 몸을 던진 듯싶었다. 어느 날 이들은 국경을 넘어 중국으로 갔다.

국경 건너편으로 몇 킬로미터만 넘어갔는데도 당국의 경고가 전혀 얼토당토않지는 않았다는 것을 깨달을 수밖에 없었다. 우리 심부름꾼은 앞서가다가 산사람 세 명에게 불쑥 제지당했다. 그중 한 남자는 무장하고 있던 엽총으로 심부름꾼의 가슴팍을 겨냥했는데, 나와 아내를 보더니 엽총을 내려놓고 가만히 우리를 지켜보았다. 심부름꾼은 무기가 없었지만 나는 주머니에 리볼버가 들어 있었고 등에는 산탄총을 메고 있었다. 우리가 다가가자 심부름꾼은 이를 틈타 무리에서 벗어났는데, 아내는 민족학적인 흥미를 불러일으킨 산사람의 엽총을 더욱 자세히 살펴보려고 앞으로 나아갔다. 나는 그때 자못 조마조마해졌는데 혹시 적대 행위라도 발생한다면 아내가 나의 사격선을 떡하니 가로막는 형국이어서 내가 총을 제대로 쏘지 못할 수도 있었기 때문이다. 아내는 십중팔구 위험성을 이해하는 듯싶었는데, 주머니에서 나비 병을 꺼내더니 세 남자에게 보여 주면서 평소대로 스웨덴어로 이야기했다.

죽은 나비가 담긴 병을 들고 있는 스웨덴 여교사라니, 산적들도 당황하지 않을래야 않을 수가 없었다.

계절풍이 비를 몰고 오는 바람에 산에서 채집을 하는 것이 완전히 불가능해지자 이들은 오늘날까지도 웬만해서는 접근이 어려운 남쪽의 샨 주로 발길을 돌렸는데, 그곳은 태국 북쪽 국경에 더 가까우며 요즘은 황금의 삼각지대라고 불리는 지역이다. 레네는 그물채를 들고 콤바인처럼 앞으로 나아갔다. 에바는 수백 가지 물품을 맞바꾸었으며, 개중에는 카누도 있었다. 짐 보따리를 어떻게 처리했을지 궁금하다.

*

비밀은 원기일까? 인내심일까? 그렇게 간단히 말할 수 있을까?

내 경우는 여행 중에 그냥 피곤해지고 기분이 처지거나 가끔은 아무 의욕도 안 생긴다. 아무 경험도 하기 싫어진다. 내가 이해하지 못하는 언어를 쓰는 사람들을 만나면 특히 그렇다. 가장 쉽게 풀리는 날은 스웨덴 동포를 만날 때인데, 마치 언어와 문화의 보이지 않는 코드가 자물쇠처럼 결합되는 느낌도 든다. 나는 끊임없이 호텔과 호스텔을 돌아다니며 자리를 잡는다. 카페와 술집에 앉는다. 그러한 곳들을 다니다가 처음으로 단골이 된 데는 와가두구였다. 언제나 단골이었다. 어느 도시에 한 주만 머무른다고 해도 나는 돌아갈 장소를 찾았다. 일주일쯤 되면 나는 주문을 할 필요도 없어졌다. 내가 뭘 시킬지 다들 알았다. 예삿일이었다.

어느 장소에 가기도 전부터 벌써 거기로 돌아가기를 간절히 바랄 수 있을까?

*

귀국은 성대했다. 언론에서 눈독 들이는 사건이었다. '말레스 부처, 버마와 남중국 탐험 마치고 귀환'이라는 문구가 어느 신문 일면에 나왔다. '말레스 박사, 부인과 오늘 귀국'이라는 헤드라인도 있었다. 예테보리에서는 세계적으로 독보적인 민족학적 소장품에 열광적인 반응들을 보였고, 대영박물관과 곤충들을 나누어 갖게 될 스웨덴왕립자연사박물관에서는 순전히 감탄과 존경심이 우러나와 땅바닥에 바짝 엎드렸다.

설령 캄차카 원정을 다녀온 뒤에 정리할 자료가 많았다 하더라도, 이제 곤충학 부서에 풀어놓은 것과 견주면 새 발의 피밖에 안 되었다. 세월이 흐르면서 곤충 표본이 과마다, 속마다, 종마다 끊임없이 분류되고 준비되고 라벨이 붙여져 세계 곳곳의 전문가들에게 보내질 터였다. 칠십 년이나 지난 지금까지 모든 병의 바닥을 보지는 못했으며 (어쩌면 망신스러운 일일지도 모르겠는데) 미얀마에서 잡아 온 곤충들 덕에 나온 학술 논문이 어찌나 많은지 대충 훑어보기도 어렵다.

많은 것들이 학계에 새로웠기 때문에 상당수의 종 이름을 걸출한 수집가에서 따왔다. 비교적 작은 딱정벌렛과에 들어가는 대유동방아벌레만 해도, 미얀마에서 가져온 여러 속에서 13종이 있으며 모두 종명이 말레세이(malaisei)이다. 이것뿐만이 아니라 민물고기 1,700마리를 저절로 잡기라도 한 듯이 포르말린에 담가서 가져오기까지 했다.

연구나 논문 발표를 하지 않을 때면 인터뷰도 하고 라디오에서 강연도 하며 기회만 되면 사람들 앞에 모습을 드러냈다. 이제 진지하게 잎벌에 관한 대작을 쓰기 시작했으며 스리랑카, 인도 남부, 히말라야 서부로 떠나게 될 그다음 원정도 슬슬 준비에 들어갔다. 이번에는 돈줄을 끌어오는 데 걱정이 전혀 없었는데, 두말할 나위 없이 탐험가로 당당히 자리잡았기 때문이다. 그의 명성은 연구자들의 좁은 테두리를 훌쩍 넘어서 주간지를 지나 주요 일간지의 운문식 만평까지 뻗어 나갔다. 『다겐스 뉘헤테르(Dagens Nyheter)』에 나왔던 옛날식 각운 시를 보면, 세계 각처의 연구자들이 보낸 찬사보다 더 그 시절 말레스가 어떤 위치를 차지했는지 잘 알 수가 있다.

이역만리 땅거죽이 흔들리고 멀리서 터지는 화산
날벌레를 보고 조용히 봉지에 넣는 박사.
북경에서 엽총과 기다란 칼을 들고 도적이 다가오는데
애벌레를 시험관에 넣고 연구하려 하네.
히말라야 높은 산중에는 여기저기 가파른 낭떠러지
평생 한 번도 본 적 없던 벌들이 살지.
사시나무 이파리 털북숭이 날벌레와 말벌 들이
노래하는 고향 떠나려는 불타는 갈망, 그곳을
가려는 갈망.

모든 것이 하나부터 열까지 꼼꼼히 준비되었고 출발 일자는 1939년 11월 4일로 정해졌다. 그때 배가 떠날 참이었다. 그렇지만 전쟁이 끼어들고 말았다. 계획이 어그러졌다. 미얀마는 마지막 원정이 되었다. 대신에 스톡홀름 근방 심프네스의 바위섬 해안에서 조금 위쪽으로 여름 별장을 한 채 사들였으며, 전쟁이 끝난 1945년 이후에는 또 다른 취미에 빠져들었다.

린네와 노르덴셸드(A. E. Nordenskiöld)의 시대는 갔다. 탐험은 변했다. 우선은 세상이 폐허가 되었고, 그다음은 1950년대부터 자연 다큐멘터리 감독이 이역만리 탐방을 떠나는 영웅으로 사람들에게 선보일 차례였다. 이름 모를 풀벌레나

날벌레를 채집하러 떠나는 학술 탐사도 물론 그때 이후로 수없이 진행되었지만, 찬란했던 영광의 시대로는 결코 되돌릴 수가 없었다. 전쟁이 일어나기 전에는 모든 이의 관심거리였던 탐사 여행이 이제는 침묵 속에서 이루어진다. 종잡을 수 없는 잎벌들을 분류하는 꾸불꾸불한 에움길을 지나갈 생각은 절대로 하지 않을 야망을 품은 남자들에게는, 마치 히말라야 산맥이 장애물이라도 되듯이 모험가들조차 더 이상 영화를 만들지 않으며 모험만 할 뿐이다.

# 13

# 느림

섬의 인구는 여름에 열 배로 늘어난다. 여러 방식으로 여가를 즐기는 사람들이 삼천 명이다. 처음에는 눈에 띄지가 않는데, 휴가를 시작할 때는 다들 가족과 여름 별장에 머무르다 보니 그렇다. 삼대 이상이 한꺼번에 오기도 한다. 그런 생활도 길어 봐야 한두 주쯤 지나면 슬슬 끝나게 되는데, 오두막집이 대개는 작기 때문에 계속 지내기엔 점점 버티기가 힘들고, 라르스 노렌(Lars Norén)이 지은 연극에서 튀어나온 이야기처럼 오두막집이 위협적으로 변해 가기 때문이다. 그때가 되면 진지하게 산책이 시작된다. 파리 채집가로서 내 스스로의 이미지는 많은 면에서 바로 이런 현상의 산물이라고 할 만하다. 이렇게 딱 잘라서 대답하는 까닭은 여기서 돌아다니는 사람들이 내가 뭘 하는 사람이고 왜 그러고 있느냐고 심란하게 물어 대기 때문이다.

사양채는 여기저기에서 자라므로, 그것들이 꽃을 피우는 동안은 괜찮다. 그리고 나는 꽃등에들에게 이상적으로 한적한 곳들도 알아서 거기로 가면 인적도 거의 없다. 그렇지만 라즈베리 덤불에서 꽃이 피고 엉겅퀴와 조팝나무가 자라면 그다음부터는 길가 쪽으로 더 가까이 가야 하므로 질문들도 들어야 한다.

익숙해지게 마련이다. 하지만 어떤 날에는, 밖에 돌아다니는 사람이 무척 많은 특히나 화창한 날에는, 어쩌다 보면 설명하기가 너무 지겨워서 그냥 거짓말로 때우기도 하는데, 히치하이크를 하는 사람과도 얼추 비슷하다. 어쨌든 큰길에서는 거의 한결같이 거짓말을 할 수밖에 없는 까닭이 묻는 이들에게 똑같은 이야기를 늘어놓다가는 지쳐 버리기 때문이다. 하루 종일 국도에 서서 열 대 남짓 지나가는 자동차 운전자에게 어디로 가냐는 둥 왜 이러고 다니냐는 둥 똑같은 질문을 듣는다면 언제나 진실만을 말하는 사람에게는 고역스러울 수밖에 없다. 그래서 히치하이커는 그토록 흥미로운 삶을 산다. 하나같이 거짓말쟁이들이다. 사람들이 가만히 놔두지 않는 파리 채집가의 경우도 이와 마찬가지다.

"뭐 하세요?"

"나비 잡아요."

이 정도는 거짓말 축에도 못 낀다. 거의 항상 더할 나위 없이 잘 먹혀들고, 그다음에 또 다른 질문이 달라붙지 않는다. 내 생각에는 나비 채집가라면 어떤 면에서 애처로우면서도 뭔가 연약하고 조금은 안쓰럽다 보니, 달리 더는 말을 붙이지 않고 햇빛 속에 가만히 놔둬야 할 인물로 비치는 모양이다. 그냥 엄마 같은 미소를 지으며 고작해야 '아, 그래요' 하고 격려하면 그만이다. 아무도 나비가 무엇인지 물어볼 필요가 없으며 나비를 잡으러 다니는 어른들이 있다는 것도 모두가 안다.

그렇지만 거짓말로 나비를 써먹어도 위험성이 하나도 없는 것은 아니다. 혹시 재수가 없으면 하필 방해를 하는 사람이 생각하기로는 모든 나비가 채집이 금지되어 있어서 나비를 잡으면 범죄이거나 어쩌면 변태 행위가 될지도 모른다. 그렇다면 길가에 서서 묻는 이가 말꼬리를 물고 늘어질 테니 대화가 성가시고 길어질 수도 있는데, 때마침 파리가 제멋대로 날아다닌다면 절호의 기회다.

"저는 꽃등에를 잡으러 다녀요"라는 대답 역시 아슬아슬하다. 우선은 충분하지가 않다. 꽃등에라는 말을 들었을 때 웬만큼 평균적인 스웨덴 사람이라면, 겨울까지도 실내의 화분 사이에서 날아다니는 노랑초파리처럼 대개 작고 신경에 거슬리는 전혀 다른 과의 파리를 떠올린다. 대략 이런 식으로 이야기가 오간다.

"파리요!?"

"예, 꽃등에요."

"저기, 그럼 저희 집으로 오실래요? 엄청 많거든요."

그래서 일단 오해를 풀어 주는 데 시간이 좀 걸린다. 그리고 A를 말했다면 B를 말해야 하니, 그러면 곧바로 꽃등에의 자연사적 배경을 주제로 세미나가 한바탕 벌어진다. 이를테면 꽃등에의 진화와 수분 작용에서 차지하는 의의, 그리고 파리 채집의 쓸모와 즐거움과 기술적 실무, 또는 무엇이든 전반적으로 파리나 곤충이나 자연과 연관 지을 수 있는 문제들을 얘기한다. 대화는 쓱 미끄러져 삼천포로 빠지면서 뒷짐을 진 채로 뜬금없이 버섯 철에 작황이 어떠할지 자유롭게 장광설을 늘어놓는다. 그러다 보면 으레 쏠쏠한 즐거움도 얻을 수가 있으며, 어떤 날에는 우리 시대가 느긋함과 성찰이 모자란다는 보람찬 의견 교환으로 하루를 마감한다. 그렇지만 파리는 한 마리도 못 잡는다.

누군가 기꺼이 귀를 기울여 줄 때 우리는 얼마나 쉽사리 춤꾼이 되고 마는가?

"저는 꽃등에를 잡으러 다녀요"라는 대답은 또한 황당한 농담으로 받아들여질 수도 있고, 이보다 더하면 졸렬하게 시비를 거는 것으로 이해될 수도 있다. 내가 길가 가까이 위험하게 있었던 어느 날, 자전거를 타고 온 젊은 남자를 절대 잊지 못하겠다. 길가에 아미초가 꽃을 피웠을 때였다. 그래서 적당히 고를 만한 데가 그리 많지 않았다. 길이든 정원이든 쓰레기 더미이든 사회적으로 보자면 온통 까다롭지 않은 곳이 없지만, 파리 채집을 하는 데는 아미초를 따라올 것이 없기 때문에 웬만하면 나는 이를 악물고 위험을 감수하는 편이다. 나를 본 남자가 브레이크를 너무 세게 밟는 바람에 자갈이 튀었다. 빌린 자전거를 탄, 하와이 셔츠 차림의 관광객이었다. 힐끗 쳐다보니 나를 물끄러미 바라보고 있었다.

"대체 뭐 하시는 거예요?"

말투는 딱히 상냥하지는 않았지만, 내가 이해하기로는 누가 시켰는지는 몰라도 반드시 자기 의견을 전달해야 된다는 마음이 우러나온 것도 같은데, 나는 마치 지방자치체의 볼거리인 유럽연합에서 재정 지원을 받아, 야외 활동을 재미있게 하려고 일부러 그 지역에 배치된 원주민이라도 된 느낌이 들었다. 그런 게 있기는 한가 보다. 어쨌든 나는 그냥 사실대로 말했고, 방금 아주 절묘한 꽃등에인 템노스토마 베스피포르메(Temnostoma vespiforme)를 그물채로 잡았기 때문에 파리 강의를 되도록 재빨리 해치우려고 독극물이 든 유리병을 건네주었다. 채집한 곤충을 휙 보더니 그가 나에게 유리병을 돌려주며 말했다.

“이거 말벌이잖아요.”

“예, 그렇게 보일 수는 있죠.” 내가 이것들이 어떻게 행동하는지 예의 바르게 설명해 주자, 그는 파리들을 또다시 한 번 봐도 되는지 물었다. 다시 유리병을 건네받더니 이번에는 아주 꼼꼼하게 살펴보면서 조용히 생각에 잠겼다.

“말벌인데요.”

이번에는 살짝 짜증이 섞인 말투였다. 나는 독극물 유리병을 주머니에 집어넣었다. 추측컨대 자기를 가지고 논다고 생각했거나 아니면 그냥 누구한테 반박당하는 데 익숙하지가 않은 모양이었다.

결코 험악한 상황은 아니었으며 오히려 우스꽝스러웠다. 남자는 자전거 지지대를 내리더니 다리를 벌리고 서서 가슴에 팔짱을 끼고는 나를 물끄러미 바라보는데, 지성적으로도 도덕적으로도 그리고 다른 모든 면에서도 흡사 우월한 적수 앞에서 내가 꽁무니를 빼기라도 고대하는 품새였다. 나는 별다른 내색을 하지는 않으려고 미소를 지어 보였다. 아무 반응도 없었는데, 실은 조금 못마땅한 눈치였다. 그래서 나는 그냥 무시하고 넘어갔지만 그 친구는 한 발짝도 움직이지 않고 제자리에 가만히 있었다. 몇 분 동안을 그렇게 서 있었다. 마지막으로 근사하게 응수하며 종지부를 찍으려는 심산이었나 보다.

"말벌이라니까요! 꼭 기억하세요."

그러더니 자전거를 몰고 쌩 떠나 버렸다. 셔츠를 바람결에 폴락거리며.

*

춤꾼이라는 이미지는 밀란 쿤데라에게서 빌린 것이다. 작가가 허영, 야망, 권력욕을 다룬 우아한 희극에서 쓰는 표현이다. 단순한 장면의 짧은 대화일 뿐인데 다름 아닌 『느림(La Lenteur)』이라는 중편 소설 여기저기에 나온다. 뭐랄까, 소설이라는 명칭이 꼭 들어맞는지는 잘 모르겠지만, 아기자기하면서도 유조선처럼 바닥이 두 겹으로 되어 있다. 솔직히 말하면 나는 책에서 하는 얘기가 무엇인지 결코 제대로 이해한 적이 없지만, 『섬을 사랑한 남자』와 마찬가지로 그게 있다는 걸 알 때부터 이미 애착이 붙었다.

로렌스의 경우처럼 나한테 관심거리가 되는 주제가 쿤데라처럼 그릇이 큰 사람에게도 먹혀든다는 사실만으로도 나는 수년 동안 참으로 흐뭇했다. 게다가 언제나 그렇듯이 나만의 논리도 있었다.

느림은 더도 덜도 아니고 내가 자연으로부터 받은 테마였다.

아니, 그러고 보니, 꼭 그렇지는 않다. 여름 휴가객들이 던지는 질문을 받다 보니까 자연이 나에게 준 테마가 느림이 되었다. 어떤 고무적인 순간에 나는 파리 채집이 느림을 실천하는 한 가지 방식이라고 단순 명쾌하게 말한 적이 있었다. 그리고 그때 나의 대답이 내가 익숙하지 않은 이해를 받았기 때문에 나는 계속 그렇게 답하면서 서서히 나만의 논리도 세우게 되었다. 반응들은 언제나 넘칠 듯이 흘러나왔다. 내가 느림이라는 테마를 꺼내자마자 마치 온 누리 모든 사람이 예전에는 한 번도 깨닫지 못했겠지만 어느새 마음속 깊은 곳에서부터 파리 채집가가 된 것 같았다. 어떤 사람들은 느림을 소재로 하는 책이라면 무엇이든지 다 읽었으며 느리게 가는 모든 것이 얼마나 훌륭한지를 가지고 한참 동안 독백을 할 수도 있었다.

그때는 그 매력을 전혀 발견하지 못했는데, 아마도 내가 꽤나 느린 편이라서 좀 더 재빠른 사람이 되기를 언제나 바랐기 때문일 것이다. 이제는 내가 너무나도 예상외로 선구자가 되고 말았다. 좋은 느낌이 들었다. 가정생활에서 도망쳐 나와 얼마나 우리 시대가 온통 속도로 오염되었는지 열띤 설법을 풀어놓는 이 여름 손님들에게 성심성의껏 귀를 기울였다. 커뮤니케이션은 어느 때보다 빠르게 흘러가고 있으며 뉴스도 마찬가지다. 사람들은 더욱 빨리 말하고, 더욱 빨리 먹고, 의견을 더욱 자주 주고받고 더욱 스트레스를 받는 와중에, 세상은 눈이 핑핑 돌아갈 만큼 바뀌고 있다. 기술의 발전은 광폭한 속도를 유감없이 보여 주며 새로운 모델의 수두룩한 상품이 글자 그대로 물밀 듯이 시장에 쏟아지고 지난해 아니면 반년 전에 쏟아진 것들보다 모두 빠르다. 물론 컴퓨터가 일등을 먹지만, 전화도 이에 버금가고 이제 토스터도 너무 빨라지는 바람에 임계 상태에 가까워져 빵의 속이 채 익기도 전에 겉부터 탄다. 외환 시장과 증권 시장 얘기는 아예 꺼낼 수도 없을 지경이다.

"거 참, 그러게 말이에요." 나는 그렇게 말하고 그물채를 휘젓곤 했다.

이렇게 겉보기로 보편적이고 자연발생적인 가속화는 갖가지 불안과 걱정을 불러일으킬 수가 있었던 듯싶었고 나는 즐거이 맞장구를 쳤다.

그렇지만 솔직히 말하자면 내 생각에는 반대로 되었다면 더 나빴을 것 같다. 모든 것이 점점 더 느려지기만 한다면 우리는 모두 미쳐 버리기 직전에 정성껏 속도를 높여 달라고 빌면서, 느림을 배려하는 설교자가 절대로 따라오지 못하도록 만들 것이다. 다른 게 없다면 더더욱 많아지고 더더욱 빨라지는 트렌드는 그 반대보다는 바람직한데, 고속 열차에서 내릴 수는 있어도 등짐을 진 당나귀는 아무리 채찍질해 봤자 별로 빨라지지 않으니 소용없기 때문이다. 게다가 소화하기 어려운 감상과 야만적인 언어가 싫으면 누구든 스스로를 지키기 위해 돌아다니지 않을 자유가 있다. 이미지나 메시지이든 사람들이든 아니면 다른 무엇이든, 너무 빠르게 흘러간다는 생각이 든다면 십중팔구는 끄거나 그냥 눈을 감고 잠시 혼자서 숨을 고르면 된다. 대부분은 자유롭게 선택할 수가 있다. 그렇게 스웨덴은 잘사는 나라가 된 것이다. 물론 그렇다고 내가 그런 말을 하고 다니지는 않았지만.

우리 중에서 어떤 이들은 그럴 여력이 없는데 어찌 보면 그냥 그런 것뿐이다. 너무 버거워서 그렇다. 우리는 학교 다니는 동안 이미 그걸 눈치챘다. 그리고 우리가 소리에 맞춰 춤추는 걸 배우는 피리들은 속도감을 사랑하면서도 홍청망청함을 길들일 줄 아는 사람들이 깎아서 만들었기 때문에, 우리는 발을 헛디디고 뭔가 채워지지 않는다는 애매한 느낌에 빠져든다. 그중 일부는 천박한 상업주의 탓으로 돌릴 수도 있겠지만, 당연히 모든 것이 그렇지는 않다. 또한 문화생활은 백화점인데, 거리를 두고 힐끗 보면 학문도 이와 똑같다. 번갈아 가면서 총기가 넘칠 때가 있고 급속할 때가 있다.

느림은 그 자체가 목적도 아니고, 덕성도 아니며 패배도 아니다.

내년 여름에는 내가 집중을 하는 방식이 파리 채집이라고 얘기해 봐야겠다. 스스로를 잊어버릴 만큼 너무나도 강렬한 집중 상태이다. 우리 시대의 댄스 플로어에서 펼치기에는 언제나 그렇게 쉽지만은 않다. 쿤데라는 거기에 마음이 꽂혔다. 바로 거기서부터 시작한다.

물론 나는 결국 책을 구해서 선창의 그늘진 곳에 자리를 잡고 앉아서 생각을 했는데, 이제야말로 나만의 느린 파리 사냥에 인생의 참맛을 보며 제대로 뒹굴어야겠다고, 그리고 가능하다면 더더욱 느긋한 섬 생활에 쉽사리 옮겨질 수 있는 참맛을 보겠다는 것이었다. 바로 첫 장을 열자마자 딱 나하고 똑같은 모습을 마주쳤는데, "과거와 미래 모두에서 단절된 시간 파편 하나에 꼭 달라붙어 있는 사람이다. 시간의 연속성에서 뜯겨져 나갔다. 시간의 바깥에 서 있다. 다른 말로 하면 그는 무아지경에 빠졌다. 그 상태에서는 자기 나이도, 아내도, 아이들도, 근심거리도 잊어버리고, 그런즉 두려움도 사라져 버리는데, 왜냐하면 두려움의 근원은 미래에 있기에 미래에서 해방된 사람은 무서울 것이 하나도 없기 때문이다".

바로 딱 그랬다.

유감스러운 점은 쿤데라가 이 대목에서 묘사한 사람이 느릿느릿 굼뜬 곤충학자가 아니라 목숨이 위태로워지는 프랑스 도로 차량 통행의 소용돌이 한가운데를 무모하게 내달리는 오토바이 운전자라는 것이다. 바로 이 작품에서 물불 가리지 않는 무책임한 그자는 알고 보니 작가가 느림을 성찰하는 원천이다. 작가는 묻는다. 어쩌다가 느림의 즐거움이 사라졌을까? “아, 옛날 옛적 어슬렁어슬렁 돌아다니던 이들은 다 어디로 갔는가?”

참 실망스럽군. 나는 조금 미적지근한 마음으로 향쑥 안에서 볼루켈라 이나니스(Volucella inanis)를 들여다보았으며, 계속 읽어 나가지 않겠다고 생각하면서 앞으로는 아예 제목에 홀려서 책을 읽지는 않겠다는 쪽으로 슬슬 마음을 굳히기로 했다. 대신에 그 안에 들어 있을지 모르는 진실을 상상해 보려고 했다. 그때만 해도 내게는 이것이 가장 마뜩한 해결책으로 보였다. 근데 어쨌든, 그러다가 계속 읽었다. 미끼에 제대로 낚여 버렸다. “우리가 살아가는 세상에서 게으름은 할 일 없음으로 변모했는데, 둘은 전혀 같은 것이 아니다. 할 일이 없는 사람은 답답함과 지루함을 견디다 못해 자기에게 결핍되는 활동을 찾아다닌다.”

이건 달랐다.

게다가 책이 뒤로 갈수록 섹스 이야기가 대부분이었다.

이야기의 도입부에 나오는 작가와 그의 아내 베라는 파리 외곽 시골 마을 어딘가에서 차를 몰고 달리는 중이다. 두 사람은 근처의 센 강가에 자리한 오래된 성채에서 밤을 보내기로 마음먹었는데, 거기로 가는 도중에 잡담을 나누면서 정신

없이 달리는 차량들, 참을성 없는 사람들, 죽음 등등을 얘깃거리로 삼았다. 다른 많은 프랑스 성채처럼 여기도 이제 호텔로 리모델링했고, 전에 두 사람이 다녀간 뒤로는 확장 공사를 해서 회의실과 수영장도 갖추게 되었다. 그런데 도착하기 전에 수다는 이미 삼천포로 빠져서 적어도 두 개의 시간적 차원으로 분산되었는데, 그중 하나는 1700년대에 펼치지는 이야기로 좀 더 정확히 말하면 비방 드농(Vivant Denon)의 관능 소설 「내일은 없다(Point de lendemain)」에 나오는 것이다.

굽이치는 이야기의 흐름을 따라가기가 쉽지도 않을뿐더러 쿤데라가 프랑스 지식인들을 비꼬는 세번째 줄거리를 펼치면서 혹은 앞서 말했듯이 춤꾼이 본격적으로 등장하는 희극이 시작되면서 더더욱 배배 꼬인다. "춤꾼은 권력이 아니라 명예를 좇는다는 점에서 일반적으로 정치꾼과는 다르다. 춤꾼은 자기가 아무런 신경도 쓰지 않는 어떤 사회 질서를 세상에 강요하려고 힘쓰지 않고 스스로가 빛날 수 있도록 무대를 장악하려고 노력한다." 여러 차례 통독한 다음에 판단하건대, 그것이 바로 『느림』에서 말하는 주제이다. 제목에서 기본적으로 암시하는 것은, 드농의 소설에서 어떤 마담 T와 애인이 전념하는 지루한 유혹의 기술이다. 아무튼 책에서 다루는 내용은 내가 숲속에서 전력투구하는 일하고는 완전히 다른 난교 파티다. 선창 그늘에 앉아 있을 때도 이미 그 정도까지는 이해했다.

그렇지만 야심의 형태 분석은 다른 어느 주제만큼이나 좋다고 나는 생각했고, 더 읽어 내려갈수록 춤꾼들은 희한하게도 친숙한 느낌이 들었는데, 오래전부터 알던 사람이 갑자기 아무 예고도 없이 줄거리에 등장할 때 깜짝 놀라는 바람에 하마터면 호수에 빠질 뻔했다. 그제야 흥미진진해졌다.

밀란 쿤데라와 아내가 방금 저녁 식사를 하고 보르도 와인을 즐긴 예스러운 성채는 이제 컨퍼런스 호텔로 탈바꿈하여 묘하게도 바로 이 순간에 곤충학자들의 세미나가 열리고 있다. 모임은 어느새 픽션으로 쓱 미끄러져 들어가 춤추는 이들과 유혹하는 이들의 희비극적 곡예가 펼쳐지는 경기장이 되었지만, 세미나 참가자 가운데 적어도 한 사람은 변장에 그다지 정성을 들이지 않아서 내가 금세 알아보았다. "점점 더 많은 이들이 홀에 모였는데, 프랑스 곤충학자가 많지만 외국인도 몇 명 보이고 그중에는 60대인 체코 사람도 하나 있다…."

이야기에 나오는 이 남자의 운명은 쿤데라와 닮아 있는데, 프라하에서 무척이나 성공적인 입지를 다진 과학자였던 그는 오로지 파리만 파고든 교수로 지내다가 1968년 소련 침공 이후 눈 밖에 나는 바람에 그 뒤로는 먹고살려고 다른 많은 지식인처럼 공사판 인부로 일할 수밖에 없었다.

교수는 이제 연구에서 손을 놓은 지가 이십 년이 다 되어 가는데, 그럼에도 젊은 시절에 이미 발견하고 설명한 바 있는 무스카 프라겐시스(Musca pragensis, 프라하 파리)라는 파리를 소개하는 짧은 강연을 하려고 한다. 초조하게 자기 차례를 기다리면서 생각해 보니 강연에서 딱히 대단한 뭔가가 나올 것 같지는 않지만, 사회자에게 다음 연사로 소개받고 연단에 오르자마자 전혀 예기치 못한 감흥이 북받쳐 오른다. 느닷없이 즉흥적인 기분에 사로잡힌다. 눈물을 글썽이면서 감정이 움직이는 대로 따라가기로 마음먹고 아주 짧게 자신의 운명을 이야기해 준다. 소개말을 건네면서 이곳에 돌아와 옛 친구들을 다시 만나게 되어 얼마나 기쁜지를 얘기한다. 공사판에서 일하며 친구를 사귀지 못한 것이 아니고 바로 열정, 곤충학을 향한 열정이 그리웠다는 것이다.

청중은 너무나도 감동을 받는다. 사람들은 기립 박수를 치고, 카메라는 기쁨에 겨워 눈물을 흘리는 체코 학자를 향한다. "그는 바로 그때가 자기 삶에서 가장 위대한 순간, 영광의 순간, 그래, 영광으로 가득한 순간이라는 것을 알아차리는데, 도대체 무슨 말이 필요하랴. 스스로 위대하고 아름답다고 느끼며 유명해졌다는 느낌이 들면서 자기 자리로 돌아가는 길이 길고 영원히 끝나지 않았으면 하고 바란다."

너무나 감격한 이 남자는 강연을 하는 것도 깜빡한다.

밀란 흐발라(Milan Chvála)! 책에서는 다른 이름으로 불리는 등장인물이지만, 곤충학자 밀란 흐발라를 모델로 삼았음이 틀림없다. 프라하는 오랫동안 유럽 곤충학의 수도 구실을 했으며, 정말로 대단하면서도 대표적인 인물로 손꼽히는 흐발라는 전문가들 사이에서 세계적으로 유명할 뿐만 아니라 1960년대부터 여러 가지 파리 연구에서는 누구도 따라올 자가 없는 대가이다. 나의 책장에는 흐발라의 저서 중 유럽등에(등엣과 타바니다이)에 관한 500페이지짜리 연구서와 아마도 그의 가장 특출한 전문 분야일 춤파리과(Empididae)를 다루는 책 몇 권이 있다. 스웨덴어로도 춤파리(dansfluga)라고 불리는데 그렇게 불릴 특징을 가지고 있기 때문이다.

"어느 학회를 가든지 탈주자들이 생기게 마련으로, 이들은 포도주 한 잔을 들고 옆방에 모인다." 그렇다. 당연하게도 모든 것이 아주 빠르게 궤도를 벗어나고, 쿤데라는 쿤데라이다 보니 춤추는 나르시시스트 가운데 한 사람이 너무너무 터무니없는 (나를 믿으시오) 솜씨로 그럭저럭 평범한 파리 학회 참가자들 중에서 여자 하나를 성공적으로 후리게 하는데, 왜냐하면 "유일하게 가치를 갖는 진정한 승리는 에로틱한 분위기라면 무엇이든 파멸시킬 곤충학자들 무리 안에서 여자를 재빠르게 낚아채는 것이기 때문이다".

마지막 부분은 내가 전적으로 동의한다. 일반적으로 여자들은 전혀 참가하지 않는다. 그리고 설령 소수의 여자가 나타나더라도 대개는 엄청난 괴짜의 짝꿍이거나, 남편을 따라온 아내인데 정신과 외래 병동에서 온 개인 조수 행세를 해도 쉽게 넘어올 법하다. 뭐, 그렇게 공정한 것은 아니지만, 사실을 말하자면 짝이 없는 여자에게는 곤충학자들 모임만큼 손쉬운 사냥감이 널린 곳도 없을 것이다. 독특한 개성이 넘치는 사나이들인데, 경쟁은 전혀 없다. 그냥 귀띔하자면 그렇다는 소리다.

내가 어디까지 얘기했더라? 맞아, 느림.

자연이 나에게 선사한 테마.

지나친 일반화일지도 모르고 엉뚱한 생각을 해서 그럴 수도 있고 많은 선택 가능성을 한 번에 다루는 데 유전적으로 어려움이 많다 보니 그것을 미덕으로 삼거나 숨기는 것을 시적으로 풀어서 그럴지도 모르겠다. 파리를 채집하는 이들이 무엇인가를 할 때는 실용적으로 느릴 수밖에 없으며 이따금씩은 가만히 있기도 하고, 그건 당연하게도 마음을 평온하게 만드는 집중력이나 무아지경 상태가 속도와는 무관하기 때문일 뿐이다. 곤충학자가 오토바이 타기를 즐길지는 아무도 모를 일이다.

한계를 두는 기술은 전적으로 다르고 그걸 기술이라고 하기도 좀 애매하다. 필요한 단 한 가지는 자기가 무엇을 숙달

할 수 있는지를 가감 없이 바라볼 용기이다. 어떤 사람들은 파리만, 어떤 파리만, 어떤 곳에서, 잠시 동안 본다. 출발점일 뿐이고 정해진 점이지만, 점이다. 그게 다다.

# 14

# 바다에 가라앉은 섬

생물학적 지식의 역사에서 기라성 같은 인물이 많지만 다른 모든 이들을 다 합쳐도 이 두 사람만큼 빛나지는 않는다. 바로 칼 폰 린네와 찰스 다윈이다. 나는 지구상의 생명체를 보는 우리들의 생각에 두 사람이 끼친 영향력 근처에라도 가려면 누군가에게 언제가 되었든, 어떤 돌파구가 요구되는지 가늠조차 못하겠다. 무엇보다도 다윈은 나로서는 도저히 넘어설 엄두조차 나지 않는데, 극도로 꼼꼼하게 바라보고 서술한 진리가 너무나도 위대해서 그렇다. 린네도 당연히 엄청난 인물이지만 영원한 슈퍼스타로 남은 까닭은 얼추 빌 게이츠처럼 운영 체제를 팔아먹을 수가 있었기 때문이지, 영원한 진리를 탐구하고 표현하려는 것과는 거리가 멀었다.

어쨌든 린네와 다윈 모두 분류학과 진화론이라는 각자 자신의 분야에서 학파를 만들었다. 이뿐만이 아니다. 두 사람이 각각 지나온 삶을 연대기적으로 본다면, 그들의 인생 역정 역시 후세대 자연과학자들에게 귀감이 되었다. 첫번째로는 젊은 시절의 여행이다. 그다음에는 좁은 전문 분야를 끈질기게 연구한 것이다. 마지막으로는 그 혁명적인 사상과 꾸준하게 신판이 나오는 위대한 저술이다. 무수한 생물학자들이 방방곡곡 여행을 다니고 전문 분야 연구로 오직 한곳만 보며 적어도 맨 처음과 두번째 단계까지는 따르면서 그럭저럭 잘 굴러갔다. 마지막 단계로 접어들어야 슬슬 지지부진해진다. 안타깝지만 레네 말레스도 이런 애처로운 법칙에서 예외가 아니었다.

아니면 그냥 운이 없었을 뿐일까?

엄청나게 대담한 그의 관념들을 돋보기로 살펴보기에 앞서, 잠깐 쉴 겸 두 명의 제국 건설자를 알아보자. 이들 사이의 또 다른 흥미로운 공통점을 살펴보는 것만으로도 괜찮을 텐데, 바로 이들이 혼자가 아니었다는 사실이다. 후대의 학자들이 기꺼이 기술하는 것은 조금 달랐지만 린네도 그렇고 다윈도 그렇고 그렇게 독보적으로 예외적이지는 않았다. 진화론이라는 사상 체계에 관해서는 이런 사실이 잘 알려져 있는데, 처음부터 이미 인정되었다시피 동남아시아의 군도에서 채집을 하던 젊은이 앨프리드 러셀 월리스(Alfred Russel

Wallace)도 다윈과 똑같은 발상을 했다. 어떤 측면에서는 월리스가 진짜로 더 독창적이었지만 다운 하우스에 살던 다윈처럼 완결을 짓지는 못했으며, 게다가 누가 먼저 이름을 알리느냐 달리기 시합이 펼쳐질 때 고향에 없었다.

이보다 덜 알려진 사실은 린네 역시 혼자가 아니었다는 점이다. 얘기하자면 길어질 테니 여기서 깊이 파고들지는 않겠다. 뒷배경에는 대체로 항상 누군가가 있다는 것을 지적하고 싶을 뿐이다. 린네의 경우에 해당되는 사람은 페테르 아르테디(Peter Artedi, 1705-1735)이다. 그는 웁살라대학교에서 공부하던 시절에 가장 절친했던 벗이다. 페테르가 두 살 많았는데 옹에르만란드 지방의 아눈셰 교구에서 태어났으며, 스텐브로홀트에서 어린 시절을 보낸 만큼 적어도 자연에 관해서는 아는 것이 많았다. 두 사람은 위대한 분류 체계를 만들어냈다. 월리스와 다윈처럼, 우연히 따로따로가 아니고 수년에 걸친 집중적인 협력으로 함께 이루어낸 것이다. 그리고 내 생각에는 아르테디야말로 진정한 천재였다. 그렇지만 비극적이게도 나이 서른에 암스테르담의 운하에 빠져 죽었다. 아마도 스스로 목숨을 끊은 듯싶다. 린네는 혼자서 빛을 다 받았다.

그러니까 레네 말레스도 동업자가 있었다. 야생의 벌판에 은둔해서 살던 외톨이는 마침내 잎벌 분류 체계의 깊은 송곳

구멍으로부터 나와서 총체적인 종합의 공간을 향하여 자유로이 내달릴 수 있도록 도움의 손길을 받아야 했다. 그는 닐스 오드네르(Nils Odhner)라는 고동물학자인데, 플랑크톤 화석에 조예가 깊었으며 그렇게 엄청 야단법석을 떨지는 않던 남자였다. 하지만 말레스는 달랐다.

현미경 앞에 앉아 관찰 대상을 만지작거리기만 해도 마냥 기분이 좋은 분류학자는 당연히 많다. 무엇이 되었든지 작은 것의 대가가 되는 것만으로도 분류학자들에게는 얼마든지 자극제가 된다. 세상의 수수께끼는 딴 사람들에게 넘겨준다. 분류학자들은 제자리를 잘 지킬 만큼 자각을 잘하는 편이지만 말레스가 활약하던 시대는 단추학자들이 지금보다 더 제멋대로 활개치고 다닐 수 있었던 때임을 염두에 두어야 한다. 왜 그랬는지는 논쟁거리가 될 수 있지만, 비교적 좁게 전문적으로 파고드는 곤충학자들과 식물학자들이 그렇게 자유로이 이러쿵저러쿵 사변했던 까닭 하나는, 내가 보기에 그들이 자연사(自然史)를 말뜻 그대로 다루었기 때문이다. 게다가 동식물 분포의 역사를 탐구하는 식물지리학 및 동물지리학은 여러 생물학 연구 중에서 스웨덴이 특별히 강점을 나타내는 분야이기도 했다. 이 분야를 선도하던 이들 가운데 한 사람이 에리크 훌텐이었다. 캄차카에서의 경험과 나중에 떠난 또 다른 탐사를 바탕으로, 빙하시대에 마지막으로 빙하가 전진하던 때에 어느 지역이 얼음으로 덮였는지를 두고 벌어진 민감한 논쟁에서 높이 존중받는 입지를 구축했다. 이와 비슷하게, 딱정벌레 연구자인 칼 린드로트(Carl H. Lindroth)는 북반구의 태곳적 역사를 밝혀내는 데 크게 이바지할 수가 있었다.

따라서 말레스는 엄청난 수수께끼들의 답이 가득 찬 결론으로서 자연의 각주를 읽은 수많은 생물학자 가운데 한 사람일 뿐이었다. 그리고 당연하게도 가장 엄청난 수수께끼 중 하나를 골랐는데, 바로 바다에 가라앉은 섬 아틀란티스였다. 전설이 아니라는 증거가 있었다. 늦어도 1930년대 중반 혹은 어쩌면 더 일찍부터 수수께끼의 해답을 얻으려고 실마리를 찾아다녔으며 절대로 그만두지 않았다. 여든 살이 넘었을 때인 1973년 말이 되어서야 『확인된 전설, 아틀란티스(Atlantis, a Verified Myth)』라는 그 문제에 관해 쓴 마지막 소책자가 나왔다. 그렇지만 그때는 아무도 더 이상 귀를 기울이지 않았다.

이런 배경에는, 이제 세계적인 잎벌 권위자가 된 우리들의 친구 말레스가 하필 하고 많은 곳 중에서 파타고니아에 사는 누군가가 잡은 잎벌의 가장 가까운 일족이 유럽에 있다는 사실을 골똘히 생각하게 되었다는 점이 있었다. 이는 고전적인 동물지리학적 문제였는데, 예전에는 대륙들 사이에 있었을 것으로 짐작되는 여러 가지 가상적인 육교를 통해 해결하려던 난제였지만, 1940년대부터는 이른바 대륙 이동설로 설명되는 경우가 더더욱 잦아졌다. 이것이 오늘날 우리가 믿는 이론인데, 아득한 옛날에는 대륙들이 '판게아(Pangaea)'라는 거대한 하나의 땅덩어리로 뭉쳐 있다가, 봄이 되면 얼음 덩어리가 녹아서 둥둥 떠다니는 것처럼 나중에 여러 부분으로 갈라졌다는 발상이다. 동물이나 식물이 충분히 오래된 것이기만 하다면 엄청나게 기이한 확산이더라도 대륙 이동설로 설명될 수가 있었다.

그레고어 멘델(Gregor Mendel)이 발견한 미로 같은 유전 법칙과 마찬가지로 대륙들이 지구상을 떠돌아다닌다는 학설은 한참 동안 논의가 이루어지고 나서야 비로소 어떤 유의미한 반응을 얻게 되었다. 창시자인 독일의 지구물리학자 알프레트 베게너(Alfred Wegener, 1880-1930)는 물론 아프리카의 서해안과 남아메리카의 동해안이 서로 퍼즐 조각처럼 딱 맞물린다고 처음으로 말하진 않았지만, 대륙들이 진짜로 붙어 있었다는 것을 맨 처음 이론적으로 정립한 사람이었다. 1912년에 벌써 그런 학설을 내놓았다. 그렇지만 대륙을 움직이는 힘이 어디에서 나오는지를 설명할 수가 없었기 때문에 그 문제에 크게 주의를 기울이는 이가 거의 없었다. 수십 년이 지난 다음에야 점점 더 많은 과학자가 그 학설을 진지하게 다루기 시작했다. 누구보다도 생물학자들이 반기던 발상이었으며, 이와 달리 지질학자들은 오래도록 의심을 품었다. 1960년대가 되어서야 마침내 진정한 돌파구가 생겼다.

말레스가 수년에 걸쳐 열심히 작업한 뒤에 드디어 아시아 잎벌을 주제로 박사 논문을 완성하고 출판했던 해가 1945년이었는데, 생물학자들도 지구의 땅덩이가 모두 똑같은 원시 대륙에서 나왔다는 관념에 슬슬 익숙해지기 시작하던 때였다. 하지만 말레스는 그렇지 않았는데, 베게너의 이론을 야바위 같다고 여겼다. 땅껍질이 정말로 너무나도 두껍다고 생각했기 때문이다. 아무리 봐도 지구상의 어떠한 힘도 그렇게 옆으로 움직이도록 밀어붙일 만큼 강력할 수가 없었다. 결단코 그럴 리가 없었다. 인도 아대륙이 엄청난 힘으로 남쪽에서부터 윙윙거리며 와서는, 나머지 아시아와 충돌하면서 히말라야 산맥과 티베트 고원이 불쑥 솟아올랐다는 대목에서는 특히나 코웃음이 나올 수밖에 없었다. 어림없는 소리였다. 그래서 겉보기에는 특히나 좁은 분야인, 이역만리에 사는 잎벌을 다룬 논문은 진정한 미래를 가진 이론을 향해 정면 공격을 감행하게 되었다. 그 책을 읽으면, 물론 그렇게 쉬운 내용은 아니지만, 잎벌 연구가 창조 신화를 모델로 하여 순수지질학이라는 탄두를 달아 놓은 큼지막한 운반용 로켓과 비슷하다는 인상을 받게 될 것이다.

베게너는 틀렸다. 닐스 오드네르가 옳았다.

오드네르는 무슨 발상을 했을까?

이야기 속으로 들어가기에 앞서 짚고 넘어가야 할 사항이 있는데, 당시 말레스는 곤충학과의 상사인 올로프 룬드블라드(Olof Lundblad) 교수와 지겨우면서도 인정사정없는 갈등에 휘말렸다. 불화의 뿌리는 어둠 속에 숨어 있지만 스웨덴 과학한림원 문서보관소에는 쓸데없고 자질구레한 문제들로 이의를 제기한 서류가 한 다발이 있어서 인상적인데 이게 이들의 반목이 어느새 저절로 연주되는 피아노처럼 되어 버렸음을 나타낸다. 이를테면 말레스가 점심 식사를 하는 데 몇 분이나 허용되는지를 가지고 짜그락거릴 때도 두 사람 모두 왕에게 찾아가서 물어보기를 주저하지 않았던 것 같다. 내가 짐작하기로는 그냥 질릴 정도로 못 견딜 만큼 독립적인 성격을 가진 말레스가, 특히나 고동물학과에서 오드네르와 점점 더 자주 어울리면서 웬만해서는 자기 업무에 속하지 않는 문제들을 탁상공론하는 데 푹 빠졌기 때문이다.

말레스가 점심을 먹고 한참 지난 다음에 어슬렁거리며 돌아오던 모습이 박물관에서 오늘날까지도 회자된다. 엘리베이터 앞에서 붉으락푸르락 손목시계를 노려보는 룬드블라드에게 말레스가 지나가며 무심코 한마디를 던진다. "달걀 삶으시나 봐요?"

아무튼 오드네르는 땅거죽이 어쩌다가 지금처럼 생겨 먹게 되었는지 순전히 자신만의 이론을 구상해냈다. 이런 생각의 구조물은 수축 이론으로 불리게 되었는데, 그 단순함은 가히 천재적이다. 말레스 말이 맞는다고 치면 그런 느낌이 들 수밖에 없다. 모든 것이 설명되었기 때문이다. 주된 내용을 대강 요약하자면 수축 이론은 뭍이든 바다 밑바닥에 있든 높은 산과 깊은 골짜기는 지구 내부의 신비로운 물줄기의 흐름 때문이 아니고, 온도 차이에 따라 생기는 운동의 압력을 받아서 땅거죽이 주름질 때 생긴다는 것이다. 간단히 말해서 기후가 모든 것을 조종한다는 뜻이다. 지각은 확실히 오드네르의 경우에도 몇 개의 판으로 나뉘며, 지진이 일어나고 화산이 활동하는 불안정한 구역으로 갈라지지만, 베게너가 말한 이동성이 더 큰 단일체와는 달리 오드네르가 말한 것은 그다지 눈에 띄게 옆으로 이동하지는 않는다. 오로지 온도 변화에 따라 늘어나거나 움츠려들 뿐이다. 대륙들은 제자리에 있는데 기후가 따뜻하면 구성하는 판이 확장하며, 이에 따라 땅거죽이 주름 잡히면서 산줄기가 위로 치솟거나 해구가 밑으로 푹 꺼진다. 골함석과 얼추 비슷하다.

이 얘기를 더 깊이 파고들고 싶지는 않다. 수축 이론은 아직 말끔하게 해명되지는 않았으며 나의 지질학 지식은 그다지 신통치는 않은 편이다. 더군다나 이제부터는 말레스가 당시에 아무도 진지하게 보지 않았던 발상에 아주 전적으로 몰입했다는 것까지만 알면 그만이라고 생각한다. 이제 말레스가 목적지에 왔다. 잎벌들은 운송 수단일 뿐이었다. 말레스가 조만간 냉대를 받게 되리라는 것은 본인 말고는 모두에게 납득이 되는 사실이었다.

그는 엄청난 실책을 저질렀다. 동물지리학적 문제들을 알아보는 데에 오드네르의 학설을 보조 수단으로 이용했더라면 남들 눈에도 체면을 구기지 않을 입장이었을 텐데, 그러지를 않고 잎벌들을 놓아 버리더니 전설의 실타래에 휘말려 플라톤이 이야기했던 가라앉은 아틀란티스 대륙에 대한 전혀 쓸데없는 억측 속으로 곤두박질치고 말았다. 평소에 늘 열정이 넘치는 사람이었다. 남들이 등 뒤에서 아무리 비웃더라도 눈 하나 깜짝 안 했던 것 같다. 내가 알기로는 어쩌면 자기가 만들었던 덫을 상기하지 않았을까 싶다. 그것도 남들에게는 실현 가능성이 희박한 바람이라고 치부되었던 헛된 꿈이었다. 하지만 그때는 인내심으로 버텨서 이루어내고 말았다. 이번에도 지치지 않고 또 끝까지 나아가면 되는 것 아니냐고 생각했다. 그렇지만, 딴 사람들이 무슨 생각을 하든지 간에 전혀 신경을 쓰지 않았다고 여기는 쪽이 더욱 개연성이 있겠다. 적대적인 분위기는 예전에도 견뎠다. 그 점에서는 고독도 마찬가지였다.

1951년 출간된 대중 교양서인 『아틀란티스라는 지질학적 실체(Atlantis en geologisk verklighet)』에서 말레스는 진지한 과학의 세계로 건너가는 마지막 다리를 불태우고 말았다. 조금만 자제를 했더라면 상황이 엄청 나빠지지도 않았을 테고 후대에도 명성을 날리는 학자가 되었을 것이다. 오드네르가 구상한 땅덩어리 학설은 다른 사람들이 내놓은 것만큼 괜찮았으며, 저자 스스로는 동물군의 확산에 관한 지식이 어마어마했다. 아마도 대서양에서 아소르스 제도와 위도가 같은 곳에 가라앉았을 대륙이 그렇게 큰 이야깃거리는 아니었다. 그냥 대강 어림짐작으로 내놓은 가설이지만, 그럼에도 어쨌든 많은 분과에서 충실한 연구를 통해 얻은 사실로 뒷받침되는 가설이었다. 잘 굴러갔을 수도 있었다.

하지만 그러지 못했다. 왜 주춤했을까?

젊은 시절에 겪은 일들 때문에 샛길로 빠졌다는 생각이 이따금씩 든다. 세상을 휩쓸고 지나간 쓰나미와 지진의 기억. 세상의 어느 과학자도 느닷없이 해저가 수백 미터 가라앉았을 때 뿜어져 나온 엄청난 힘을 몸소 체험하지 못했을 것이다. 1923년에 벌어진 일본의 자연재해에서 수십만 명이 목숨을 잃었다. 말레스도 그 자리에 있었다.

전설에 따르면 아틀란티스에 종지부를 찍었던 재앙

은 실제로 그만한 사건이었을 가능성이 꽤 높은 듯 싶다. 주변부 수축으로 기반암이 털썩 내려앉으면서 유발된 부수적인 범람과 더불어 중심 도시가 느닷없이 가라앉았을지도 모르겠다. 우리는 지진 때문에 넓은 지역이 순식간에 가라앉은 사례가 일본에 있다는 것을 잘 안다. 언급한 바와 같이, 도쿄에서 서남쪽에 자리한 사가미만 일부가 여러 군데에서 400미터까지 폭삭 꺼졌다. 좁은 연안 지역에 걸쳐 주민이 많이 사는, 문화적으로 중심적인 도시들이 그러한 엄청난 파괴력에 그대로 맞닥뜨렸다면 온 나라와 문화가 무너져 내렸을 것이라고 능히 짐작할 만하다. 재앙에 뒤따라온 쓰나미는 해안가 주민을 깡그리 전멸시켰을지도 모를 일이다. 해안 주민과 문화 중심지가 사라져 버렸다면 남은 사람들은 아마도 딴 곳으로 이주했거나 서서히 몰락했을 것이다.

1951년에 나온 아틀란티스 책의 마지막 장은 그렇게 끝을 맺는다. 10페이지밖에 안 되다 보니 길지도 않지만 책 내용이 어떠한지 대강 감을 잡기에는 충분하다. 그 장의 제목은 「아틀란티스가 인류 문명에서 차지하는 의의」이다. 집필한 남자는 아틀란티스에 사람들이 살았다거나, 이집트인들과 접촉했다거나, 지구상에서 가장 용감하고 기운찬 뱃사람들이었다거나 하는 식으로 명백하게 이야기하지는 않는다. 구태여 그러지 않는다. 이 아틀란티스 사람들이 영국에서 스톤헨지를 지었다든가, 청동기시대부터 지구상에 나오는 청동을 모두 제공했다든가, 그 시대에 새겨진 수많은 스웨덴의 암각화에 나오는 선박들의 주인공들이라든가 하는 문제를 확실하게 안다고 주장하지도 않는다.

그럼에도 마지막 장 전체에서는 그런 이야기가 사실이라는 믿음의 기운이 뿜어져 나온다.

한참 나중인 1969년 『새롭게 다루는 지질학, 지리학 그리고 연관 학문들(A New Deal in Geology, Geography and Related Sciences)』이라는 좀 더 의뭉스러운 제목으로 영어 번역판이 나왔다. 자비 출판이었다. 지나간 세월 동안 많은 일이 벌어졌다. 대륙이동설이 결국에는 승리를 거두었으며, 오드네르가 누구인지 아는 사람은 더더욱 줄어들었고, 말레스 스스로도 본인이 살아 있는 화석처럼 보일 수밖에 없었을 것이다. 캄차카 원정 이후로 오십 년이 흘렀다. 그걸 들어 본 이들이 얼마나 남아 있었을까? 영어판에서 아틀란티스 문명을 다루는 대목이 거의 60페이지 가까이 늘어난 것도 어쩌면 그렇게 이상하지 않을 것이다.

아틀란티스는 이제 인류 문명의 요람이 되었으며, 그 자체로 사라진 황금시대의 박동하는 심장이었다. 나는 말레스가 쓴 책을 읽을 때 울컥하면서도 무척이나 흐뭇하다. 레네는 지금은 나의 친구나 다름없다. 그의 이야기가 요즘의 뉴에이지 판타지 팬들에게 보물 창고로 간주된다는 사실은 나에게 전혀 문제가 되지 않는다.

이와 달리 그가 서문에 쓴 어떤 구절이 특히 나를 사로잡았다. 나는 그것을 보고 생각 하나가 떠올랐다.

> 오늘날의 과학자들은, 지질학자이든지 지구물리학자이든지 해양학자이든지 간에, 전공만 너무 파고들어서 자기 연구 분야만 벗어나면 장악하는 범위가 매우 좁다. 웬만해서는 본인의 연구 분야 말고는 의견을 내놓을 엄두도 내지 못한다. 예를 들어 지질학이 바탕을 두고 있는 기본적인 이론들은 여러 세대에 걸쳐 사용되어 왔기 때문에 이제 더 이상 이론으로 간주되지 않으며, 오히려 공리(公理)의 지위를 얻었다.

*

나는 약간의 수고를 들여서 아틀란티스에 관한 이 책을 운 좋게 한 부 더 구할 수가 있었는데, 우체통으로 도착한 바로 그 날 마드리드에 사는 지질학자에게 다시 보냈다. 함께 우랄 산맥을 넘어간 다음부터 그 친구의 지식은 내가 무조건 신뢰한다. 1980년대 말쯤이었다. 조심스럽게 말하자면, 분명치는 않은 무슨 볼일 때문이었는지 시베리아 북부의 야말 반도에 자리한, 거대한 가스전으로 가던 중이었는데, 기운이 철철 넘치는 러시아 사람들 몇몇과 함께 모스크바 동쪽에서 출발하는 기차를 잡아탔다. 러시아 기차의 칸막이 객실 안에서 다들 그러듯이 우리는 밤새도록 술을 퍼마시고 노래를 부르면서 보냈으며, 우리가 산을 넘어갔는지도 모른 채로 아침이 밝자 나의 지질학자 친구는 이렇게 말했다.

"우랄산맥은 그냥 뻥카 같다는 생각이 드는군."

지질학자 친구의 신뢰도와 자유로운 성정에 있어서 한층 중요한 의미를 가지는 것은 석유 산업 분야에서 오랫동안 일을 했다는 사실이다. 관심은 거짓말을 하지 않는다. 기름이 어디에 묻혀 있는지 추측을 잘못했다가는 수십억 원이 그냥 날아가 버리는 업계에서 학문적 명성이라든가 틀에 박힌 생각은 아무런 힘도 쓰지 못한다. 나는 친구에게 말레스를 어떻게 생각하는지를, 그리고 오래도록 사람들 사이에서 잊힌 수축 이론에 대해서도 얘기해 달라고 부탁했다.

몇 주가 지난 다음에 알제리 동부의 석유 시추공이 있는 하시메사우드에서 장문의 편지가 한 통 왔다. 내 친구는 그 당시에 특히나 장래성이 좋은 유전의 가치를 평가하려고 그곳에 파견되어 있었다.

오랜 세월을 프랑스어권에 살면서 일했기 때문에 말레스의 뭔가 불운한 이름(프랑스어 명사 'malaise'는 몸이 불편하거나 사회가 불안하다는 뜻)을 한탄하는 것으로 시작했지만, 이내 지구의 역사에 관한 이론으로 넘어갔는데 크게 격식을 차리지 않고 자기 생각을 얘기했다. 오래된 베게너의 대륙이동설은 자명한 이치처럼 취급을 받는 것이 당연하다고 편지에 썼다. 모두에게 납득이 된다는 것이다. 그 이론은 이제 지질학에 관해서라면 하나부터 열까지 설명하지 못하는 것이 거의 없다. 얼마나 빠르게 움직이는지조차도 측정을 할 수 있다. 나의 친구가 이야기하기를, 유럽과 북아메리카는 손톱이 자라는 만큼과 얼추 비슷한 속도로 사이가 벌어졌다는 것이다. 다시 말해 일 년에 2센티미터쯤 된다. 그렇지만 다른 한편으로는 이러한 측정값이 얼마나 미더운지는 딱 부러지게 말하기가 어렵다고 덧붙였다.

이론을 전체적으로 보았을 때도 마찬가지이다. 실제를 그대로 설명한다고는 확실하게 말하기가 너무 어렵고, 우리가 관찰할 수 있는 것과 그럭저럭 아귀가 잘 맞을 뿐이다. 그렇다고 하더라도 아예 틀렸다고 내팽개치기는 더더욱 불가능하다. "그 도움으로 우리는 거듭거듭 석유를 발견하고는 있지만, 그럼에도 불구하고 어떤 이론적 결함이 있을지도 모르고, 아니면 언젠가는 완전히 폐기되어야 한다는 것을 배제할 수는 없겠지."

정말로 혁명적으로 대약진을 할 때가 어쩌면 아직 지나가지 않았는지 과연 누가 알랴? 조만간에 베게너를 갈아치울 누군가가 나타나기를 두 손 모아 빌어 보자. 레네를 위해서.

# 15

# 읽을 수 있는 풍경

시간 감각이 남달라야 진짜로 훌륭한 지질학자가 된다고들 말한다. 지식보다도 바로 중요한 것은 감각이다. 경험적 지식은 뭔가 좀 다른 구석이 있다. 열심히 일하면서도 끈덕지게 노력해야만 얻을 수 있는 것이다. 그렇지만 시간 감각은 음악성처럼 타고나야 한다. 어지간해서는 애초에 연습한다고 되는 기질이 아니다. 가장 빼어난 지질학자들은 모두 이런 비밀을 가지고 있다고들 한다. 그게 정말 맞는 말인지는 나는 모르겠다. 하지만 그럴싸하다.

왜냐하면, 도대체 일만 년이란 무엇인가? 아니면 삼백만 년은? 십억 년과의 관계는? 우리 대부분은 도무지 감이 안 잡힌다. 자에 그려진 눈금처럼 숫자는 우리가 이해할 수 있고, 어쩌면 지구의 역사를 한 시간이라고 치면 인류가 살아온 시간은 겨우 몇 초밖에 안 된다는 비유를 통해 어느 정도는 파악할 수 있을지도 모른다. 그렇지만 공간 감각 그 자체는 없다.

너무 길어서 사실상 영원에 맞닿을 법한 시간을 파악할 때 나는 언제나 상상 속의 보조 도구에 의존한다. 나에게 모자라는 깊은 이해력을 벌충하는 자를 가지고 재는데, 엉성한 모조품이다. 현재 살아 있는 사람들의 수명을 뛰어넘는 시간만 보더라도 수치나 일화의 형식이 아니라면 이해하기가 무척 어려울 수도 있다. 아마도 이와 똑같은 재능이 있다면 대체적으로 훌륭한 진화생물학자 혹은 역사학자가 될 것이다. 이따금씩은 나도 그런 사람이 되었으면 좋겠다고 바라면서 노력도 해 보았으나, 바로 시간에 대해서만은 감각이 부족하다는 것을 언제나 뼈저리게 깨달을 뿐이다. 수백 년 정도라면 괜찮기는 해도, 그것을 넘어가 버리면 능력 부족에서 생기는 피로가 슬슬 몰려온다.

그래서 나는 그물채를 들고 지금 여기서 돌아다니며 나의 풍경을 현재 시제로 읽는다. 나를 믿어도 된다. 아무리 바로 눈앞의 것들밖에 보지 못하더라도 그 이야기는 역시 충분히 풍성하고 놀라움으로 가득 차 있다.

가만 보면 꽃등에를 두고 벌어지는 모든 이야기는 궁극적으로 이해에 관한 문제이기도 하다. 언어적인 것이라고 부를 수도 있겠다. 스스로도 절감하지만 나의 동기를 설명하면서도 전적으로 솔직했던 적은 없다. 질문을 받으면 똑바로 대답하지 않았다. 그럼 왜 파리인가? 어떤 가상적인 효용성이 있다는 거짓말을 하지 않겠다고 아주 굳게 다짐했기에, 내가 파리 잡기에 빠져든 까닭이 값싼 마취와 단순한 향락 추구 때문이며 가난한 자의 허영과 최고의 존재가 되고 싶은 영원한 열망의 분출구였다고 표현했다. 그리고 그게 사실일지도 모른다. 하지만 무엇인가가 더 있기도 한데, 그렇게 대단하지는 않더라도 어쩌면 좀 더 아름다우며, 더욱 명예로울 것이다. 그런데 이러면 곤란하다. 통상적인 경쟁 없이 매우 높은 개인적인 숙달 정도가 가득한 세상이 살 만한 곳이라는 점만 보아도 그 누구도 모를 것의 완벽을 향한 야심 찬 행보는 온갖 영예를 얻을 값어치가 있다고 여겨야 하겠다.

어쨌든 언어를 배우는 것은 결코 잘못된 일이 아니다.

따라서 잠시 동안 풍경의 가독성이 무엇인지 곰곰이 생각해 보자. 자연이 어떻게 문학처럼 이해될 수 있는지 혹은 미술이나 음악과 똑같은 방식으로 체험될 수 있는지 살펴보려는 것이다. 모든 것은 언어 지식의 문제이다. 이제 많은 이가 우리 모두 교육 정도라든가 습관과는 무관하게 여러 가지 미술품과 음악 작품의 아름다움을 감상할 수 있다면서 당장 이의를 제기할지도 모르겠으나, 맞는 말이기는 하더라도 마찬가지로 훈련이 되지 않은 감각이 달콤하고 감미롭거나 낭만적인 것에 무척이나 쉽게 사로잡히는 것도 사실인데, 물론 그것 자체로 나쁘지는 않겠지만 그건 그저 처음의 느낌에만 그칠 뿐이고 훨씬 더 멀리 나아가는 경우가 드물다. 또한 미술에도 배워야 할 언어가 있으며, 음악 역시 그것만의 숨겨진 뉘앙스를 지닌다.

문학에서는 전제 조건이 더욱 명백하다. 읽을 수가 없다면 읽을 수가 없다. 여러 가지 깊이를 가진 일종의 문학적 체험을 풍경이 전해 줄 수 있다고 주장할 때, 내가 뜻하는 바는 무엇보다도 언어를 알아야 한다는 것에서부터 시작해야 한다는 점이다. 그렇기 때문에 오로지 동물과 식물을 다루는 어휘 체계 안에서 파리들은 낱말로 간주될 수가 있으며, 진화와 생태학이라는 문법 규칙의 틀을 벗어나지 않으면서 모든 종류의 이야기를 들려준다.

크리소톡숨 베르날레(Chrysotoxum vernale)를 발견했을 때, 알아본다는 것은 어째서 그것이 바로 그때 바로 거기에서 날아다니는지를 안다는 것이며, 그러면 모종의 만족감을 얻게 되는데 도무지 말로 설명하기가 간단하지만은 않다. 우리가 아름다운 것에 다다르기 전에 의미있는 것을 먼저 지나가야 하기에 나는 두렵다. 본질적인 것은 취향의 문제로 남는다.

크리소톡숨 베르날레는 꽃등에 스타일로는 생김새가 매우 멋지고 말벌과 닮은꼴이다. 차이가 보이는 사람이라면 이미 읽을 줄 아는 것이지만, 그것을 크리소톡숨 아르쿠아툼(Chrysotoxum arcuatum)과 구별할 수가 있을 때에야 비로소 제대로 흥분을 느끼게 된다. 내 이름을 걸고 말하건대 쉬운 일이 아니다. 수년에 걸쳐 훈련을 받으면서 그 두 가지 쌍둥이 종을 잡아 곤충바늘에 꽂아 두고 꼼꼼하게 살펴보아야만 하는데, 왜냐하면 종을 분별하는 데 결정적인 것은 무엇보다도 앞다리 안쪽 사분의 일의 색깔이기 때문이다.

그래서 나는 몇 해 동안 이런저런 표본을 수집했다. 사실은 크리스톡숨 속(屬)의 쌍둥이 종을 너무 집중적으로 다루다 보니 이제 나는 둘을 그물채에 잡아넣을 필요조차도 없이 현장에서 식별할 수 있다고 믿는다. 그렇기 때문에 아르쿠아툼 종은 흔한 반면에 베르날레 종은 희귀하다는 사실도 나는 안다. 그러면 어쩌다가 이렇게 되었을까? 아직 절반 정도밖에 읽지 않은 소설처럼 의문은 열려 있다.

내가 소장하는 표본 가운데에는 섬에서 잡은 베르날레 종 여섯 마리가 있는데 제각기 다른 해의 5월 27일과 6월 19일 사이에 채집했다. 아무래도 날아다니는 기간이 그것보다 길어 보이지는 않는다. 그 점이 흥미롭다. 한층 더 흥미로운 사실은 이 종이 이 여섯 마리의 파리 말고 중부 스웨덴에서 발견된 표본이 유일하다는 점인데, 좀 더 구체적으로 말하면 남쪽으로 몇 해리 정도 떨어진 또 다른 섬이다. 섬 중에서는 욀란드와 고틀란드에서도 몇 마리가 날아다니지만 뭍에서는 스코네 말고는 아무 데서도 보이지 않는다. 1800년대에는 블레킹에와 스몰란드, 외스테르예틀란드와 베스테르예틀란드에서도 채집이 되었다. 그런데 더 이상 잡히지 않는다. 왜 그럴까?

지식은 대개 충분할 때가 드물지만 적어도 웬만큼은 근거를 갖춘 가설을 세우기에는 모자라지 않는다. 가설만큼 쓸모가 있는 것도 없다. 특히나 채집자를 파리에게 해코지하는 비도덕적이며 잔인한 인간이라고 여기는 교양 없는 사람들과 그때그때 나누는 대화를 견딜 수밖에 없었기 때문이다. 이렇게 표현해도 괜찮다면 그들은 생태적인 부류에 속한다. 온화한 품성의 소유자이자 스스로를 매질하는 고행자로서, 악취를 풍기는 비료 더미 옆에 웅크리고 앉아 지구상의 생명체가 갈 데까지 갔다는 확신 속에서 경건하게 안식을 누린다. 모두 절멸할지도 모른다는 악몽에 엄청나게 시달리는데 서글픈 눈빛에서 그대로 드러난다.

그때 가설이 그들에게 생기를 불어넣을 수 있다. 그리고 크리소톡숨 베르날레가 좋은 후보자이다.

내가 끌어모을 수 있는 교활한 수사법을 모두 쓴다면 잠시 삼천포로 빠져서 절반 정도는 본문과 무관한 이야기를 하고 싶은데, 당시에 린네는 자연의 풍요로움 앞에서 경외심에 사로잡힐 수밖에 없었던 우리 동물계에서 가장 아름다운 나비를 보았을 때 '파르나시우스 아폴로(Parnassius apollo)'라고 명명했다. 누구나 아폴로 나비를 알아본다. 그림으로 보면 그렇다는 뜻으로, 왜냐하면 현실에서는 돌밭과 질퍽질퍽한 풀밭 위에서 굼뜨게 날아가는 아폴로 나비를 쫓아다닐 은총을 허락받은 이가 가면 갈수록 줄어들고 있기 때문이다. 예전에는 대부분의 지역에서 날아다녔으나 곧 뭍에서는 사라져 버렸으며, 최근에는 이 섬과 동남부 해안선을 따라서만 흔하게 보인다. 지난 반세기 사이에 무슨 일이 벌어지기는 했는데, 뚜렷하게 밝혀진 바는 없지만 연구자들이 계속 탐구하다 보니 아폴로 나비가 전에 날아다니던 땅 자체가 병들었을 것이라는 심증이 점점 더 굳어지고 있다. 산성화로 토양에서 나오는 물질이 식물 속으로 들어가니 결국에는… 그렇다. 제대로 알 수야 없겠지만 모종의 관계가 있을지 모른다는 짐작은 가능하다.

이곳 섬은 기반이 석회라서 거대한 현대사회가 내뿜는 모든 독성 물질과 오염에 맞설 수 있기에 아폴로 나비가 아직도 나타난다. 어쨌든 가설일 뿐이겠지만 크리소톡숨 베르날레라는 꽃등에의 경우도 아주 똑같다.

세상만사에 의심이 많은 사람이라면 이런 것에 기분이 조금 더 나아질 텐데, 부분적으로는 세계 종말이 선사하는 아늑한 어둠 속에서 언제나 흐릿하게 스스로 반짝이기 때문이며, 부분적으로는 이상주의자, 즉 그건 조만간 멸종할 파리들을 쫓아다니면서 우리 시대의 죄악을 기록하는 참으로 영웅적인 임무에 인생을 바친 돌팔이 과학자 앞에 서 있다고 생각하기 때문이다. 나의 사냥은 느닷없이 주님의 뜻을 따른 일이 되어, 마치 감탄스러운 간증이라도 하는 것처럼 되어 버리는데, 완전히 엇나간 묘사는 아니겠지만 경험적으로 냉담한 자연사적인 유용성을 나의 일차적인 동기라고 나타내는 것은 우스꽝스러우면서도 위선의 극치일 뿐이다. 이러한 읽기만큼 중요한 것도 없다.

아무도 재앙이 얼마나 다가왔는지 더욱 쉽게 알아채려고 숲종다리와 종달새가 지저귀는 소리를 구별하는 법을 배우지는 않는다. 모든 것은 나중에 온다. 그리고 파리는 더 작고 더 많을 뿐이다. 원동력은 똑같으며 보상도 마찬가지이다. 여기서 아름다움을 이야기할 엄두를 낼 수가 있을까?

숲종다리가 삼월에 남쪽에서 날아올 때 새소리를 알아듣는 사람에게는 무엇인가가 일어난다. 다른 모든 이에게도 무슨 일이 생길 텐데, 언제나 새소리는 새가 우짖는 소리이기 때문이지만, 이내 온 숲에 가득 차는 유럽울새, 바위종다리,

노래지빠귀, 방울새, 나무발바리, 굴뚝새 등등은 저마다 한껏 지저귄다. 그리고 이때 마치 가냘픈 행복이 묶어지는 것 같다. 새소리들을 분간하고 새들의 이름을 알아야만 비로소 계속해서 읽을 수가 있고 마침내 이해할 수 있다. 많은 낱말을 알수록 체험이 더욱 풍성해진다. 책을 읽을 때와 다를 게 없다. 중요한 책들에서는 읽기의 크나큰 즐거움을 얻을 때가 드물다.

텔레비전은 자연을 영화처럼 보도록 우리를 가르쳤지만 그것은 한낱 망상에 지나지 않는데, 자연은 즉시 파악하고 접근할 수 있는 것이 아니기 때문이다. 밖으로 나갔을 때는 설명해 주는 내레이터 목소리가 들리지 않는다. 표면적으로는 웅대한 미술작품과 달콤한 음악처럼 느껴지지만 문외한에게는 대부분 뚫고 들어갈 수 없는 외국어 텍스트 덩어리가 된다. 그러니까 내가 왜 꽃등에 채집을 하는지 질문을 받을 때 나올 가장 좋은 대답이란 결국은, 내가 기억할 수 있는 한 여태까지 나의 것이었던 유일한 언어로 쓴 작은 활자를 이해하고 싶어서 그런다는 얘기이다.

아주 멀리 떨어진 바위섬 위에 여름 손님들이 모두 물개처럼 누워 있는 한여름 칠월이면, 나는 풍경을 읽으려고 섬의 남쪽 끝자락 구석진 곳으로 물러날 때가 많다. (사람들이) 건초를 베는 풀밭과 고압선이 지나가는 숲길 사이의 살짝 비탈진 숲 언저리 떡갈나무와 개암나무의 틈바구니 속에서 엄청나게 많이 자라나는 미나리과의 일종인 라세르피티움 라티폴리움(Laserpitium latifolium)은, 해가 중천에 떠 있을 때 자신의 커다랗고 하얀 꽃 무더기로 어마어마한 수의 곤충을 꾀어 들인다. 거기에서는 그노리무스 노빌리스(Gnorimus nobilis)라는 딱정벌레가 내 눈에 자주 띄고, 건초 풀밭에서는 아무 근심도 없는 알락나방이 날아다니는데 그 야릇한 빛깔을 합당하게 평가하는 사람은 하리 마르틴손밖에 없다. "잉크를 쫙 뿌려 놓은 것처럼 짙은 파랑과 청록의 날개 바탕색 위에서 암적색의 반점들이 강렬하게 이글거린다."

그곳 언덕바지에서는 해마다 여름이면 빌라 파니스쿠스(Villa paniscus)라는 재니등에도 보이는데, 아주 재빠른 솜털 뭉치 같고 제대로 아는 사람이 없다 보니 다들 지난해까지는 멸종된 줄로만 알았던 종으로, 그 가장 큰 이유는 이름도 이상야릇한 빌라 호텐토타(Villa hottentotta)와 구별할 수 있는 사람이 설령 있다고 해도 매우 드물었기에 그렇다. 재니등에는 정말로 높은 주가를 올리고 있지만, 거기 언덕 비탈로 가는 까닭은 꽃등에 말고도 다른 읽을거리가 나를 유혹하기 때문이다. 아는 사람이 그다지 많지 않은 또 다른 재니등에인 안트락스 레우코가스테르(Anthrax leucogaster)도 그곳에서 날아다니며, 내가 최근 들어 발견한 크리시스 히르수타

(Chrysis hirsuta)라는 청벌이 물론 누구의 관심도 끌지를 못한다는 것은 나도 알지만, 아무튼 간에 얘기는 하고 싶다. 한편으로는, 아무도 내가 대가의 걸작을 인용하면서 지식을 뽐낸다는 의심을 품지 않을 테니 잘난 척한다는 인상을 줄 위험성이 없기 때문이고, 다른 한편으로는 자연을 읽는 행위 자체가 헤아릴 수 없이 깊다는 것이 내가 강조하려는 바이기 때문이다.

어쩌면 일평생을 내내 (겨울은 치지 않으련다) 거기서 보낼 수도 있겠지만, 그럼에도 이제 모든 것을 읽었다는 느낌이 들지 않을지도 모른다. 나의 개인적 각주인 꽃등에만으로도 충분히 눈코 뜰 새 없이 바쁘다. 예를 들어 라세르피티움 라티폴리움의 꽃에는 꽃등엣과 중에서 눈길을 끄는 스필로미아(Spilomyia) 속의 두 가지 종이 물론 날마다는 아니지만 자주 찾아오는데, 너무 드물게 눈에 띄다 보니 자연보호 담당 공무원들이 그 전설의 곤충을 보면 눈을 희번덕거리며 열광적으로 파도타기를 한다. 늙어서 썩었지만 보호받을 가치가 있는 나무들은 그 자체로 존재감을 드러내며 풍성한 이야깃거리를 만들어낸다. 처음에는 가슴이 두근두근해서 스필로미아를 잡고는 내 것으로 만들어 배우고 자랑해야겠다는 열망이 너무 컸지만, 이제는 그것을 다시 보고 읽기만 해도 그런 느낌이 한층 더 커진다. 삼월에 보이는 유럽울새 같다.

여기서 행복을 이야기할 엄두를 낼 수 있을까?

다른 이야기들은 스스로 써야 한다. 이를테면 에우메루스 그란디스(Eumerus grandis) 같은 이야기.

그것은 땅바닥에 더 가깝게 한 층을 더 내려가면 보인다. 에우메루스(Eumerus) 속의 꽃등에는 친연(親緣) 관계가 가까운 수선화꽃등에와 똑같은 방식으로 여러 종류의 식물 뿌리 안에서 발육하는데, 어떤 이유에서인지 꽃을 찾아다니는 경우는 결코 그다지 많지 않다. 사실은 어떻게든 그 꽃등에들을 발견하기까지는 몇 년이 걸렸는데, 라세르피티움 라티폴리움 안에서 무슨 일이 벌어지는지 연구하느라 너무나도 집중해 있었기 때문이다. 실상은 여러 가지 다른 종들이 덤불 아래에서 날아다니고 있었으며 그중의 하나가 알고 보니 그란디스(grandis) 종이었던 것이다. 숙주 식물은 알려진 바 없다. 문헌에 따르면 그러하다. 나는 시간이 넉넉했다.

이야기에서 중요한 사실은, 에우메루스 그란디스가 온 유럽에 걸쳐 서식하는 신비로운 파리들 가운데 하나이지만 어쨌든 우리가 아는 바로는 어디에서도 흔하게 눈에 띄지는 않는다는 점이다. 어쩌면 여러 마리가 여기저기서 날아다니기는 할 텐데 누구의 눈에도 띄지 않는 듯하다. 숙주 식물이 무엇인지 아무도 알지 못하는 한 '어디를' 찾아다녀야 되는지 모를 수밖에 없다. 이제 더 이상은 그렇지 않다. 나는 알기 때문이다. 어느 날 내가 풀밭에 앉아 있었을 때, 바위틈에 시들어 버린 라세르피티움 라티폴리움 밑부분 가까이에서 미심쩍게 왔다 갔다 하는 암컷 한 마리가 보였다. 알을 낳으려는데 잘 안 나와서 낑낑대는 암탉과도 얼핏 비슷하게 땅 위에서 뱅글뱅글 돌며 뛰어다니는 것도 같았다. 30분 정도를 그러다가 날아가 버리자, 녀석이 뛰어다니던 나뭇잎을 나의 외알 돋보기로 살펴보았더니, 너무나도 작아서 절반으로 가르기도 힘든 알들을 발견했다.

이것은 가장 작은 활자로 인쇄된 연구의 최전선이었다. 발견이었다! 풍경 읽기는 더더욱 속도가 붙었고 이후로는 라세르피티움 라티폴리움이 자라는 곳곳에서 그 파리를 만났다. 나는 그 녀석을 안다. 어쩌면 전 세계에서 어느 누구보다도 잘 알 것도 같다. 나는 그것을 주제로 학술 전문지에다가 논문을 한 편 써야만 했다. 근데 그냥 어쩌다 보니 그렇게 하지를 못했다. 그럼에도 전문가들 사이에서는 어쨌든 소문이 꽤 빠르게 퍼져 나갔다.

# 16

# 오를리크 박사와 나

안전상의 이유로 나는 수호성인 하나를 마련했다. 오를리크 박사이다. 그는 죽지 않을 뿐만 아니라 별로 중요하지도 않은 인물일 뿐이므로, 내 생각에는 나의 운명을 지켜 줄 누군가가 있다면 그가 짬이 날 것 같다. 오를리크 박사는 무슨 일을 해야 되는지도 잘 안다.

"꽃등에라고요?" 오를리크는 인상을 쓰며 말했다. "나는 아무 관심도 없는데요. 나는 무스카 도메스티카(Musca domestica)에만 관심이 있다니까요."

"흔한 집파리요?"

"바로 그거지요."

"대답해 봐요." 우츠(Utz)가 다시 끼어들었다. "몇 번째 날에 신이 파리를 창조했죠? 다섯번째 날인가? 아니면 여섯번째 날인가요?"

"내가 몇 번이나 얘기를 해야 됩니까?" 오를리크가 큰 소리로 외쳤다. "우리에게는 일억구천만 년 동안 파리가 있었습니다. 그런데 당신들은 날짜 얘기만 하는군요!"

"어려운 말이네요." 우츠가 철학적으로 말했다.

그렇다. 브루스 채트윈이 1989년 일월 죽기 전에 마지막으로 쓴 가장 훌륭한 중편소설 『카스파르 우츠(Kaspar Utz)』에서도 그 사람이 나온다. 작가는 소련 탱크가 쳐들어오기 바로 전해인 1967년 여름, 프라하에 갔던 일을 떠올린다. 당시에 잡지 편집장으로부터 써 달라는 의뢰를 받았던 기사는, 이국적인 사물들을 수집해서 우울증을 치료하려고 시도했던 신성로마제국 황제 루돌프 2세를 주제로 삼았다. 그때 했던 생각은 광적인 수집가의 심리병리를 다루는 규모가 더욱 큰 작업에 그 기사가 들어간다는 것이었지만 언어 이해가 어렵다는 문제에다가 게으름이 더해지는 바람에, 본인이 밝히다시피, 체코 원정은 완전히 실패로 끝나고 말았으며 다른 누군가가 비용을 대줘서 다녀온 즐거운 휴가에 지나지 않았다.

스무 해가 지나 삶이 거의 막바지에 다다를 때야 열매를 맺게 된다.

그래서, 다시 프라하 얘기를 해 보자.

일인칭 서술자는 철의 장막 뒤의 나라들에 사는 좋은 친구이자 전문가 한 사람으로부터 조언을 듣는데, 카스파르 우츠라는 괴팍한 신사를 찾아보라는 것이다. 어린 시절부터 마이센 도자기 수집가로서의 사명을 찾아낸 이루 말할 수 없는 괴짜로서, 천 개가 넘는 작은 조각상뿐만 아니라 막대한 재산을 소유하고, 세계대전과 스탈린 치하의 박해를 모두 용의주도하게 헤쳐 나갔다. 이들은 프스트루흐 식당에서 만나 점심을 먹는데, 알고 보니 우츠는 1946년부터 매주 목요일마다 절친한 오를리크 박사와 함께 점심 식사를 했다. 이제 두 사람은 오를리크 박사가 오기를 기다리고, 그러는 동안 우츠가 이야기하기를 오를리크가 유명한 과학자이자 매머드 기생충 전문가이면서도 다른 한편으로는 파리에도 엄청난 일가견이 있다고 한다.

"우리는 오래 기다릴 필요가 없이 얼마 지나지 않아 번들번들한 더블브레스티드 슈트 차림의 야위고 수염이 덥수룩한 인물이 회전문을 밀고 지나갔죠."

프라하 중심부에서 나누는 이 잊지 못할 점심 식사는 예측불허의 오를리크 박사 때문에 내내 도무지 어디로 튈지 종잡을 수가 없을 지경이다. 식탁에 자리를 잡은 세 남자가 모두 잉어를 주문하면서 시작됐는데, 더군다나 그건 그날 식당에서 제공되는 유일한 음식이다. 그러는 동안 서술자는 여러 언어로 적힌 메뉴에서 오역을 발견한다. 영어 낱말 '카프(carp,

잉어)'를 '크랩(crap, 응가)'으로 헷갈려서 잘못 써 놓았는데 괜히 주책없이 그걸 지적하는 것이다.

"영국에서는요." 내가 말했다. "이 물고기는 카프라고 합니다. 크랩은 뜻이 다르죠."

"아, 그래요?" 오를리크 박사가 말했다. "무슨 뜻인데요?"

"대변요." 내가 말했다. "똥이죠."

오를리크는 이것을 너무나도 재미있어 한다. 파프리카 응가 수프(Crap soup with paprika), 응가 튀김(Fried crap), 응가 완자(Crap balls), 웃느라고 온몸을 배배 꼰다. 한술 더 떠서 유대인인 친구 우츠를 약 올리려고 느닷없이 크라프 알라 쥐브(Crap à la juive), 즉 '유태식 응가'를 주문해야겠다고 우겨댄다.

"무슨 음식부터 드시겠습니까?" 웨이터가 묻는다.

"딴것은 됐고," 오를리크가 말한다. "응가만 주세요!"

일인칭 서술자는 우츠가 이제 참을 만큼 참다가 곧 일어나서 나가 버릴까 봐 걱정되어 화제 전환 작전을 벌인다. 나는 대화의 방향을 우츠의 도자기 소장품 쪽으로 돌리려고 했다. 우츠는 고개를 셔츠 옷깃 안쪽에서 좌우로 돌리더니 무심한 목소리로 말한다. "오를리크 박사도 수집을 하죠. 파리를 모으긴 하지만요."

"파리요?"

"파리요." 오를리크가 고개를 끄덕였다.

서술자는 바로 이 순간 꽃등에 얘기를 꺼낸다. 긴장되는 상황에서 영국인만큼 대화를 이끌어내는 사람들도 참 드물구나 싶다. 그러면서 브라질에 여행을 갔을 때 보았던 특별히도 아름다운 꽃등에들을 회상한다. 그렇지만 앞서 말했다시피 오를리크는 집파리 말고는 아무런 관심도 없다 보니 계속 우츠의 성질을 돋우는데, 특히 프란츠 카프카를 깎아내리면서 『변신』에 나오는 벌레 묘사에 미심쩍은 구석이 많다고 한다. 정말로 잊을 수가 없는 점심 식사이다.

옥신각신하는 신사들은 프스트루흐 식당에 잠시 동안 놔두고, 꽃등에를 그토록 두드러지게 경멸하는 남자를 내가 어쩌다가 나의 수호성인처럼 떠받들게 되었는지 간략하게나마 살펴보자. 그의 무관심은, 내가 확신하건대 시대정신이 운이 나쁘게도 삐딱하게 드러난 결과라고 봐야겠다. '붐'이 일어난 이후에 오늘날이라면 다른 식으로 대답을 했을 텐데, 내가 볼 때는 확실히 그렇다. 나는 그런 유형의 사람을 잘 알아본다.

그러므로 '꽃등에 붐'이 무엇인지 이야기를 좀 해야겠다. 곤충학자들 사이에서는 이따금씩 듣는 표현이다.

"그러니까 꽃등에 붐이라는 것에 이끌렸다는 말씀이군요."

놀라워하는 이 말인즉 최근 몇 년 사이에 스웨덴에서 최소 다섯 명 이상이 꽃등에에 관심을 가지기 시작했다는 뜻이다. 모든 것이 상대적이기는 하다. 그렇지만 사실은 바로 최근까지도 아무도 눈치조차 챌 수 없었던 무슨 일인가가 진행 중이라는 점이다. 꽃등엣과(Syrphidae)는 자연의 무수한 주석들 사이에서 특별히 유혹적이면서 전도유망한 이야기보따리를 풀어놓으며 재미와 의미를 한꺼번에 선사하려고 우리 앞에 나타났다. 이미 오랫동안 자연보호 정책의 거스름돈으로는 지의류, 버섯이나 곰팡이, 아무도 살지 않는 오지의 별 볼 일 없는 표식 들이 있었다. 그렇지만 이 경우에도 유행이 바뀌다 보니, 어떤 측면에서는 문화의 영향도 받는 자연의 가치를 이제는 꽃등에라는 원색의 잣대를 가지고 측정할 때가 왔다. 이렇게 하는 것이 딱히 이상한 일도 아니다.

부분적으로 꽃등에들은 여러 종의 요구 사항이 너무나도 다종다양하고 특별한 만큼이나 풍경에 관해서 희한할 정도로 많은 이야기를 해 주며, 다른 한편으로는 상대적으로 식별을 하기가 쉬운 생명체라는 사실 덕분에 이러한 정보를 쉽게 얻을 수 있기 때문이다. 그것들은 바로 우리 코앞에, 꽃에, 햇살을 받는 잎사귀의 바람이 들지 않는 곳에, 여기저기에 앉아 있다. 종들은 많지도 않고 적지도 않으며, 아주 잘 알려진 것도 아니지만 아예 알려지지 않은 것도 아니다. 간단히 말해서 모든 것이 딱 마침맞다. 이를테면 잠자리라든가 나비를 연구하는 사람들은 금세 여러 가지 종을 익히며 그것들이 어떻게 살고 어디에 있는지를 알게 되는데, 다만 전국을 돌아다니며 현장 답사를 할 수밖에 없음을 감수해야 된다. 그중에서도 최악은 수집 표본이 완성되는 때로, 모든 수집 표본 가운데에서 가장 울적하다.

더군다나 많은 꽃등에가 습지, 초지, 원시림, 공원 등 오늘날의 유럽인들이 열광하고 보호하는 자연환경에서 훌륭한 지표 구실을 한다.

다른 말로 하자면 '꽃등에 붐'은 전 유럽적인 현상이다. 과학자와 아마추어를 가리지 않고 많은 유럽 나라에서 마치 생동감 넘치는 활동이 만개한 것도 같다. 고작 몇 년밖에 지나지 않았는데도 꽃등에는 연구 대상으로서 인기가 너무나도 높아지는 바람에 어느 곤충이든 따질 것 없이 모두가 관심을 얻기 위한 경쟁 상대가 되었다. 어쩌면 나만의 안경을 끼고 바라보는 것일지도 모르겠으나 이따금씩은 역사적으로 나비광들이 차지하던 굳건한 선두 자리를 막판에는 내줄 것이라는 인상까지도 받는다. 벨기에인, 영국인, 덴마크인, 독일인, 스페인인, 네덜란드인, 러시아인, 체코인, 노르웨이인 모두가 죽자 사자 하고 꽃등에를 쫓아다니는 것 같다.

배경은 어떤 의미에서 언어와 관계있다. 1981년 암스테르담에서 간행된 『특히 베네룩스 삼국을 중심으로 한 서북 유럽 및 유럽 러시아의 꽃등에(De zweefvliegen van Noordwest-Europa en Europees Rusland, in het bijzonder van de Benelux)』라는 훌륭한 책의 등장으로, 전문 서적 분야에 새로운 바람이 불게 되어 유럽 꽃등에를 모두 다루는 탁월한 분류 도감이 줄지어 나왔다. 영국과 덴마크에서는 원문에 최대한 가까우면서도 잘 읽히는 번역판이 나왔으며, 벨기에, 러시아, 독일 등지에서도 현대적이고 매우 쓸모가 많은 책들이 만들어졌다. 이에 따라 길이 열렸다.

몇 년도 채 지나지 않아서 꽃등에는 아마추어 채집자들에게도 접근이 가능하게 되었으며, 이후로 얼마 지나서는 꽃등에 관련 서적이 이곳저곳에서 봇물 터지듯이 쏟아져 나왔다. 『도싯 꽃등에(Dorset Hoverflies)』와 『서머싯 꽃등에(Somerset Hoverflies)』 같은 제목으로 영국에서 책들이 나왔는데, 아주 작은 파리를 발견한 곳이라도 검은 점으로 표시해 놓은 분포 지도 및 종들의 목록을 통해, 현지의 동물군을 상세히 다루었다. 언제나 한 걸음 뒤늦게 따라오던 독일인들은 500페이지가 넘는 『니더작센과 브레멘의 꽃등에 서식지에 관한 연구(Untersuchung zum Vorkommen der Schwebfliegen in Niedersachsen und Bremen)』라는 책으로 반응을 보였으며 그 뒤로도 쭉 그런 식이었다. 이 장르에서 내가 특히 좋아하는 책은 『서리의 꽃등에(Hoverflies of Surrey)』인데, 한편으로는 그림이 너무나도 아름답기 때문이고, 다른 한편으로는 내가 이 섬에서 발견한 것과 비슷한 202종을 그 지역에서 발견했기 때문이다. 서리 주는 1,679제곱킬로미터이다. 내가 사는 섬은 앞서 말했다시피 15제곱킬로미터이다.

언젠가는 내가 그런 현지 동물도감을 하나 쓸 생각도 있다. 영어로 쓸 것이다. 딴 이유는 없고 그냥 허영심에서.

어쨌든 분류 도감 덕분에 붐이 일었으며, 이에 탄력을 받아서 이제 모든 것이 저절로 굴러간다. 독일 잡지 『볼루첼라(Volucella)』는 매호 꽃등에만 다루는 「꽃등에 관련 신간 문헌(Neue Schwebfliegen-Literatur)」이라는 난을 따로 두기도 한다. 260페이지가 넘는 최근호 신간소개난을 보면 400종 이상의 관련 서지가 나온다. 몇 년 뒤에는 1909년 이래 처음으로 이 주제를 다루는 스웨덴어로 된 편람이 나온다. 모든 종을 꼼꼼하게 수채화풍으로 그린 화려한 장정의 벽돌 책이다. 언젠가 나를 꽃등에의 세계로 안내한, 최고의 전문가인 내 친구의 작품이다.

당연하게도 오를리크 박사는 꽃등에에 관심을 가졌을 텐데, 『카스파르 우츠』가 몇 년 뒤에 씌어졌더라면 그랬을 것이다. 이 말은 믿어도 된다.

그건 그렇고 중요한 얘기는 따로 있다. 오를리크는 나를 매혹시키면서도 두렵게 만드는 또 다른 면이 있는데, 따지고 보면 수호성인이 보통 그런 경우가 많다. 스스로 절제하는 법을 제대로 아는 사람이다. 오로지 파리 한 종만 연구한다는 뜻이다. 그렇지만 이와 동시에 마치 언제라도 달아날 준비가 되어 있는 것처럼 그에게도 흔들거리고 변덕스러운 구석이 보인다. 채트윈은 이 남자를 만들어냈을 때 자기가 무엇을 하는지 알고 있었다.

채트윈 본인은 열다섯 살 때 나비 채집도 하고 쇠데르만란드 주에 자리한 윙아렌 호수 옆의 룬드뷔 농장에서 몇 달을 보내기도 했다지만, 아무리 그렇다고 해도 딱히 곤충학자라고 할 수는 없다. 세계 곳곳을 여행한 브루스 채트윈은 그런 이야기들을 많이 썼지만 1955년 여름 처음으로 떠났던 해외여행이 각주로 남아 있다.

알코올 배급 제도를 개발하여 당시에 스웨덴에서 유명하던 이반 브라트(Ivan Bratt)라는 의사가 매입한 농장이었는데, 브루스는 스웨덴에 머무는 동안 브라트의 손자인 토마스와 페테르에게 고급 영어 회화 기술을 가르쳐 줄 작정이었다. 하지만 뜻대로 잘 굴러가지가 않았다. 소년들에게는 이상한 아저씨로만 보여서 이불 밑에 쐐기풀을 넣는다거나 다른 식으로 골릴 생각 말고는 없었기에, 브루스는 애들을 가르칠 생각은 접고 나비 채집에 나섰다. 그리고 아이들의 삼촌인 페르시발 영감과 친하게 지냈다. 그는 농장에 살던 늙수그레한 괴짜로 젊은 시절에 모든 것을 집어던지고서는 우울증을 견뎌내려고 사하라 사막에 처박혀 살았다. 거기서 가져온 모래가 담긴 상자를 여전히 간직하고 있었다.

채트윈이 죽기 전에 스톡홀름에 찾아가서 페테르 브라트에게 들려준 이야기는 그해 여름 쇠데르만란드에서 페르시발을 만났을 때, 앞으로 인생에서 무엇을 하고 싶은지 깨닫게 되었다는 것이었다. 나비 채집 표본이 어떻게 되었는지는 알려진 바가 없다. 아마도 버려져서 영원히 사라졌으리라.

*

오를리크 박사도 다른 관심에 사로잡혔다. 『카스파르 우츠』는 매우 단순하면서도 실상은 꽤 비비 꼬인 소설이다. 서술자는 마이센 도자기를 수집하는 기묘한 인물과 접촉을 유지하려고 하지만, 연결 고리는 소련 점령 이후에 끊긴다. 이와 달리 오를리크는 멈추지 않고 편지를 쓴다. 개발새발이라서 읽기조차 어려운 여러 장의 서신에서 영국의 지인에게 학술 논문 복사본과 값비싼 서적을 구해 달라고 간청한다. 돈을 구걸하고 양말 마흔 켤레를 부탁하거나 수신자에게 런던 자연사박물관에 매머드 뼈다귀가 남아 있는지 알아보라면서 일을 맡긴다.

편지에서 조만간 실시할 프로젝트가 있다고 연락을 받았습니다. 1600년대 네덜란드와 플랑드르의 정물화에 나오는 집파리(Musca domestica)를 연구하는 것입니다. 이 사업에서 저는 보스하르트(A. Bosschaert), 판 하위쉼(van Huysum), 판 케설(van Kessel)의 그림을 찍은 사진을 모두 조사해서 파리가 있는지 살펴보는 임무를 맡았습니다.
답장은 하지 않았습니다.

이 서신도 자취를 감추고, 한참의 세월이 흐른 뒤에 저자가 어쩌다 프라하를 지나치면서 이제 오래전에 사라진 우츠의 도자기 수집품의 발자취를 더듬기로 마음먹는다. 국립박물관의 고생물학 부서에서 지금은 은퇴한 오를리크 박사를 다시 마주치는데 그는 매머드 정강이뼈를 닦느라 한창 바쁘다. 두 사람은 또다시 함께 프스트루흐 식당으로 발걸음을 옮긴다.

"파리들은 어떤가요?" 내가 물었다.
"저는 매머드로 되돌아갔어요."

"선생님이 수집하신 파리 말인데요."

"다 버렸어요."

# 17

# 주어진 시간

아이들은 잔교(棧橋) 옆에서 헤엄을 치고 있었으며, 햇볕은 쨍쨍 내리쬐었고, 벽에 등을 기대고 그늘에 앉아 있던 나만 빼고는 모두 물속에 들어가 있었다. 내가 할 수 있는 것이라고는 신문 읽기가 다였는데, 아주 짧은 공고문과 자질구레한 여름 뉴스 따위만 쓱 훑어보다가 호주의 과학자들 한 그룹이 우주에 얼마나 많은 별이 있는지 드디어 헤아릴 수 있게 되었다는 열세 줄짜리 기사가 눈에 들어왔다. 좀 더 구체적으로 말하자면 지구의 모든 모래알 개수의 열 곱절은 되는 것으로 보인다는 소리였다.

모든 백사장과 모든 사막과 모든 곳의 모래.

소식을 읽자마자 기분이 좋아져서 더위는 잊어버렸다. 예전에 나는 사하라 사막을 알제리 우아르글라부터 니제르 아가데즈까지 가로지른 적이 있기 때문에 천문학자들이 발견한 것이 얼마나 규모가 큰지 그럭저럭 가늠할 수 있다. 모래알의 수효를 헤아리는 것만으로도 대단한 업적이라고 여겨야 한다. 그렇지만 나를 시원하게 만들고 흐뭇하게 한 것은 셈하기 그 자체가 아니고, 설명을 하겠다는 시도에서 드러나는 신선하면서도 약간은 바보 같은 낙관주의이다. 사람들은 별이 셀 수 없을 만큼 많다고 말하지 않았다. 물론 그랬다고 하더라도 틀린 말은 아니었겠지만 그건 영혼 없는 사실 전달일 뿐이다. 그들은 수를 알려 주었다. 도저히 헤아리기도 싫을 만큼 0이 많이 붙은 숫자. 파악할 만한 것을 설명하기란 그렇게 도전적이지 않다. 하지만 이건 다르다!

물론 기사에서는 망원경으로 보이는 부분의 우주만 계산에 들어간다면서 다소 소심하게 마무리를 짓지만, 흐릿해졌던 삶의 용기를 신문을 읽는 동안 이미 되찾을 수 있었다. 그리고 사이먼 드라이버(Simon Driver) 박사라는 사람이 끝에서 두번째 줄에서 여태까지 꼭꼭 숨겨 놓았던 우물쭈물함으로 슬슬 펼쳐 보이면서 별의 수가 무한할지도 모른다는 언급을 했을 때 나는 벌써 갈 길을 가던 중이다. 이렇게 완벽하게 실패한 시도만큼 나의 환상을 자극할 수 있는 것은 단 하나도, 정말로 아무것도 없다. 어리석을수록 더 좋다.

자기 일밖에 모르는 가련한 친구가 무슨 일이 생긴다 하더라도 앞만 보고 달려 나가는 건, 어쩌면 다른 어느 누구도 이해하지 못하는 진실을 보며 아픔을 달래려는 것 같다. 그리고 그 진실은 물론 예전과 마찬가지로 이해를 받지 못하고 괴상하기 때문에 그는 땅바닥에 철퍼덕 엎어진다. 그렇지만 어쨌든 노력은 했다.

그리고 누군가가 내가 전혀 관심이 없는 일을 설명하는 데 완전히 실패함으로써 나에게 용기를 북돋울 수 있다면, 마지막 장애물이 무너진 것이라고 나는 생각했다. 이제 아무것도 나를 멈출 수가 없었다. 별과 모래알의 비유에서 드라이버 박사는 장애물의 걸리적거리는 가로대를 엄청나게 낮추었다. 이제 모든 것이 가능했다. 단 한 방으로 더위는 내 감각에 미치는 힘을 잃었다. 나는 일어나 서재로 들어가서 문을 닫고 책상 앞에 앉아서는 전화기 코드를 뽑았다. 눈을 감았다.

나는 항상 이 이야기를 아주 후딱 전해 주어야 된다고 생각했다.

그렇게 되지를 못했다.

그렇다. 아무것도 생각대로 되지는 않았다. 아무에게도 관심을 끌지 못하는 이런 하찮은 주제의 이야기는 알고 보니 당연한 이유로 사람들의 기억 속에서 한참 전에 사라져 버린 레네 말레스라는 인물로, 덫을 발명하고서 나중에 낙오자가 되어 버린 미치광이였다. 말레스는 거기서 뭘 했던 걸까? 원래부터 내가 실패자들에게 이끌렸기 때문일까? 아니면 스스로에게 한계를 두지 않고 엄청나게 활동했던 바로 이 남자가 제대로 나에게 상기시켰다시피 뒷문이 없을 때는 집중력이 언제나 가장 위대하다는 것인가? 시간이 딱 정해지고, 어쩌면 공간도 딱 정해질 때.

누군가가 내게 말레스의 죽음을 이야기해 주었다. 이런저런 일화 가운데 흔한 것일 뿐이지만 나에게는 다른 무엇보다도 중요한 것이 되었다. 그걸 듣고 나의 여행들이 떠올랐다. 내가 젊은 시절 했던 여행. 왜냐하면 우리 모두 너무 오랫동안 여행을 떠나고 돌아와서 보면 절망스러운 일들로 가득했기 때문이었다. 지진이었든 뭐가 되었든지 간에 무엇인가 의미를 지닌다는 것은 한참 지나고 나서야 깨닫게 되었다.

말레스는 곤충학자들의 방식대로 나이를 먹었다. 에바는 죽은 지가 몇 년 되었으며, 그는 추억과 물고기를 먹으며 홀로 살아 나갔다. 십일월 느지막이 로슬라겐 위쪽의 심프네스에 혼자서 머무는 편이었는데 주로 낚시를 하면서도 이웃들하고 으르렁거리는 게 일이었지만 이미 심근경색을 네 번이나 겪었기 때문에 마지막 여름에는 의사들로부터 쉬엄쉬엄 좀 하라는 권고를 받기도 했다. 그물을 여덟 개 칠 것을 네 개만 치라는 식으로들 말했다. 당연히 말레스는 열두 개를 쳤다. 1978년 유월 말일 바람이 세차게 불어서 그물에 바닷말이 엄청나게 걸렸다. 바다에서 그물을 꺼내는 것만으로도 힘겨운 일이었지만 포기하려 들지 않았다. 그런 남자가 아니었다. 집에 돌아와서 말리려고 널어놓은 열두 개 그물에서 바닷말을 털면서야 마지막 심장마비가 왔다.

스스로 구급 헬리콥터까지 부를 수도 있을 만큼 이송되는 내내 의식이 있었지만 단데뤼드 병원에 도착해서는 세상을 떠나고 말았다.

수두룩한 이가 증언하다시피 말레스는 훌륭한 이야기꾼이었다. 게다가 여행 빼면 시체인 남자였다. 그렇지만 잘 드러나듯이 마지막 여행을 통해서는 뭔가 다른 것도 확인할 수 있다. 시간이 얼마 남지 않았을 때 무슨 일이 벌어질 수 있는지를 알게 된다는 것이다. 왜냐하면 전해 내려오는 말에 따르면, 그가 헬리콥터의 맨 앞 둥근 유리창 쪽에 누운 채 죽어 가면서도 서정적으로도 보일 만큼 극도의 행복감에 흠뻑 젖어 활짝 웃는 기쁜 얼굴로 반짝이는 바다 위로 섬들이 지나갈 때마다 그곳의 이야기를 들려주었기 때문이다. 모든 것이 끝났다는 것을 말레스는 알고 있었다. 만족감을 느꼈으리라고 나는 믿고 싶다.

*

이후로 사 년이 채 지나지 않은 1982년 삼월 나는 밤새도록 로스앤젤레스 국제공항의 검정색 인조 가죽 소파에 앉아서 비행기를 기다렸다. 열세 달에 걸친 세계 일주를 마친 뒤라 지치고 환멸에 빠져 드디어 집으로 돌아가려던 차였다. 물론 몰골도 엉망이었다. 당연하게도 나중에는 그럴싸한 모습으로 나타났다. 지도 위에서 내가 돌아다닌 발자취를 손가락으로 가리켜 보면 무척이나 인상적이었기 때문에 그렇게 어려운 일은 아니었다. 그렇지만 가슴속 깊숙한 곳에서 나는 그 의미를 이해하지 못했다. 그날 밤만 빼고는.

나는 타히티에서 비행기를 타고 왔다가 다시 런던으로 가려던 참이었다. 그러고 나서 집에 갈 때는 기차를 탈 작정이었다. 열 시간이 지나고 나서야 비행기가 떴다. 나는 딱히 졸리지도 않았다.

무슨 이유에서인지는 몰라도 그날 밤 환승장에는 사람이 많지 않았지만, 내 앞의 낮은 테이블 저쪽 끝으로 맞은편의 비슷한 소파에 내 또래의 여자가 앉아서 에두아르도 갈레아노(Eduardo Galeano)의 책을 읽고 있었다. 밤중에 공항에서 흔히들 그러듯이 우리는 이야기를 나누기 시작했다. 칠레 여자라서 이제 산티아고로 돌아가는 도중이었으며, 하와이에서 왔는데 내가 제대로 기억한다면, 그곳 대학교에서 강좌를 하나 들었다고 했다. 여자는 나처럼 앞으로 열 시간을 기다릴 운명이었다. 내 비행기 출발 시각과는 몇 분 차이밖에 나지 않았으니, 우리 둘 중에 혼자 남게 될 사람은 없었다. 나중에 다시 볼 일도 없었겠지만, 우리는 서로 이야기를 나누었다.

스무 시간. 각자 열 시간씩. 둥근 유리창 안에 있는 것처럼.

어쩌면 단순히 시차 탓에 생긴 피로감이 예사롭지 않게 솔직함을 끄집어냈을지도 모를 일이다. 더군다나 나는 말라리아와 유행성 간염의 연타를 맞고 병들어 온몸이 만신창이였다. 아무래도 다른 식으로는 설명을 할 수가 없다. 그렇지만 나의 이론, 나의 가설에 따르면 그 시간 자체가 섬과 같았고, 그랬기 때문에 바로 그날 밤에 나는 여행한다는 것의 어떤 의미를 이해하게 되었는데 이후로 다시는 그런 느낌이 돌아오지 않았다. 내 스스로 말하는 소리가 들렸다. 이후 몇 년 동안 쭉 나는 공항을 찾아가서 그저 곧장 출국하려는 사람들을 붙잡고 얘기를 나누거나 아니면 딴것이라도 하려고 그랬는데, 그때 맛보았던 신비스러움은 결코 되찾지 못했다.

스위스의 법학자 페터 놀(Peter Noll, 1926-1982)의 『죽기와 죽음에 관한 명령(Diktate über Sterben und Tod)』만큼 나를 사로잡은 책도 참 드물다. 곧 모든 것이 끝나리라는 것을 알았던 말년에 쓴 책으로, 그 뒤로 내게 모든 것이 어째서 간단해졌는지 설명은 할 수 없지만 얘기는 할 수 있는데, 왜냐하면 내게 주어진 시간에 대해 무엇인가 알기 때문이 아니라 내가 지금도 계속 찾아다니는 전혀 다른 종류의 한계 때문에… 뭐랄까, 나는 딱히 철학자 비슷한 면모를 보인 적이 결코 없다. 그러니까 그런 한계 덕에 기분이 좋아진다고 치자.

*

그리고 늘 그렇듯이 뭔가를 때려치울 때는 잃을 것이 있다고 더 이상 생각하지 않는다는 바로 그 사실 때문에 작은 틈이 갈라지고 거기서 예상치 못한 것이 튀어나올 수 있다.

어느 일월의 금요일 오후에 나는 레네 말레스가 인생 종반부에 둘러싸여 지냈던, 엄청나게 훌륭하다는 소문이 자자한 예술 소장품을 더욱 잘 알아보려는 노력의 일환으로 전년도 가을부터 연락을 주고받던 미술사가와 함께 마지막 시도를 했다. 나는 우메오대학교 미술학과 건물 지하 깊숙한 곳 어디쯤의 방공호까지 그림들 뒤를 쫓았는데, 말레스가 세상을 떠나기 몇 년 전인 1970년대 중반에 기증한 덕분에 그곳에 모여 있었다. 내가 전화를 걸었던 남자는 그림을 상세히 아는 유일한 사람이었는데, 그것들을 주제로 글을 썼으며, 목록을 작성하여 주석도 달았다. 그렇지만 원고는 수년 동안 출판되지 않은 채로 있었는데, 학자의 방식인지는 몰라도 텍스트를 쉽사리 내놓으려 하지 않았다. 그걸 이해 못한다는 것은 당연히 아니다. 나도 제대로 양육받은 사람인데 닦달할 생각은 눈곱만큼도 없었다. 그해 가을에는 풀어야 할 실타래가 충분히 많았다.

이제 미술품은 말레스 사건의 마지막 수수께끼였다. 나는 정말로 그 목록이 필요했다. 게다가 나는 새로운 실마리를 좇고 있었다. 말레스의 장례식 전날인 1978년 7월 17일, 저택에 도둑이 들었다. 밤손님들은 무엇을 훔치고 싶은지 정확히 알고 있었다. 아직 기증되지 않았던 다섯 점의 미술 작품이 어쩌면 가장 값이 나갔을지도 모르는데 흔적도 없이 사라지고 말았다. 나는 경찰의 문서 보관소를 뒤지고 도난 미술품 전문가에게도 알아보았는데, 그림 세 점이 파울뤼스 포터르(Paulus Potter), 얀 폴라크(Jan Pollack), 렘브란트 판 레인(Rembrandt van Rijn)의 작품이라는 사실 말고는 별다른 것을 알아내지 못했다. 그리고 수사는 1979년 2월 15일 종결되었다. 용의자도, 단서도, 아무것도 없었다.

도난당한 작품들 사진만이라도 입수할 수 있다면 좋겠다는 생각이 들었다. 그런 다음에는 내가 알아서 살펴볼 수 있었을 테니까.

이것은 말레스가 이미 1940년대 말부터 미술에 관심을 가지기 시작했다는 사실이다. 오늘날에도 미술상들이 눈시울이 촉촉해지지 않고서는 설명하지 못하는 황금시대가 그때였다. 엄청난 양의 미술품과 골동품이 전쟁 중에 유통되었고 이후로 다소 슬픈 이유로 상당수가 스웨덴에 안착했다. 동쪽과 남쪽에서부터 배에 한가득 실은 그림들이 여기로 왔다. 시장에는 없는 것이 없을 지경이었다.

수십 년에 걸쳐서 말레스가 스톡홀름과 런던의 경매, 벼룩시장, 골동품상에서 옛날 유럽 회화들을 사들였다는 것까지는 내가 알고 있었다. 또 알려진 바에 따르면 싸게 사서 값을 높게 매겼다는데 너무 비싸다 보니 전문가들은 웬만해서는 진지하게 생각하지도 않았다. 말레스와 가까이 지냈던 사람들과 얘기를 나눠 보니 다들 그가 미술 소장품이 있다는 것을 알고는 있었지만 그것 말고는 더 이상 아는 바가 없었다. 렘브란트 얘기가 나왔고 모두들 미소 지었다. 내가 찾아낸 것 가운데 문서로 남은 유일한 증언은 빈대와 기타 노린재아목의 세계적 권위자인 미국의 곤충학자 로버트 레슬리 유징어(Robert Leslie Usinger)가 회고록에서 1948년 스톡홀름 시청에서 열린 국제곤충학학술대회 얘기를 짧게 언급하는 대목이다. 회의와 관련지어 스웨덴에 몇 주 동안 머물면서, 1850년대에 세계 일주에서 돌아온 호위함 외제니(Eugénie)호에서 나온 국립박물관 소장품을 조사하며 룬드블라드, 브룬딘,

브뤼크, 말레스 등 내로라하는 전문가들과도 교분을 쌓았다. 말할 것도 없이 말레스가 가장 깊은 인상을 남겼다. 말레스와 계속 교유하며 지낸 것으로 보이는 유징어는 스웨덴 학자들을 얘기하는 대목을 다음과 같이 끝맺는다.

> 하지만 말레스 박사의 가장 멋들어진 면모는 옛날 거장들의 유화를 수집하는 취미였다. 집은 기막힌 그림들로 가득했고, 최근에 스톡홀름에 다녀오면서 새로 수집한 작품을 우리에게 보여 주었다. 말레스 박사가 주장하는 바대로 미술을 웬만큼 알면서 운만 잘 따르면 벼룩시장이나 경매장에서 헐값에 그림을 사들여 그냥 깨끗이 닦아 주기만 해도 값진 물건으로 탈바꿈시킬 수 있다. 작품들은 참으로 아름다우며 박사의 집은 잘 정리된 작은 박물관처럼도 보인다.

아무튼 나는 체념하고 풀이 죽은 채로 거기에 있었다. 금요일이었다. 어쩌다 보니 스톡홀름에 있었는데 그날 저녁 귀가하고자 섬으로 향했다. 미술사가에게서는 연락이 왔지만 통화는 금방 끝났다. 나더러 오후에 다시 전화해 달라고 부탁했다. 추정컨대 내가 바로 뭔가를 하지 못하도록 그리고 아직 공개하지 않은 벙커 보물을 보호하느라 미술사가에게 시간이 조금 필요했나 보다. 다른 한편으로는 방공호 안에 있던 노다지가 위작이라든가 어설픈 복사본이었을 텐데, 쉽게 속여 넘기던 말레스가 우메오에 새로 연 대학에다가 다시 사기를 쳐서 팔아먹었을 개연성도 꽤 높다.

몇 시간이 지난 뒤에 나는 다시 전화를 걸었다.

# 18

# 늙은 사나이의 초상화

그러고 나서 모든 일이 무척이나 빨리 흘러갔다. 문득 내가 중세 기적극에 참여하고 있다는 느낌도 들었다. 그러니까 날짜, 이름, 기타 상세 사항이 있어야 되는 무미건조한 프로토콜 양식을 이용해 보고자 한다. 우연의 일치가 별로 그럴싸하지 않게 뒤죽박죽 섞인 이런 잡탕은 일절 반박의 여지를 남기지 않게끔 뭔가 빈틈없는 것으로 보강해야 된다.

꼬박 사흘을 숨죽이고 기다렸다.

커튼이 올라가면 나는 전화기 앞에 앉는다. 때는 2004년 1월 23일 오후이고 장소는 스톡홀름 쇠데르말름 구역의 아파트이며 나하고 이야기를 주고받는 미술사가의 이름은 한스 다켄베리(Hans Dackenberg)이다.

그는 몇 달 전에 우리가 나눴던 통화를 매우 잘 기억하고 있었다. 실상은 이렇게 내가 말레스에게 보이는 관심이 뜻밖이다 보니 그것에 감화를 받아서 곧바로 카탈로그 작업을 재개했던 것이고 이제 마무리가 되어 프린터 앞에서 대기 중이었는데, 내가 관심을 가지고 있었다면 도합 80쪽이나 되는 텍스트 파일을 즉시 보내 줄 기세였으며, 거기에는 도난에 관한 나의 집요한 질문에 답하는 '기증품에서 빠진 작품 일람'이라는 제목의 요약도 들어 있었다. 도난당한 그림 다섯 점은 폴라크와 포터르의 작품이 하나씩에다가 렘브란트가 그린 것이 둘이었으며 세바스티안 데 야노스 이 발데스(Sebastián de Llanos y Valdés)의 작품도 있었는데, 진위 여부는 마드리드 프라도미술관의 산체스 칸톤인가 하는 사람으로부터 언젠가 확인을 받았단다. 게다가 다켄베리가 덧붙였다시피 목록에는 미켈란젤로가 그렸다는 그림도 한 점 있었는데 말레스가 손수 남긴 메모에 따르면, 그 예술가가 그린 것으로 알려진 유일한 이젤화 네 점 가운데 하나였다. 그것은 도난 신고가 되지는 않았지만 어쨌든 사라진 상태였다.

"사진이 있나요?"

"아뇨. 도난당한 것은 없어요."

나는 이제 스스로를 위해서 추적에 나섰고 발자취가 도로 식어 버리지 않기를 마음속 깊이 바랐다. 다행히도 다켄베리가 자기 발언을 바로잡고서 실제로는 사진 한 장이 있다고 했는데, 1400년대 후반 얀 폴라크가 화판 위에다가 템페라 물감으로 그린 수정 구슬을 손에 든 그리스도 그림이었으며 북극성수집가협회(Samlarförbundet Nordstjärnan)가 펴내는 『수집가 소식(Samlarnytt)』이라는 잡지에 말레스가 1966년 발표한 기고문 삽화로 나왔다. 제목은 '긍정만 하는 사람인가, 부정만 하는 사람인가?'였다. 다켄베리는 카탈로그에 인용한 그 글을 수화기를 통해 나에게 읽어 주었다.

> 미술 전문가가 '그렇다'고 대답하기보다는 '아니'라고 대답하기가 언제나 쉽고 그래야만 책임에서 벗어나는데, 아무런 근거나 설명도 없이 말할 때 특히 그렇다. 자신의 무지를 숨기기에는 이만한 것이 없다. 그런데 위대한 미술 감정가 막스 프리틀렌더(Max Friedländer)가 말하다시피, '아니라고만 하는 사람도 가끔씩은 그렇다'고 해야 믿음을 주며, 미술 사기꾼이야 물론 엄청난 해악을 끼치지만 제대로 모르는 '전문가' 역시 예술에 관심을 가진 이들에게 해로운데 방식만 다를 뿐이다.

『수집가 소식』? 나는 전혀 몰랐던 잡지였다. 북극성수집가협회 역시 한 번도 들어본 적이 없었다. 통화는 끝났다. 세시였다. 나는 시내로 나가 지하철을 타고 회토리에트에 가서 올로프 팔메 거리의 알파 헌책방까지 슬슬 뛰었다. 미로 같은 서고 안에는 한눈에 들어오지 않을 만큼 많은 정기간행물이 갈색 마분지 상자에 담겨 꼼꼼히 알파벳순으로 정리되어 있었다. 걱정스럽게도 점원 또한 『수집가 소식』은 들어본 적이 없다고 했지만, 정말로 세상 어딘가에 존재하는 잡지라면 이곳에도 있을 확률이 무척 높다고 덧붙였다. 몸짓으로 미로를 가리키면서 나보고 알파벳순으로 찾기만 하면 된다고 말했다. 나는 동굴 탐험가처럼 서고에서 작업을 시작했다.

여러 상자에 붙은 '수집가 소식' 표시를 찾아내는 데는 오래 걸리지 않았다. 1941년부터 나왔으며 그때는 『장난감 목마(Käpphästen)』라는 제호였는데, 간행물에는 아주 희한하게도 꾸준히 더더욱 넓은 주제가 나왔다. 좀 더 구체적으로 말하자면 수집에 관해서라면 머릿속에 떠오를 만한 모든 것을 다뤘다. 제복 단추, 코르크 마개뽑이, 담뱃갑, 그림엽서, 달걀 받침, 무기, 성냥갑 라벨, 군복에 차고 다니던 대검, 가시 달린 쇠줄, 레몬 압착기, 양철 장난감 병정, 골무, 다리미, 저절로 연주되는 피아노, 체코산 면도날 덮개, 지팡이, 메달, 동전, 바늘 등등 온갖 잡동사니를 모으는 기이한 주민들이 거주하는 호사가의 멋진 세상에 내가 발을 디딘 것이었다. 어떤 여자는 자기가 모은 엄청난 비닐봉지 이야기를 자랑스럽게 기고문에 썼고, 어떤 영감은 딴 글에서 낡은 밴디(bandy, 아이스하키와 비슷한 운동 경기—옮긴이) 채를 모으는 것이 얼마나 흥미진진할 수가 있는지를 구구절절이 늘어놓았다. 누군가는 교황의 서명을 가지고 있어서 얼마나 뿌듯한지 얘기했다.

내가 찾던 발행 연도 및 도난당한 화판에 관한 글이 실린 호는 얼마 지나지 않아 발견했다. '레네 말레스 박사'가 쓴 글이었다. 얼른 쭉 훑어보았다. 진짜로 독특한 이야기였다.

말레스는 1954년 부코프스키경매장에서 그림을 샀다. 경매 카탈로그에 따르면 1639년에 죽은 마르틴 테오필루스 폴라크(Martin Theophilus Polak)의 작품이었으나, 우리의 열정적인 투기꾼은 당연하게도 의심을 품었다. 여러 특질 중에서 특히 금빛 바탕, 화판의 목재, '전체적인 그리스도 인물상' 등의 몇 가지 상세 사항으로 미루어 보건대 아마도 이전 시대의 독일 화가가 창작한 작품이라고 짐작했던 듯싶었으며, 문제를 확실하게 밝히고자 그림을 사진으로 찍어서 뮌헨 알테피나코테크미술관 관장 에른스트 부흐너(Ernst Buchner) 교수에게 보냈더니, 1519년 죽은 얀 폴라크의 초기 작품이라는 것을 대번에 알 수 있었다. 당시에 폴라크 연구서를 쓰고 있던 부흐너가 그 밖에도 알아낸 사실은, 그 그림이 뮌헨에 살던 바르바라 비투인가 하는 어느 여인이 제일차세계대전 때까지 소장하던 그림인데 그 뒤로는 안타깝게도 행방이 묘연하다는 것이었다. 그렇지만 나중에 스웨덴에 나타났으며 처음에는 얀 얀손이라는 궁정 보석세공인에게 있었고 이후에는 야콥손이라는 도매상에게 갔는데 지금은 세상에 없는 사람이다. 폴라크의 작품임을 상속자가 경매소에 알려 준 것 같은데 말이 전해지면서 그냥 혼동이 생긴 것으로 보인다.

말레스는 이번에는 무식한 예술 전문가에게 화살을 돌렸다. 그나마 나름대로 세심하게 배려를 했는지는 몰라도, 이름을 밝히지는 않은 말뫼박물관의 학예사는 워낙 옹졸할뿐더러 세상에 둘도 없는 머저리라서 1960년대 초반에 말레스의 르네상스 그림들 가운데 일부를 위작이라고 손가락질했을 만큼 취향이 후졌다는 것이다. "위에 사진으로 나온 얀 폴라크 그림과 더불어 다른 수많은 작품뿐만 아니라 모레토 다 브레시아(Moretto da Brescia)의 그림도 1955년 베네치아에서 열린 국제학술회의에서 내가 모레토의 가장 뛰어난 작품의 진품이라고 증명한 바 있다. 증거 자료는 삽화와 함께 학술대회 논문집으로 간행되었다. 강연이 끝난 다음에는 반박할 수도 없고 의심할 수도 없는 증거라고 두 사람에게서 구두로 확인을 받았다. 그 그림 이야기는 다음 호에서 다시 하겠다."

아하, 다음 호라니! 나는 외투를 벗어서 걸어 놓곤 직원에게 작업대 하나를 빌려 달라고 부탁했다. 오후 네시였다. 여름철 덫에 걸려든 곤충들을 살펴보듯이 호수 묶음별로 차례차례 훑어보았다. 그곳에 있다가 한 시간 뒤에 나루터까지 가는 버스를 잡으러 뛰어나가서 저녁 배를 탔다. 서류 가방에는 1961년부터 1971년 사이에 간행된 『수집가 소식』 열한 부가 들어 있었는데 말레스가 기고한 열한 편의 글은 「버마의 민족지 수집가로서」라는 제목의 글 딱 한 편만 빼고는 모두 미술 이야기였다. 동쪽으로 고속도로를 타고 가면서 단숨에 전부 다 읽었다.

맨 처음 읽은 이야기에서 다룬 것은 떡갈나무 화판에 나오는 '천국의 아담과 하와' 그림으로, 1952년 런던에서 구입한 것인데, '일명 마뷔즈(Mabuse)라고도 불리는 프랑스 동북부 모뵈주 출신의 얀 고사르트(Jan Gossaert, 1478-1532)가 그렸을 확률이 엄청나게 높다'는 글이었다. 가설은 서재에서 그리고 독일, 스페인, 영국의 박물관에서 상세히 조사하고 꾸준히 연구한 내용의 생생한 설명으로 뒷받침되었다. 그다음으로는 1574년에 죽은 궁정화가 코르네유 드 리옹(Corneille de Lyon)이 그린 초상화가 나왔다. 그러고 나서는 파도바니노(Padovanino)로도 불리는 알레산드로 바로타리(Alessandro Varotari, 1590-1650)의 커다란 캔버스 얘기가 있었고, 몇 호가 지난 다음에는 1544년에 모레토 다 브레시아가 그렸고 1700년대 중반부터 베네치아의 산타마리아델라피에타 성당 안에 걸려 있으며 너비 6미터에 높이 3미터인 화판에 바리새인 시몬의 집에 있는 그리스도를 묘사한 도안을 어떻게, 그 누구도 아닌 말레스가 소장하게 되었는지 수고스럽게 들어줄 이들에게 제대로 증명해 보이겠다며 짤막한 보고서를 쓰겠다고 약속했다.

앞서 지적했듯이 말레스는 곤충학자의 방식대로 미술을 탐구한 셈이었는데 누군가는 단추학자와 비슷한 면모라고 할지도 모르겠다. 우선은 예측할 수 없는 잔재미가 기다리는 현장으로 사냥을 나가는데 그곳은 넉넉한 시간과 날카로운 감각을 가진 사냥꾼이 가장 유리하다. 그러고 나서 사냥감을 잡으면 집에 와서 현미경으로 보거나 소장 표본이라든가 박물관을 뒤지며 비교하면서 종을 식별 확인한다. 잎벌이나 꽃등에라도 된 것처럼 그림에 달려들고는, 그려진 인물들의 몸에서 접히는 아주 작은 부위, 무릎, 손가락, 코, 귀를 비롯해서 그 밖에도 작으면 작을수록 더 좋은 해부학적 디테일을 꼼꼼하게 살펴본다.

그렇지만 알고 보니 나머지 관계자들은 안타깝게도 곤충학자가 아니었으며, 1968년에 발표한 기고문에서는 미켈란젤로 작품으로 추정되는 나중에 사라진 그림을 까놓고 다루면서 끈질기게 부정적인 답변만 내놓는 고집불통의 미술 감정가를 다시 문제로 삼는다. 재미를 없애는 것은 돈이다. 전문가들은 긍정적인 답변을 내놓을 엄두를 내지 못할 뿐이다. 어쩌다가 그런다면 해당 전문가가 이익 일부를 가져가는 것이 분명하다면서 말레스는 코웃음을 치고 다음과 같이 말한다.

> 이와 달리 박물표본 수집가들은 거의 동료 전문가들이 성심성의껏 보내는 지원을 받는 반면 미술계에서는 그런 관심을 나타내는 이가 없다. 식물이나 곤충의 종을 잘못 알았다고 해도 별로 크게 문젯거리가 되지는 않지만 미술계에서 그런 오류를 저지르면 재정적으로 엄청난 파급효과와 책임이 뒤따를 수도 있다. 사적으로 수집을 하는 사람은 취득한 물품을 인정받기가 무척이나 어려울 뿐만 아니라 죽고 나서 공공 소유로 넘어간 다음에야 인정받는 경우도 꽤 많다. 그때가 되면 보물을 '발견하는' 어떤 미술사가가 흔히 나타난다. 그럼에도 탐정과 비슷하게 작업하는 수집가는 즐거움과 지식을 한꺼번에 누리기 마련이다.

누구에게서 무슨 소리를 듣든지 말레스는 화를 내는 법이 없었다. 이런저런 분통 터질 일을 많이 겪어서 망가져 버렸을 법한데도 쾌활한 성격이 마치 백신 같은 구실을 하다 보니 잘 버틴 듯싶었다. 더군다나 한 치의 의심도 없이 미래를 희망적으로 보았다. 소장품 중에서 바토(J.-A. Watteau)의 그림이 조만간에 어떤 감정가에게 재발견될 것이라고 믿었으나, 내가 버스 타고 오다 읽었듯이 랑나르 호페(Ragnar Hoppe)가 확인했던 대로 비록 시대가 일치하고 색깔 선택, 인물, 양식, 구상 등이 들어맞지만, 그럼에도 바토의 작품은 아니라고 했는데 이유를 뚜렷하게 밝히지는 않았다. 그리고 소장품 가운데 파도바의 에레미타니 성당에 그려진 프레스코의 스케치를 비롯한 안드레아 만테냐(Andrea Mantegna)의 1400년대 작품 두 점은 앞으로 어찌될 운명이었을까? 아니면 프란스 할스(Frans Hals)라든가 혹시 유딧 레이스터르(Judith Leyster)가 그렸을 수도 있겠고 나중에 렘브란트 본인이 베끼기도 했던 작은 노인 초상화는? 어쩌면 말레스의 가장 좋은 친구는 바로 미래였을지도 모른다.

잔교는 칠흑같이 어두웠고 협만에서는 얼음처럼 차가운 동남풍이 불어왔다.

토요일에 나는 다켄베리가 인터넷으로 보내 준 카탈로그를 읽었다. 기증품은 알고 보니 작품이 서른 점이었는데 그 가운데 다섯 점이 도난당했으며 한 점은 그냥 소재 파악이 되지 않는 상태였다. 내가 이미 알고 있었던 것 말고도 카탈로그에는, 수집가의 성향에 잘 들어맞는 그림과 어울리는 흥미로운 작품이 다수 들어 있었다. 야코포 바사노(Jacopo Bassano, 1510-1592)가 점판암에 그린 작은 그림은 '십자가에서 내림'으로 말레스가 감정한 바에 따르면 어떤 것인지 알려져 있지는 않지만 유명한 제단화의 원본이었는데, 벌레 먹은 검정 화판에 그려진 '성모와 아기 예수'로 대략 1348년쯤 죽은 피에트로 로렌체티(Pietro Lorenzetti)의 작품이라고 믿었다. 캔버스에 그린 커다란 유화 몇 점은 아르트 판 데르 네이르(Aert van der Neer, 1603-1677)와 바로크시대 거장 프란시스코 데 수르바란(Francisco de Zurbarán, 1598-1664)의 작품으로 보았다. 다소 뜻밖에도 브라이언트(H. C. Bryant)와 허버드(H. W. Hubbard)라는, 1800년대 미국 화가의 작품도 몇 점 있었는데 둘 다 나는 처음 들어본 사람들이었다.

얀 프란스 판 블루먼(Jan Frans van Bloemen, 1662-1749)의 풍경화를 말레스가 입수한 경위는 솔직히 당혹스러운 구석도 있다. 그가 이야기한 바에 따르면 그림은 원래 러시아의 여제 예카테리나 2세가 로마에서 화가로부터 직접 사들인 것인데, 그러고 나서 상트페테르부르크 외곽의 황제 별궁 차르스코예 셀로에 갖다 두었다. 한참 뒤에, 좀 더 구체적으로 말하면 1925년에, 혁명 정부 측에서는 황궁에 있던 그림을 모조리 솎아내기로 했는데 판 블루먼의 작품은 예르미타시 미술관의 선택을 받았음에도 불구하고 무슨 이유에서인지 작가 알렉세이 니콜라예비치 톨스토이(Aleksey Nikolaevich Tolstoy, 1883-1945)에게 팔렸으며, 레네 말레스가 소련에 머물던 시절부터 어떤 이유로 그와 알고 있었다. 거래가 마지막으로 어떻게 진행되었는지는 카탈로그를 봐도 알아낼 수가 없었다.

이 모든 이야기 가운데 어느 정도가 진실에 가까울까? 아무리 봐도 우메오에는 미술품의 진위 여부와 그 출처를 더욱 자세히 조사할 만한 자원이 없었다. 원료 분석과 방사선 촬영을 하는 데 쓸 돈이 전혀 마련되어 있지 않았으며, 그러다 보니 카탈로그는 말레스 본인의 판단에 바탕을 두었고, 이따금씩은 작은 물음표가 신중하게 달릴 수밖에 없었다. 다수 억눌리기는 했지만 그럼에도 말레스의 열정을 여기저기에서 느낄 수 있지 않았을까? "말레스가 손수 작성한 기증품 목록에는 만테냐, 수르바란, 바토 등등 미술사에서 무척이나 두드러지는 이름이 많이 나온다. 이것이 정확하기만 하다면 수집품은 엄청난 센세이션을 불러일으키고도 남는다."

어쩌다 보니 한 가지 경우에서 말레스가 오류를 저질렀다는 것이 밝혀졌다. 파도바니노가 그린 '타르퀴니우스와 루크레티아'가 문제였는데, 1917년 10월 볼셰비키 혁명 이후 러시아에서 스웨덴으로 입수되었다고 말레스가 짐작했던 대단한 작품이었지만, 미술 전문가들은 1856년까지 거슬러 올라가야 한다고 보았으며, 그 당시에 그림은 핀스퐁에 있는 데 예르(De Geer) 가문의 대저택에 수년 동안 걸려 있었었다. 물론 그렇다고 해서 이야기의 빛이 바래는 것은 아니다.

이번에는 모레토! 카탈로그에서 이 미술작품을 다루는 모양새를 보면 이탈리아 북부 르네상스 회화의 부드러운 관능성과 몽환적인 멜랑콜리를 굽이치는 문체로 얘기하며 성경으로 떡칠하는 에세이로 변모하는데, 물론 복제본이지만 다켄베리를 사로잡아 원작을 보고자 마침내 베네치아까지 가려고 마음을 먹게 만들 만큼 훌륭한 그림에 바치는 다면적인 헌사다. 내 생각에 말레스는 자신 말고 아무것도 믿지 않았을 것 같지만 아무튼 가톨릭교도였으니, 섬 너머로 어스름이 지는 동안 내가 컴퓨터 앞에 앉아 글을 읽고 놀라워하고 기뻐했을 때 하늘나라에서 당연히 미소를 짓고 있었을 것이다.

일요일 아침이 되자 나에게 분명한 그림이 그려졌다. 레네 말레스는 구제 불능의 낙관주의자였으며, 딱 버틸 만큼만 먹으면서 대책 없이 내지르고도 오래도록 잘 지낼 수 있었기에 발자크의 소설 등장인물로도 손색이 없었던 모험가였다. 본인이 소장하는 그림을 내셔널갤러리, 프라도미술관, 루브르박물관 등지에서 다시 볼 때마다 너무나 당연하게도 해당 미술관이 복제품을 용케도 손에 넣었다고 결론을 내렸다. 원본 혹은 적어도 초안은 린딩외의 저택에 있었고 그것들 가운데 아주 훌륭한 원작은 모두 말레스의 소유였기 때문이다.

그렇지만 말레스의 행적을 따라가다 보면 절대로 완전히 확신할 수는 없다. 분명히 무척이나 다방면에 조예가 깊으면서도 너무 호기로워서 그랬는지 1955년 여름에는 베네치아에서 열린 제8차 국제미술사학술대회에까지 참가해서는 세계 곳곳에서 모인 최고의 권위자들 앞에서 본인이 소장한 모레토 작품을 주제로 강연을 했다. 그는 물론 이따금씩 틀린 소리도 했는데, 당연하게도 평생토록 자신을 기꺼이 속여 넘겼다. 그런 것을 잡아내기는 쉽다. 언제 맞는 말을 했는지 딱 알아차리기가 어려울 따름이다. 어쩌면 도둑은 엄청난 전문가였을지도 모른다. 나는 수십 년 전부터 사라져 버린 흔적을 쫓기로 마음먹었다.

*

도난당한 미술품을 되찾기란 까다롭지만 인터넷 덕분에 아주 조금은 수월해졌다. 규모가 큰 경매장에서는 사진과, 관련 사항이 담긴 카탈로그를 인터넷에 올려놓는데, 나는 『수집가 소식』에서 폴라크와 미켈란젤로 모두 본 적이 있었기 때문에 스톡홀름경매장과 부코프스키경매장의 문서 보관소 두 군데에 가서 최근 몇 년 동안 어떠한 고급 작품 경매가 이루어졌는지 살펴보았다. 물론 폴라크의 작품은 목록에 단 하나도 뜨지 않았고 검색 엔진에 미켈란젤로를 쳐서 넣으면 어처구니없는 결과만 보였다. 하지만 디지털 미술 전시회에 일단 발을 들여놓는 순간 바로 뺄 수가 없기 때문에 나는 카탈로그를 하나하나 훑어보기 시작했고, 몇 시간이 지나서 마지막에 다다랐을 즈음에는 내가 무엇을 찾으려고 왔는지도 까먹었다. 놀라움은 그만큼 컸다.

나는 그걸 곧장 알아봤다. 부코프스키 소형 경매 카탈로그 번호 157번에서 나는 이틀 전에 『수집가 소식』에서 봤던 것과 똑같은 그림이 눈에 띄었다. 작품 번호는 225번, '렘브란트 화파(畵派). 유화. 노인. 아마포 30×25cm'.

한참 동안을 입도 뻥긋하지 않고 가만히 앉아서 화면만 물끄러미 바라다보고 있자니 이런저런 어리석고 우스꽝스러운 질문이 내 머릿속을 들쑤시고 다녔다. (무슨 일이 벌어지고 있는 거지? 가능할까? 왜 하필 지금이지?) 말하자면 부코프스키 소형 경매 157번은 아직 성사되지 않았다는 뜻이었다. 2004년 1월 26일에 경매가 벌어질 터였다. 이튿날이었다.

『수집가 소식』 1968년 3호에 실린 기사가 책상 위 컴퓨터 옆에 펼쳐져 있었다. 「그림의 운명으로부터」라는 제목이었다. 꼭두새벽이 되어서야 잠들 때까지 몇 번이나 읽고 또 읽었는지도 모르겠다.

그림에는 지팡이를 짚고 서 있는 남자가 나온다. 말레스는 토르스가탄에 있는 스톡홀름경매장 전시장에서 그것을 봤는데(1961년에 딴 곳으로 옮겨짐) 1600년대에 그려진 네덜란드 그림이라는 것을 곧바로 식별해낼 수 있을 만큼 자기 자신을 전문가라고 여겼다. 그러나 그것만 보고 끝난 것이 아니었다. "이와 유사한 붓놀림을 보일 사람은 그 당시에 오직 프란스 할스와 그의 제자 유딧 레이스터르밖에 없었으며, 몇 명 더 있다고 해 봐야 늙어 가던 렘브란트와 그의 몇몇 제자 정도였다." 예기치 못한 이런 발견에 고무되어 집으로 가서 참고 문헌을 읽고 연구했다. 손과 코가 결정적인 단서라고 스스로 결론을 내렸는데, 의심할 여지없이 프란스 할스가 그렸다는 말이었다. "다음 주 월요일에 그림이 경매에 올랐을 때 나는 엄청나게 긴장을 했다. 그것이 딱히 눈에 띌 만큼 주목을 끌지 않았기 때문에 내가 생각했던 것보다 훨씬 싼값에 입수할 수 있었다." 이렇게 시작하는 글이다.

글쓴이는 그러고 나서 그림에 관한 자신만의 이론을 슬슬 전개시킨다. 곤충학자 말레스는 남들이 대부분 잊어버린 지식을 다루는 미술 문헌의 바닷속으로 첨벙 뛰어들더니 찾으려던 증거를 이내 들고 나온다. 그림은 정말로 다른 곳에서 복제된 적이 없는데, 1771년 10월 7일 헤이그에서 프란스 할스의 작품이 경매로 팔렸다는 사실을 언급하는 독일 고문서를 마주친다. '지팡이 짚고 서 있는 남자'라는 그림이고 크기는 29.7×24.3센티미터로 아마포를 씌운 화판과 대조해 재어 보면 밀리미터 단위까지도 들어맞는 것으로 나온다. "문제는 이제 정리된 것처럼 보였고 어쩌다가 런던 내셔널갤러리에서도 똑같은 그림을 보게 되었다. 남자는 이 그림에서 실물 크기로 복제되었는데(규격 134×104센티미터) 비록 서명은 없었지만 1660년경의 렘브란트 그림으로 분명하게 확인되었다."

아이, 그러니까, 복제본이라는 소리다.

하지만 그게 아니다. 그 순간에는 바로 누구에게든 커튼이 내려갔겠지만 말레스는 자동비행 조종장치를 켜고는 매혹적인 짧은 이야기를 펼쳐낸다.

말레스가 사들인 작품은 더할 나위 없이 훌륭한 솜씨로 그려졌기 때문에 복제품일 리가 없다. 전문가라면 그냥 딱 보기만 해도 안다. 그러니까 그가 곰곰이 생각해 보니 내셔널갤러리 측에서 말레스가 가진 원작의 복제품을 입수했을 개연성도 완전히 배제할 수는 없다. 이야기의 백미는 이 복제본이 렘브란트 판 레인의 그림일 가능성이 매우 높다는 점이다.

그 생각의 요지는 하를럼의 집에서 노인을 그린 프란스 할스에게 그림을 받은 유딧 레이스터르가 이사를 간 암스테르담에서, 렘브란트의 애인 노릇을 하다가(말레스가 그런 소문을 들었거나) 나중에 화가 얀 몰레나르(Jan Molenaer)와 결혼했다는 것이다. 그러니까 유딧 레이스터르를 통해 그림을 손에 넣게 된 렘브란트는 작품의 기교에 엄청나게 흥미를 느껴 그것을 베끼면서 새로 익히려고 마음먹었으며, 마음이 올곧은 사나이였기 때문에 거기에 서명을 하지 않았다. 축하해요, 런던, 진짜 렘브란트라니! "유딧 레이스터르와 나의 그림과의 관계는 물론 순전히 어림짐작일 뿐이지만 렘브란트가 그림을 소유했거나 적어도 보고 베꼈다는 것은 꽤 확실한 사실이라고 간주되어야 한다."

바로 이것이 파리덫을 발명하는 데 요구되는 상상력이다.

어째서 바로 그 시점에 그림을 팔려고 내놓았는지는 여전히 의문점으로 남았다.

이번에는 내가 이론을 정립할 차례였다. 그래서 우선 먼저 문을 두드린 데는 당연하게도 내셔널갤러리인데 그곳의 가장 유명한 작품들은 일반인들이 볼 수 있도록 인터넷에 올라와 있으며, 이 글의 이야깃거리인, 지팡이를 짚고 서 있는 남자의 초상화도 포함된다. 그것들은 정말로 무척이나 비슷했는데, 물론 크기는 달랐다. 그렇지만 이론을 정립하는 데 더욱 중요했던 것은 말레스가 1960년대에 런던에 머물렀을 때부터 일어난 두 가지 사건이었다. 첫번째로는 홈페이지에 따르면 박물관 측에서 그림의 도료 밑에 감추어진 렘브란트의 서명을 발견했다는 점이고, 두번째로는 어느 정도 세련된 여러 가지 분석을 통해 그림이 잘해 봐야 1700년대 초에 그려졌을 것으로 짐작되는 위작이라고 결론을 내리게 되었다는 점이다.

말레스는 기증품 목록을 작성했을 때 그 사실을 알았거나 그런 낌새를 맡았을까? 만약 그랬다면, 그 점에서 우리가 아주 확실히 알 수 있다시피, 그는 할스와 레이스터르 둘 다 잊어버리고는 아예 다를 뿐만 아니라 더욱 거리낌 없는 이야기를 지어내서 근거를 마련했을 것이다. 어느 것인지는 짐작하기가 어렵지 않다. 다켄베리의 도난 작품 목록에 들어 있는 렘브란트 그림 두 점 가운데 하나가 흥미롭게도 '늙은 사나이의 초상화'라는 제목이 붙어 있었다. 사진도 없었고 치수도 없었다. 이튿날 팔릴 그림이 그것이었을까? 만일 그렇다면 어째서일까? 말레스가 소장하던 그림들이 도난당한 사건의 진상을 밝히는 족히 이십오 년 동안 어느 누구도 손가락 하나 까딱하지 않았으며, 올겨울 들어 내가 그 문제를 들쑤시기 시작할 때까지는 아무도 신경조차 쓰지 않았다. 우연의 일치였을 뿐이라고 여길 수는 없었다.

내가 실시한 조사로 뒷받침되다시피 곧바로 나의 머릿속에는 훔친 그림을 갖고 있다면 그것들을 더 이상 벽에 걸어 놓으려고 하지 않을 충분한 이유를 가진 사람들이 몇몇 떠올랐다. 동기가 모자라지 않았다. 나는 경매에 가기로 마음먹었다. 투기꾼이라기보다는 스파이로서 가려는 것이었다. 도무지 다른 식으로는 어떻게 할 수가 없었다. 시작 입찰가는 1만5천 크로나였다.

*

나는 짬이 나면 미술품 경매장에도 간다. 물론 내 돈으로 살 만한 물건이 나올 때는 드물지만 뭔가 묘한 분위기가 있다 보니 나는 화랑이나 미술관보다는 그곳을 주로 찾는다. 긴장감이 나를 끌어당기는 듯도 싶다.

어쨌든 이처럼 잿빛 하늘의 우중충한 일월 어느 날, 내가 뉘브로플란 광장 아래쪽의 부코프스키경매장으로 들어갔을 때 상인과 퇴직자가 뒤섞인 통상적인 손님들이 이미 모여 있었다. 곧 사람들로 꽉 찰 것 같았다. 나는 긴장이 되었다. 여기저기 두루 살피면서도 누가 초상화를 샀는지 잘 보려고 구석 맨 뒤쪽에 앉았다. 더럽게 추운 자리였다. 사람들이 쉴 새 없이 오가다 보니 아르세날스가탄 거리 쪽으로 나 있는 문은 닫

힐 겨를이 없었다. 외풍을 그대로 맞았다. 잘못하다가는 감기 걸리기에 딱 좋겠다는 생각이 들었지만 가만히 앉아 있었다. 두루두루 살펴봐야 됐으니까.

딱히 센세이션을 일으킬 만한 일은 없었다. 이름을 알 수 없는 플랑드르 화가의 작품인 품목 번호 161번의 성가정(聖家庭) 그림이 시작 입찰가 2만 5천 크로나보다 훨씬 높은 19만 5천 크로나에 팔렸지만 전반적으로 봤을 때는 그저 그런 별 볼 일 없는 행사일 뿐이었다. 더군다나 앞서 말했다시피 외풍까지 거셌다. 마침내 도저히 견딜 수가 없어서 홀 앞쪽으로 자리를 옮겼는데, 멀지 않은 곳에 놓인 탁자는 녹색 천으로 덮이고 여러 가지 색깔의 튤립이 잔뜩 꽂힌 꽃병이 있었으며, 그 앞에서 직원 다섯 명이 전화로 다른 곳의 입찰을 진행 중이었다. 뒤편의 비디오카메라는 경매인들이 들고 있는 경매 번호판의 아주 미세한 움직임까지 기록을 했다. 맥박이 빨라졌다.

여느 때처럼 처음으로 값을 부르는 사람이 맨 뒤쪽에서 나왔다. 나는 고개를 돌려서 누구인지 보려고 했으나 앉은 자리가 별로 적당하지 않다 보니 군중 속에서 분간을 할 수가 없었다. 아무튼 이제 시작이 되었다. 최저가는 금세 넘어섰다. 계속들 값을 불렀는데, 이제 맨 뒤쪽에 있는 사람과 전화로 말하는 사람이었다. 전화기를 들고 있는 직원은 이탈리아어로 말했다. 나는 긴장된 채로 지켜보았다. 좀 지나니 수화기를 든 이탈리아 사람만 남았다. 경매사가 마지막으로 한 번, 두 번 확인했다. 이제 끝나는 건가 하는 생각이 들면서 내가 경매 번호판을 흔들었다. 이제 여기까지 왔으니 무를 수도 없었다. 그 사람과 나밖에 안 남았다. 아무튼 간에 레네 말레스가 갖고 있던 렘브란트 그림이 이 나라를 떠나도록 놔두면 안 되는 거 아닌가? 이런 젠장, 그렇게 놔둘 수는 없었다. 이탈리아인의 응찰가는 2만 크로나였는데, 내가 경매 번호판을 들자 물러섰다. 낙찰되었다.

*

이제 나는 렘브란트 위작 한 점의 소유주가 되었다. 작은 작품이고 어쩌면 장물일지도 모르겠다. 맥박이 뚝 떨어졌고 입안이 바싹 말랐으며 조금 어질어질했지만 마치 무신경하고 텅 비워진 사람처럼 어쨌든 가만히 앉아 있었다. 스피커에서 흘러나오던 경매사의 단조로운 목소리가 잠잠해지다가 사라졌으며, 팔린 물건들이 나에게 아무 관심거리도 되지 않았고 그냥 어느 것에도 신경을 쓰고 싶지 않았을 뿐만 아니라 춥다는 느낌도 없어졌다. 나는 속이 울렁거렸고 돈을 많이 쓰는 바람에 걱정거리가 늘었다. 기운이 쫙 빠져 그 자리에 앉은 채로 망사 커튼 틈새로 창밖을 바라보면서 내 숨소리에 귀를 기울이는 한편, 나의 눈길은 베르셀리 공원의 회색빛 안개와 눈발을 이리저리 헤매더니 뉘브로플란 광장의 신호등 빨간불 앞에 멈춰 선 버스와 전철 쪽으로 돌렸다가 다시 거기를 넘어 황금빛으로 번쩍이는 왕립극장과 시빌레가탄 거리로 옮겨갔는데, 21번지에서 언덕바지로 조금 올라간 곳으로, 레네의 유년 시절 말레스 가족이 살았던 집이 있는 자리이다.

뜬금없이 저 멀리서 날아오는 철새처럼 어디에선가 기억 한 조각이 슬그머니 떠올랐다. 바로 이 장소와도 연결되고 어쩌면 가난의 저주와 도피를 이야깃거리로 삼은 연극 한 편과도 어떤 식으로든 이어질지도 모를 의문과 의심을 떨쳐 버려야겠다는 어렴풋한 기분에 사로잡혔다.

대답이 들려왔다. 향기가 코끝을 스쳤다.

# 옮긴이의 말

흔히들 끼리끼리 어울린다고 하는데 과연 성격, 취향, 소질 따위가 비슷한 사람끼리 만나는 게 언제나 나을까? 서로 다른 사람들이 만나 모자라는 구석을 채워 줄 수도 있지 않을까? 딱 부러지는 답을 내리기 어렵다. 비슷하고 다르다는 것도 잣대에 따라 다를뿐더러 또 다른 변수도 얼마든지 있기 때문이다. 게다가 좋고 나쁘고를 따지는 것도 한결같을 수 없다.

저자는 나와도 닮은 구석이 있다. 그가 혼자서 꽃등에를 모으듯 나도 혼자서 언어를 모으며 재미를 느낀다. 갖다 붙이는 거 아니냐는 소리도 나오겠지만 그래도 닮았다고 치자. 성격 비슷한 독자로서는 마냥 즐거웠을 것도 같은데 역자로서 만나니까 즐겁기도 하다가 힘겹기도 했다. 비슷한 사람끼리 만난다고 늘 쉬운 것은 아니다. 아니면 동질감이 착각일 수도 있고.

사실 그게 중요한 것은 아니다. 어떤 식으로든 만남이 있으면 그때그때 맞는 일을 하면 된다. 역자는 저자를 독자에게 소개하는 본연의 임무를 다하면 된다.

한국인에게 스웨덴은 예전에는 많이 생소했지만 이제 모종의 친근감도 느껴지는 나라다. 서로 닮은 점과 다른 점을 함께 찾는 재미도 쏠쏠하다. 꼭 스웨덴이라는 걸 떠나서도 이렇게 특이한 책을 한국 독자들에게 소개할 수 있어서 기쁘다.

2019년 3월

신견식

프레드리크 셰베리(Fredrik Sjöberg)는 1958년생으로, 생물학, 곤충학, 지질학을 공부한 작가이다. 문화평론가로서 『스벤스카 다그블라데트(Svenska Dagbladet)』에 글을 쓰고, 번역가로도 활동한다. 또한 그는 꽃등에에 열정을 가진 전문가이다. 스웨덴한림원 에세이상을 비롯해 수많은 문학상을 수상했으며, 열 개 이상의 언어로 번역된 『파리덫』은 스웨덴 최고의 문학상인 아우구스트상 후보에 올랐고 2016년에는 이그노벨문학상을 수상하기도 했다. 현재 가족과 함께 스톡홀름 군도에 살고 있다.

신견식(申堅植)은 1973년생으로, 한국외국어대학교 스페인어과를 졸업하고 서울대학교 언어학과 석사과정을 수료했다. 여러 유럽 언어를 번역하고 글도 쓴다. 『불안한 남자』 『블랙 오로라』 『박사는 고양이 기분을 몰라』 등을 옮겼고, 『콩글리시 찬가』를 썼다.

**Flugfällan** by Fredrik Sjöberg, 2004
© Nya Doxa and Fredrik Sjöberg

Korean Edition © 2019 by Youlhwadang Publishers
Published by arrangement with Agentur Literatur
Gudrun Hebel, Berlin, and BC Agency, Seoul.

이 책은 스웨덴예술위원회(Swedish Arts Council)의
번역지원을 받아 출간되었습니다.

# 파리덫

프레드리크 셰베리

신견식 옮김

초판1쇄 발행일 2019년 4월 10일
발행인 李起雄 발행처 悅話堂
전화 031-955-7000 팩스 031-955-7010
경기도 파주시 광인사길 25 파주출판도시
www.youlhwadang.co.kr yhdp@youlhwadang.co.kr
등록번호 제10-74호 등록일자 1971년 7월 2일
편집 이수정 박미 김성호 디자인 박소영 오효정
인쇄 제책 (주)상지사피앤비

ISBN 978-89-301-0640-5

Printed in Korea

이 도서의 국립중앙도서관 출판예정도서목록(CIP)은
서지정보유통지원시스템 홈페이지(http://
seoji.nl.go.kr)와 국가자료공동목록시스템(http://
www.nl.go.kr/kolisnet)에서 이용하실 수
있습니다.(CIP제어번호: CIP2019010850)